JAMI ATTENBERG
DIE MIDDLESTEINS

ROMAN

Aus dem amerikanischen Englisch von
Barbara Christ

K
A
M
P
A

Die amerikanische Originalausgabe erschien 2012 unter dem Titel
The Middlesteins im Verlag Grand Central Publishing, New York/Boston.
Die deutsche Erstausgabe erschien 2015 im Verlag Schöffling & Co.,
Frankfurt am Main.

Für den Blick hinter die Verlagskulissen:
www.kampaverlag.ch/newsletter

Für meine Familie

KAMPA POCKET
DIE ERSTE KLIMANEUTRALE TASCHENBUCHREIHE
Gedruckt auf säurefreiem und chlorfrei gebleichtem Papier
zur Unterstützung verantwortungsvoller Waldnutzung,
zertifiziert durch das Forest Stewardship Council. Der
Umschlag enthält kein Plastik. Kampa Pockets werden
klimaneutral gedruckt, kampaverlag.ch/nachhaltig infor-
miert über das unterstützte CO_2-Kompensationsprojekt.

Veröffentlicht im September 2023 als Kampa Pocket
Eine Koproduktion der Verlage Kampa und Schöffling & Co.
Copyright © 2012 by Jami Attenberg
Für die deutschsprachige Ausgabe
Copyright © 2015 by Schöffling & Co. Verlagsbuchhandlung
GmbH, Frankfurt am Main
Covergestaltung: Lara Flues, Kampa Verlag
Covermotiv: © John Holcroft
Gesetzt aus der Stempel Garamond LT / 230130
Druck und Bindung: GGP Media GmbH, Pößneck
ISBN 978 3 311 15073 2

www.kampaverlag.ch

Die Middlesteins

Edie, 28 Kilo

Sie musste ihrer Tochter doch zu essen geben!

Die kleine Edie Herzen – gar nicht so klein für ihre fünf Jahre. Der Mutter war das natürlich klar, wie konnte es ihr auch entgehen! Die ehemals pfirsichweichen Arme und Beine hatten sich zu etwas ausgewachsen, das schon nicht mehr zum Anbeißen war. Sie fühlten sich erstaunlich fest an. Ein Kind musste doch eigentlich knuddelig sein. Doch Edie war ein zementartiger Klops. Sie atmete viel zu schwer, wie ein aufgeblähter alter Onkel nach dem Essen. Und weil sie äußerst ungern Treppen stieg, bettelte sie nun darum, die vier Stockwerke zur Wohnung hinaufgetragen zu werden – von ihrer ächzenden Mutter: der Rücken, die Einkäufe, eine Tasche mit Büchern aus der Bibliothek.

»Ich bin müde«, sagte Edie.

»Wir sind alle müde«, sagte ihre Mutter. »Komm schon, hilf mir mal.« Sie reichte Edie die Tasche mit den Büchern. »Du hast sie dir ausgesucht, jetzt trag sie auch.«

Edies Mutter – selbst nicht gerade dünn. Mit fast einsachtzig und einem wuchtigen Körper verströmte sie in ihrer üppigen Majestät den Glanz einer Löwin, und brüllen konnte sie auch. Sie hielt sich für eine Königin unter den Frauen. Aber trotzdem, sie schwitzte und hatte Kopfschmerzen, und diese Treppe machte wirklich keinen Spaß.

Ihr Mann, Edies Vater, nahm immer zwei Stufen auf einmal, um möglichst rasch voranzukommen. Er war groß, hatte einen dichten, dunklen weichen Haarschopf und lange, schlaksige blasse Arme und Beine, und sein ganz und gar wässrig blau geäderter Brustkorb mit den vorstehenden Rippen war so schmal, dass er beinahe durchscheinend aussah. Wenn sie miteinander geschlafen hatten, sah sie immer träge zu, wie sich die Haut über seinem Herzen hob und senkte, schnell, langsamer, langsam.

Bei den Mahlzeiten aß er und aß, denn was Essen anging, folgte er einem fleischlichen Urinstinkt. Er beugte sich über den Tisch, legte zur Abgrenzung seines Territoriums einen Arm um den Teller und schaufelte sich mit der anderen Hand das Essen in den Mund, ohne zum Kauen oder zum Atmen innezuhalten. Aber er nahm nie auch nur ein einziges Kilo zu. Acht Jahre zuvor hatte er während seiner langen Reise von der Ukraine nach Chicago gehungert, und seither wurde er nicht mehr satt.

Wenn man bedachte, in wie vielen Punkten man sich auf der Welt einig sein konnte, hatten sie wenig gemeinsam, die beiden Eheleute. Er war kein Patriot, sie seit jeher in Amerika zu Hause. Sie war im Umgang mit Geld leichtsinniger als er, weil sie in diesem riesigen, reichen Land, in der gesunden Stadt Chicago das Gefühl hatte, dass man jederzeit auch mehr verdienen konnte. Sie besuchten unterschiedliche Synagogen – er die der russischen Einwanderer, sie die von Deutschen zwei Generationen zuvor gegründete, in die schon ihre Eltern zu Lebzeiten gegangen waren, die Synagoge, in der sie groß geworden war, denn das konnte sie nicht aufgeben, nicht einmal in dieser neuen Verbindung. Er hatte mehr Geheimnisse, hatte mehr Elend gesehen. Sie kannte so etwas nur aus den Nachrichten. Und wohin seine Tochter Edie auch wollte, er trug sie auf den Schultern, hoch oben am Himmel, so nahe wie möglich bei Gott. Während seine Frau der festen

Meinung war, dass Edie inzwischen selbst überallhin laufen konnte.

Einig waren sie sich darin, wie sie miteinander schlafen wollten (nach Lust und Laune, ohne Voreingenommenheit) und wie oft (allnächtlich, mindestens), und sie waren sich einig, dass Essen aus Liebe gemacht war und wiederum Liebe hervorbrachte, und sie versagten sich nie einen Bissen, den sie begehrten.

Und wenn ihre geliebte, großäugige und bereits scharfsinnige Tochter Edie kräftig für ihr Alter war, dann machte das nichts.

Denn sie mussten ihr doch zu essen geben!

Da die kleine Edie Herzen einen schlechten Tag hatte, stieg sie langsamer als je zuvor in der Geschichte des Treppensteigens die Treppe hinauf und beschloss bald, dass sie keine weitere Stufe mehr schaffen würde. Es war schwül im Treppenhaus, die staubige Luft hatte sich durch das Oberlicht aufgeheizt, und als Edie sich schließlich hinsetzte und die Büchertasche neben sich zu Boden fallen ließ, quatschte der Schweiß zwischen Schenkelrückseiten und Treppenstufe.

»Edie, Bobbele, bitte nicht.«

»Es ist zu heiß«, sagte sie. »Heiß, müde. Trag mich.«

»Ich habe keine Hand frei!«

»Wo ist Daddy? Er kann mich doch tragen.«

»Was ist denn heute los mit dir?«

Edie wollte sich nicht wie ein Baby anstellen. Quengeln lag ihr nicht. Sie wollte bloß getragen werden. Sie wollte getragen und geknuddelt und mit salziger Leberwurst und roter Zwiebel auf warmem Roggenbrot gefüttert werden. Sie wollte lesen und plaudern und lachen und fernsehen und Radio hören, und abends wollte sie ins Bett gebracht werden und von einem Elternteil oder beiden einen Gutenachtkuss kriegen, egal, von wem, denn sie liebte beide gleich. Sie wollte der Welt beim Vorüberziehen zuschauen und im Kopf Geschichten über all das erfinden, was sie da sah, die vielen Liedchen singen, die sie in der Sonntagsschule lernte, und so weit zählen, wie sie konnte, nämlich schon bis über Tausend. Es gab so viel zu beobachten und zu überlegen, warum also musste sie laufen? Sie vermisste ihren Buggy, den sie manchmal aus der Abstellkammer zog und wehmütig betrachtete. Sie hätte sich so gern bis in alle Ewigkeit herumschieben lassen wie eine Prinzessin in der Kutsche und ihr Königreich inspiziert, am liebsten eins mit einem Zauberwald, in dem winzige Elfen tanzten. Elfen, die ihr eigenes Deli besaßen, in dem es nur Leberwurst gab.

Edies Mutter verlagerte die Einkäufe in ihren verschwitzen Armen. Etwas roch säuerlich, sie merkte, dass sie es selbst war, plötzlich lief ein wahrer Schweißbach von ihrer Achsel den Arm hinunter, und als sie den Arm an der Tüte abwischen wollte, drehte sich die Tüte auf einmal, und als sie mit dem anderen Arm danach griff, kam die andere Tüte ins Rutschen, und sie beugte sich vor und hielt beide fest und versuchte, die Tüten auf den Schenkeln abzusetzen, aber es half nichts, die obersten Lebensmittel quollen aus beiden Tüten heraus: Zuerst landeten der Laib Brot, das Gemüse und die Tomaten auf Edies Kopf, dann zwei große Dosen Bohnen auf Edies Fingerspitzen.

Die kleine Edie Herzen, Löwin in Ausbildung, konnte schon ziemlich gut brüllen.

Ihre Mutter ließ die Tüten fallen. Sie packte ihre Tochter, sie hielt sie fest, sie drückte sie an sich (und fragte sich wieder einmal, warum Edie schon so fest war, so *hart*), sie beruhigte ihre Kleine, während ihr Vergehen in ihrem Magen kochte wie ein Ei in heißem Wasser, ein Gefühl irgendwo zwischen dem Wunsch, ihre Tochter möge sofort mit dem Weinen aufhören – in fünf Minuten, fünf Jahren, fünfzig Jahren würde es ohnehin wieder gut sein, sie würde sich an den Schmerz gar nicht mehr erinnern –, und dem Wunsch, selbst zu weinen, denn sie wusste, sie würde niemals vergessen, wie ihr zwei Dosen mit Bohnen heruntergefallen waren, direkt auf die Finger ihrer Tochter.

»Komm, zeig doch mal«, sagte sie zu Edie, die heulte und gleichzeitig den Kopf schüttelte und die Hände fest an den Körper drückte. »Woher sollen wir wissen, ob alles in Ordnung ist, wenn ich sie mir nicht ansehen darf?«

Edie blieb eine Weile dabei, zu heulen und die Hände zu verstecken. Nachbarinnen machten die Türen auf, warfen einen Blick ins Treppenhaus und schlossen sie wieder, als sie sahen, dass es nur um dieses dicke Kind aus 6D ging, das eben noch klein war, und kleine Kinder weinten eben. Edies Mutter herzte und flehte. Die Eiscreme schmolz. Ein Nagel würde blau werden und eine Woche später abfallen, und wenn sie meinte, dass Edie inzwischen schrie wie am Spieß, dann hatte sie noch nichts Richtiges gehört, aber das konnte noch niemand wissen. Narben würden nicht zurückbleiben, obwohl Edie ein narbenreiches Leben bevorstehen sollte, in der einen oder anderen Hinsicht, aber auch das konnte noch niemand wissen.

Edies Mutter saß da und hielt ihre Tochter im Arm, bis sie schließlich das Einzige tat, was ihr noch übrigblieb. Sie griff hinter sich, hob das in seinem Umschlagpapier noch warme, erst vor einer knappen Stunde bei Schiller's an der Dreiundfünfzigsten Straße gebackene Roggenbrot vom Boden auf, riss einen Brocken ab und reichte ihn ihrer Tochter, die jedoch nicht reagierte und unversöhnlich weiter schluchzte, weil gerade ein winziger Funke Gemeinheit in ihr aufgeglommen war.

»Gut«, sagte ihre Mutter. »Ich nehm's gern.«

Wie lange mochte es wohl gedauert haben, bis Edie den Kopf wandte und ihre zitternde Hand nach Nahrung ausstreckte? Mit erwartungsvoll, wenn auch verschlafen geöffnetem Mund, wie ein Vogeljunges. Der Roggen im Mund. Sehnsucht nach Leberwurst. Elfenträume. Wie lange, bis sie ihrer Mutter auch die andere, rosa, lila und blau verfärbte Hand mit dem blutigen Nagelbett am Zeigefinger hinhielt? Bis ihre Mutter die Hand über und über küsste?

Essen war aus Liebe gemacht und Liebe aus Essen, und wenn man so dafür sorgen konnte, dass ein Kind aufhörte zu weinen, dann war das völlig in Ordnung.

»Trag mich«, sagte Edie, und diesmal konnte die Mutter es ihr nicht abschlagen. So stieg sie dann die Treppe hinauf in den vierten Stock, um den Hals die Tasche mit Büchern aus der Bibliothek, die sie nur ein bisschen würgte, in einem Arm die beiden Einkaufstüten und auf dem anderen ihre geliebte Tochter Edie.

Das denkbar Gemeinste

Robins Mutter Edie stand in der kommenden Woche eine weitere Operation bevor. Gleicher Eingriff, anderes Bein. Alle sagten ständig: Immerhin weiß man, was einen erwartet. Robin stieß gerade mit Daniel, ihrem Nachbarn von unten, auf das Bein an, in der Bar gegenüber ihrem Mietshaus. Draußen war es kalt. Januar in Chicago. Robin hatte fünf Kleidungsschichten angelegt, nur um über die Straße zu gehen. Daniel war schon betrunken gewesen, als sie kam. Ihre Mutter wurde zum zweiten Mal innerhalb eines Jahres aufgeschnitten. Prost.

Die Bar war nullachtfünfzehn, null gemütlich und überhaupt eher eine Nullnummer. Robin fiel es schwer, den Weg dorthin zu erklären. Im einzigen Fenster hing zwar eine Leuchtreklame für »Old Style«-Bier, aber an der Eingangstür stand keine Hausnummer. Zwischen 242 und 246, sagte sie meist, auch wenn die Leute das irgendwie verwirrend fanden. Daniel allerdings nicht. Er kannte den Weg.

»Auf die zweite«, sagte Daniel. Er hob sein Glas. Diesmal trank er das braune Zeug. Sonst trank er eher das hell- oder dunkelgelbe Zeug, aber schließlich war Winter. »Geht's um das rechte oder das linke Bein?«

»Das kann ich mir nicht mal merken, stell dir vor. Ich glaube, ich hab's verdrängt. Ist das nicht schrecklich? Bin ich ein schrecklicher Mensch?« Das Ganze hatte sie überrascht, obwohl es eigentlich kein Wunder war. Ihre Mutter weigerte sich, vernünftig zu essen oder Sport zu treiben, und war im

Laufe der letzten zehn Jahre völlig verfettet. Zwei Jahre zuvor hatte man bei ihr Diabetes diagnostiziert. Im fortgeschrittenen Stadium. Der Diabetes hatte in Kombination mit der katastrophalen genetischen Veranlagung zu einer Gefäßerkrankung in den Beinen geführt. Aus dem anfänglichen Kribbeln war ein dauerhafter Schmerz geworden. Robin hatte die Beine ihrer Mutter im Krankenhaus nach der ersten Operation gesehen und beim Anblick der blauen Verfärbungen gewürgt. Das hätte ihrer Mutter doch auffallen müssen! Oder ihrem Vater! Das konnte ihnen doch nicht entgangen sein! Der Arzt hatte ein kleines Metallröhrchen, einen Stent, in das Bein eingeführt, damit das Blut richtig fließen konnte. (Robin fragte sich, was mit dem Blut passierte, wenn es nicht floss.) Ursprünglich hatte er einen Bypass legen wollen, eine Vorstellung, die alle bedrohlich fanden. Doch der Arzt blieb bei seiner Meinung, wie Benny sagte, Robins Bruder. »Daraus könnte schnell was Ernstes werden«, hatte er ihr erklärt. »Das sollte uns eine Warnung sein.« Aber Edie hatte selbst mit dem Arzt verhandelt. Sie versprach ihm, sich zu bessern. Sie versprach, an sich zu arbeiten. Nach fünfunddreißig Jahren als Anwältin wusste sie sich zu wehren. Ein halbes Jahr später hatte Edie nichts in ihrem Leben verändert, keinen Schritt unternommen, um sich selbst zu helfen, und das hatten sie nun alle davon.

»Es ist mir ja nicht gleichgültig«, sagte Robin. »Ich will es nur einfach nicht wissen.« Sie wusste ohnehin schon zu viel. Hier sprang ihr das wahre Leben ins Gesicht, und damit wollte sie nichts zu tun haben.

In der Woche zuvor war sie nach Hause gefahren, um nachzusehen, was der Wahnsinn so machte, zurück in die Vorstadt, in der sie aufgewachsen war, die sie dreizehn Jahre zuvor in der Hoffnung verlassen hatte, niemals zurückzukehren, und in der sie sich nun viel zu häufig wiederfand. Ihre Mutter hatte sie vor dem Bahnhof abgeholt, war dann um die Ecke gefahren und hatte vor einem Kino geparkt. Es war später Nachmittag; an der Schule, wo Robin unterrichtete, hatte es einen halben Tag frei gegeben. (Sie hatte sich ausgemalt, was sie mit diesem freien Nachmittag anfangen würde: ausgiebig am See laufen gehen während der wärmsten Stunden des Tages, oder ein frühes Besäufnis mit Daniel. Aber es hatte nicht sollen sein.) Rentner kamen im Zeitlupentempo aus der Matineevorstellung. Ein paar Hausfrauen zerrten ihre Kleinkinder zum Parkplatz auf der anderen Straßenseite. Fast hätte sich Robin aus dem Auto geworfen, ihnen nach. *Nehmt mich mit!*

»Ich muss dir was erzählen, bevor wir nach Hause fahren«, hatte ihre kurzatmige Mutter gesagt, von deren massigem Fleisch nur das fahle Gesicht, das Doppelkinn und der wulstige Hals aus dem Pelzmantel ragten. »Dein Vater hat mich verlassen. Er hatte genug.«

»Das soll wohl ein Witz sein«, sagte Robin.

»Es ist Tatsache«, sagte ihre Mutter. »Er hat die Flatter gemacht, und er kommt nicht zurück.«

Später fiel Robin auf, was für ein seltsamer Ausdruck das war. Als hätte ihr Vater zuvor wie ein Vogel in einem mit vollgekacktem Zeitungspapier ausgelegten Käfig gesessen. Ihre Gefühle für den Vater schwankten heftig in diesem Moment. Ihre Mutter war schwierig. Die Situation war schwierig. Er hatte sich wie ein Feigling davongemacht – Feigheit allerdings hatte Robin noch nie jemandem verübelt, das war einfach eine Entscheidung, die man eben traf. Doch sie hasste sich selbst für diesen Gedanken. Schließlich ging es um ihre

Mutter, sie war krank, sie brauchte Hilfe. Wenn Robin sich ihre eigenen zugegebenermaßen fragilen Moralvorstellungen vor Augen führte, wusste sie, dass es nur ein naheliegendes Urteil gab. Seine Entscheidung war verabscheuungswürdig. Den ganzen Gedankengang sollte sie niemals laut aussprechen, wohl aber das Fazit: Ihr Vater verdiente keine Vergebung. Sie hatte ihn schon vor dieser Geschichte zwar geliebt, aber nicht besonders gemocht, und nun brauchte es nicht viel, um ihre Gefühle in so etwas wie Hass umschlagen oder zumindest die Liebe vergehen zu lassen.

Die Mutter schluchzte. Robin berührte die Hand ihrer Mutter. Sie legte die Hand auf die Schulter der Mutter. Edie zitterte, und ihre Lippen waren blau. Nur ein Schritt bis zum Tod, dachte Robin. Aber sie war keine Ärztin.

»Ich hätte ihn besser behandeln sollen«, sagte die Mutter.

Dagegen konnte Robin nichts sagen, aber sie konnte auch nicht umhin, ihrem Vater die Schuld zu geben. Richard Middlestein hatte sich zu einem Leben mit Edie Herzen verpflichtet. Und Edie lebte noch.

So kam es, dass die Operation zur Nebensache wurde. Robin hatte sich nicht einmal die Mühe gemacht, Edie nach ihrer Gesundheit zu fragen. Um diese Dinge kümmerte sich ohnehin meist ihr Bruder. Bei der ersten Operation war Robin hingefahren, hatte ein paar Stunden im Wartezimmer gesessen wie alle anderen – *langweilig*; sie wussten doch alle, dass es gutgehen würde, es war ein simpler Eingriff und sie würde am selben Abend aus dem Krankenhaus kommen – und bei der nächsten behauptet, sie sei zu beschäftigt. Sie hatte geglaubt, ungeschoren davongekommen zu sein, auch wenn das hieß, dass sie menschlich einfach das Letzte war. Ihr zuverlässiger, solider, familienfixierter Bruder Benny, der zwei Vororte von den Eltern entfernt wohnte, würde ja hingehen. Er, seine Frau mit der korrigierten Nase, Nichte Emily und Neffe Josh, sie alle würden geduldig mit Robins Vater abwarten, bis ihre Mutter wieder zu sich kam. Wie viele besorgte Kinder brauchte man eigentlich, um so eine Glühbirne einzuschrauben?

Doch dieses jüngste Trauma war etwas Neues und Außergewöhnliches. Hier ging es um ein gebrochenes Herz. Ums Verlassenwerden. Und für diese Dinge war Benny alles andere als gerüstet. Robins Gedanken wanderten zu anderen Menschen im Leben ihrer Mutter, die vielleicht in der Lage wären, ihr zu helfen, etwa ihre langjährigen Freunde aus der Synagoge, die Cohns und die Grodsteins und die Weinmans und die Frankens. Vierzig Jahre kannten sie einander. Doch diese Freunde waren alle noch verheiratet und hatten keine Ahnung von solchen Sachen. Nein, das war Robins Gebiet. Die war schließlich Dauersingle, und das wahrscheinlich aus gutem Grund. Nun war sie endlich auch mal dran.

»Du bist überhaupt kein schrecklicher Mensch«, sagte Daniel. Er kratzte sich den blonden Bart, der so weich aussah. Robin stellte sich schon seit Monaten vor, wie weich er war. Alles an Daniel wirkte weich und tröstlich, wenn auch ein bisschen schwach. Der Kinn- und Schnauzbart, die Kopfhaare und die Haare auf Brust und Bauch – im Sommer zuvor hatte sie öfter gesehen, wie er hinten auf der Terrasse in einer ausgeblichenen Hängematte lümmelte und sich sonnte –, all das war ganz golden und flaumig. Einmal hatte sie ihm sogar den Kopf tätscheln wollen, nur um herauszufinden, wie sich die Haare anfühlten, doch als ihre Hand hochflog, hatte er das als Abklatschversuch verstanden und selbst die Hand gehoben, um einzuschlagen, und da hatte sie wohl oder übel reagieren müssen.

Aber es waren schließlich nur Haare. Sie musste sie nicht berühren. Sie hatte selbst Haare, die auch ziemlich weich waren, schwarz, lockig, lang, elastisch, drahtig, aber trotzdem weich.

Außerdem gab es da auch noch anderes: seinen vom hell- oder dunkelgelben oder braunen Zeug aufgeblähten, tief und breit über den Hosengürtel hängenden Bauch, sein ganz eigener Airbag; ausgebeulte, ausgeblichene Flanellhemden mit löchrigen Manschetten und Taschen, weißlich-blaue Jeans oder Cordhosen mit durchgescheuerten Knien; Converse-Hightops, deren Sohlen von Klebeband gehalten wurden. Blutunterlaufene Augen. Eingerissene Nagelhaut. Die viele Zeit, die er im Internet verbrachte. (Klar, das war sein Job, aber sie machte sich trotzdem Sorgen.) Das Haus verließ er nur, um in diese Bar zu gehen, oder wenn Robin ihn bei wärmerem Wetter mit auf Spaziergänge schleppte.

»Dein Freund Daniel«, so nannte ihn Felicia, ihre Mitbewohnerin.

»Er ist nicht mein Freund«, sagte sie daraufhin.

»Ihr verhaltet euch aber so«, sagte Felicia dann. »Worüber redet ihr denn auf euren Spaziergängen?«

Sie redeten über Robins Mutter. Genau wie im Moment.

»Ich weiß nicht, wie ich ihr helfen soll«, sagte sie.

»Ich glaube, du musst einfach für sie da sein«, sagte er.

Ihr war klar, dass das ihre Aufgabe war, aber jedes Mal, wenn sie mit dieser Bahn nach Hause fuhr und die hohen, funkelnden Gebäude von Downtown Chicago in der Ferne langsam verschwanden, bis man nur noch die für den Stadtrand charakteristischen zahllosen Einkaufszeilen und -meilen und -zentren sah – die Vorstadt hatte durchaus mehr zu bieten, das wusste sie, aber mittlerweile sah sie nichts anderes mehr, weil ihr die Kombination aus Vorurteil und Neurose den Blick verstellte –, jedes Mal verfiel sie dann in tiefe Depression.

Wenn sie von New York nicht wieder zurück nach Chicago gezogen wäre, wäre das alles nie passiert. Das wusste sie im Innersten. Sie hatte es dort nur ein Jahr ausgehalten, ein Jahr mit vier anderen Mädchen in einer schmalen, heruntergekommenen alten Etagenwohnung in Bushwick, mit knarrender Decke und Nachbarn, die anscheinend ständig kochten. (Pfannengeklapper, unaufhörliches Gebrutzel: Wieso brieten die ständig irgendwas?) Es gab in der Wohnung zwei Fenster, eins auf das unbebaute Grundstück nebenan und das andere auf den vermüllten Durchgang hinter dem Haus. Die Fenster waren vergittert. Drinnen war es wie im Gefängnis und draußen noch schlimmer. Männer machten auf der Straße widerliche Bemerkungen über sie. Oft wurde sie »weiße Tussi« genannt, was sie hasste, auch wenn sie nichts dagegen einwenden konnte. Sie suchte unausgesetzt nach dem Charme ihres Viertels, ohne dafür gerüstet oder entsprechend kundig zu sein. In diesem Jahr verbrachte sie viel Zeit in der Bahn auf dem Weg in andere Stadtviertel, nur um dort nicht bleiben zu müssen.

Robins Mitbewohnerinnen waren ihr relativ ähnlich. Sie hießen Jennifer und Julie und Jordan – alle waren Jüdinnen, alle hatten im Mittleren Westen das College besucht und alle hatten heimlich gemeinsame Bankkonten mit ihren Müttern, die dort ab und zu kleine Extras einzahlten, damit sich die Mädchen etwas Hübsches gönnen konnten. Es gab eine vierte Mitbewohnerin, die im Wohnzimmer auf dem Sofa schlief, wenn sie nicht bei ihrer Freundin übernachtete. Die forsche Teresa stammte aus Alaska, war in einer Stadt voller Betrunkener aufgewachsen und hatte sich bis in die Mittelschicht vorgekämpft, während die anderen Mitbewohnerinnen dort einfach nur verharrten.

Zusammengeführt hatte sie das gemeinnützige »Teach for America«-Hilfsprogramm, in dessen Namen sie nun an schrecklichen Highschools in ganz Brooklyn benachteiligte Kinder unterrichteten. Nicht im malerischen Brooklyn von Park Slope, wo schöne Menschen mit ihren kleinen Kindern wohnten, sondern östlich davon in Richtung der Rennbahnen und Flughäfen – in Richtung Nirgendwo, wie es ihnen manchmal vorkam. Robin war auf all das nicht vorbereitet gewesen. Nicht einmal durch ihren lebenslangen Konsum der Massenkultur, die zeigte, wie chaotisch es an Schulen in verarmten urbanen Gebieten zugehen konnte. Kein Film oder Song, keine Folge von *Law & Order*, kein Collegeseminar oder Orientierungsprogramm hatte sie darauf vorbereitet, wie absolut ätzend ein Jahr Unterricht an einer Schule voller gefährdeter Kinder sein konnte. Wenn sie Hoffnung und Inspiration gesucht hatte oder glaubte, selbst so etwas bieten zu können, dann war sie dort falsch. Sie spielte in einer völlig anderen Liga. Jeder wusste das. Robin hatte kein Pokerface. Sie *zuckte* den ganzen Tag.

Jeden Morgen wachte sie auf und fragte sich, ob sie mehr Schaden anrichtete als nutzte. Sie kaufte von ihrem eigenen Geld Papier und Textmarker. Sie versuchte, Neuerungen einzuführen: Sie beklebte eine große, leere Blechdose (gehackte Tomaten für die Pastasauce vom vergangenen Abend) mit Papier, taufte sie die »Hör-mir-zu-Dose« und stellte sie vorn im Klassenzimmer auf. »Wenn euch nach Schreien ist oder ihr euch über irgendwas ärgert, dann schreibt es einfach auf und steckt den Zettel da rein«, wies sie die Kinder an. »Und ich verspreche, euch wird zugehört.«

Nach dem Unterricht las sie die Zettel. Manchmal waren es schlichte Informationen.

Jemand hat meinen Bleistift geklaut.
Ich mag keine Tests.
Es müsste jeden Tag Chicken Nuggets zu Mittag geben.

Öfter waren es allerdings Botschaften voller Wut oder Traurigkeit.

Mein Vater hat mich gestern Abend Schwuchtel genannt.
Bei mir zu Hause ist es zum Schlafen zu laut.
Ich hasse Sie ich hasse die Worte hier ich hasse alle.

Aber nicht deswegen war sie aus der Stadt weggezogen, jedenfalls nicht, soweit sie sich erinnerte. Es hatte einen wirklichen, konkreten Wendepunkt gegeben, und zwar gegen Ende des Schuljahres. Eine Woche lang waren sie und ihre Mitbewohnerinnen völlig zerstochen aufgewacht – zunächst waren es nur wenige Stiche gewesen, bis sich dann ein paar Tage später am ganzen Körper, an Bauch, Beinen und Armen rote, brennende Flecken zeigten. Es half nichts. Sie hatten Bettwanzen. Teresa war diejenige, die schließlich erkannte, was es mit den Stichen auf sich hatte und was man dagegen unternehmen musste. Sie würden sämtliche Kleidungsstücke heiß waschen müssen. Einen Kammerjäger rufen. »Und diese Matratzen kann man nur wegschmeißen«, sagte sie. Wer hatte eigentlich vorgeschlagen, sie zu verbrennen? War es Robin gewesen? Hätte sie so rasch an komplette Zerstörung gedacht? Wenn sie es nicht selbst ausgesprochen hatte, war sie jedenfalls sofort dabei.

Sie schritten gemeinsam auf der Stelle zur Tat. Keine konnte die wanzenverseuchten Sachen auch nur einen Augenblick länger ertragen. Sie kickten ihre Matratzen die Treppe hinunter. Teresa zerrte das Sofa allein mit einer Hand hinaus. Sie schleiften alles über den Kiesbelag des unbebauten Grundstücks in den verdreckten Durchgang hinter dem Haus. Robin rannte zum Deli an der Ecke und kaufte Feuerzeugbenzin. Eines der Mädchen hatte Streichhölzer. Die anderen lasen in dem Durchgang alles auf, was gut brannte: alte Zeitungen, einen Lampenschirm, ein halbes Dutzend schmutzige Pizzakartons. Dann standen sie alle da und sahen zu, wie das Feuer die Matratzen verschlang. Die Scheißdinger einfach verschlang. Alle standen dabei und kratzten sich. Hatten sie das etwa verdient? Immerhin unterrichteten sie *für Amerika*!

Robin untersuchte ihren fleckigen Arm und sagte: »Scheiß drauf. Ich ziehe wieder nach Hause.«

»Ich auch«, sagte Julie.

»Ich auch«, sagte Jennifer.

»Ich auch«, sagte Jordan.

»Ich nicht«, sagte Teresa. »Ich ziehe zu meiner Freundin. New York ist irre.«

Inzwischen hatte Robin nur noch zwei Mitbewohnerinnen (eine, die nie da war, weil sie meistens bei ihrem Freund wohnte, wenn auch gewissermaßen undercover nach dem Motto: »Wir wollen es uns mit unseren katholischen Eltern nicht verderben, obwohl wir schon Ende zwanzig und eindeutig nicht mehr jungfräulich sind«, und eine, die immer da war, weil sie nichts Besseres hatte, so ungefähr wie Robin) und lebte in einer geräumigen Wohnung in Andersonville, nur drei Haltestellen von der Privatschule entfernt, wo sie seit sieben Jahren Geschichte unterrichtete. Ihr Leben in Chicago war besser, in allen Punkten, an die sie zur Zeit ihres Umzugs gedacht hatte, obwohl sie sich manchmal fragte, ob sie zu schnell die Flucht ergriffen hatte, denn dass sie nie mehr zurückgehen würde, wusste sie. Das war es nun, Chicago. Endstation.

Jetzt gab es nämlich eine Mutter mit Herzeleid, um die sie sich kümmern musste.

Wo hätte sie auch hinziehen sollen in den vergangenen Jahren? Sie hätte überall genauso gelebt wie derzeit in Chicago. Robin stand morgens auf, trank Kaffee, machte ein paar Dehnübungen, lief fünf Meilen, duschte, cremte sich ein, zupfte ein verirrtes Haar vom Kinn, legte zu viel Eyeliner auf und goss dann, bevor sie aus dem Haus ging, ein paar Pflanzen, an denen ihr wenig lag, die sie aber aus Gewohnheit am Leben erhielt. Dann fuhr sie mit Bahn oder Bus zu einer Schule, die nicht so weit weg war, als dass sie ihr ganzes Leben mit Pendeln verbringen musste, aber weit genug für ein erwachsenes Gefühl – echte Erwachsene gingen zur Arbeit aus dem Haus und fuhren irgendwohin; da lag auch ein Problem, das sie mit Daniel hatte und seinem Leben und damit, ihn ernst zu nehmen –, las während der Fahrt irgendeinen Roman aus der Zeit nach den Siebzigern, den sie sich in der Bibliothek beschafft hatte, und grinste über die lustigen Stellen, ohne je laut zu lachen. In der Schule gab sie einer Klasse Unterricht über den Vietnamkrieg und wurde ein bisschen politisch dabei, ohne sich zu sehr zu empören (natürlich sympathisierte sie mit den Demonstranten, aber trotzdem: *Wir müssen unsere Truppen jederzeit unterstützen*), und wenn sie dann mit der einzigen guten Freundin, die sie dort gefunden hatte, zu Mittag aß – wer immer die andere bissige junge Single-Frau war –, saßen die beiden allein an einem Tisch in der Cafeteria, machten sich über alle anderen lustig, Schüler wie Lehrer, und hatten letztlich doch immer etwas Nettes über alle zu sagen. Später fuhr Robin mit der Bahn nach Hause, ging vielleicht einkaufen, umweltfreundlich produzierte und meist vegetarische Nahrungsmittel, die sie anschließend verarbeitete und in Frieden zu sich nahm, während sie in ihrem Buch las und mit dem Zeigefinger den Zeilen folgte, um dann ihre Mitbewohnerin, die ins Zimmer kam, strahlend anzulächeln, jedoch schnell wieder nach unten zu blicken, als dürfte man sie nicht ablenken von genau dieser emotionalen Stelle im Buch, was nicht mal gelogen, aber auch ein Vorwand war, um noch ein bisschen zu schweigen, um einen weiteren Augenblick des Tages zu genießen, der allein ihr gehörte. Denn später würde sie in eine Bar gehen, mit einem Mann, oder sie würde dort einen Mann kennenlernen, und sie würde üben, eine Frau zu sein, würde eine gewisse Macht verspüren, würde dem Mann ihr gegenüber gerade genug Energie aussaugen, um sich noch vollständig und wesentlich und sexuell zu fühlen, ohne dafür etwas anderes tun zu müssen als einfach aufzutauchen und da zu sein. Keine Verletzungen. Sie hatte kein Interesse daran, jemals wieder verletzt zu werden oder jemanden zu verletzen. Es ging nur um ein bisschen Konversation. Einen unschuldigen Flirt. Und dann würde sie trinken, was sie brauchte, um sich für die Nacht umzuhauen.

Robin hätte ebenso gut in Denver oder San Francisco oder Atlanta oder Austin wohnen können, es spielte keine Rolle. Wo sie auch wohnte, sie würde dasselbe tun. Nie wieder würde sie in einem Durchgang Möbel anzünden.

Sie dachte an das Gefühl ganz am Ende ihres morgendlichen Laufs. Sie legte dann jedes Mal einen Sprint ein, und wenn sie zu Hause ankam, war sie außer Atem, krümmte sich, stützte die Hände auf die Knie, und ihre Haut glühte. Das mochte sie am liebsten an ihrem Tag. Diese Minute, in der sie den Sprint einlegte.

Nun saß sie auf ihrem Barhocker und beugte sich vornüber. Die Haare hingen ihr ums Gesicht. Sie wartete darauf, dass ihr das Blut in den Kopf strömte. Daniel legte ihr eine Hand in den Nacken. Er fragte nicht, ob alles in Ordnung war. Sie mochte Daniel. Er wusste, wann man still sein musste.

Schließlich hob sie den Kopf. Es war nicht dasselbe Gefühl wie beim Sprint. Dieses Gefühl ließ sich anders nicht herstellen.

Daniel und Robin tranken einander noch einmal zu, diesmal auf die Ehen ihrer Eltern.

»Eine wahre Inspiration für uns alle«, sagte Daniel.

»Das ist gemein«, sagte sie.

»Ach, blöde Bemerkungen über die Operationen sind okay, aber die Scheidung ist tabu? Jetzt erkenne ich, was du wirklich bist, Robin. Eine sentimentale alte Suse.«

Sie war nicht sentimental. Aber sie hatte inzwischen überschüssige Liebe im Herzen; sie wusste, dass es so war. Liebe, die sie ihrem Vater entzogen hatte. Die war nicht einfach verschwunden. Aber sie brauchte eine neue Richtung. Robin sah Daniel an und kam auf den gemeinsten Gedanken ihres Lebens. *Er tut's.*

Sie beugte sich über die Ecke der Bar, sodass die Kante in ihren Bauch drückte, und gab Daniel einen unbeholfenen, aber nicht gänzlich misslungenen Kuss. Dann setzte sie sich wieder hin.

Daniel sagte eine Weile nichts. Er hatte glasige Augen und rieb die Lippen aneinander. »Wir sollten erst mal darüber reden«, sagte Daniel.

»Das ist etwas, worüber wir auf gar keinen Fall reden sollten«, sagte Robin. »Nicht reden und nicht nachdenken. Einfach tun.«

Und schweigend gingen sie.

Edie, 92 Kilo

Bei Edie Herzen zu Hause waren alle besessen von Golda Meir. Ihr Vater und seine zahlreichen Freunde, die er aus der Synagoge oder dem Studium kannte oder die gerade aus Russland gekommen und von Edies Vater in dessen Leben aufgenommen worden waren, weil er ständig Leute aufnahm, verbrachten ganze Wochenenden über den Küchentisch gebeugt mit Gesprächen über sie, rauchten dabei Zigaretten, tranken Kaffee und stocherten in dem Essen, das vor ihnen stand – Platten mit Weißfisch und Hering, Bagels, Räucherlachs, verschiedene Aufstriche aus manchmal undefinierbarem Fleisch. Leuchtend grünes eingelegtes Gemüse, strotzend von Essig und Salz. Kirschgebäck mit halb geschmolzenen Zuckergussschnörkeln.

Ihre Mutter schnitt derweil meist Tomaten und Zwiebeln an der Küchenspüle, auch mit einer Zigarette im Mund. Sie trug ihr schwarz gefärbtes Haar bauschig hochgesteckt, und immer baumelte ein neues Goldarmband an ihrem Handgelenk. Ihr war das alles längst nicht so wichtig wie Edies Vater, und sie selbst ging fast nie in die Synagoge, außer an hohen Feiertagen. Nach dem Umzug der Familie zehn Jahre zuvor von Hyde Park nach Skokie stand die Synagoge, in der Edies Mutter groß geworden war, nicht mehr zur Verfügung, und ohne persönlichen Bezug zu einer damit verbundenen Geschichte hatte die Ausübung des Glaubens plötzlich keine Bedeutung mehr für sie. Doch Edies Mutter versorgte ihren Mann und dessen Freunde – also konnten sie das Beten für sie gleich mit erledigen. Sie sorgte dafür, dass alle etwas zu essen bekamen. Niemand würde ihr Haus hungrig verlassen. Keiner dieser armen, unbeweibten, kinderlosen, einsamen Männer.

Die Männer begaben sich vom Tisch zur Synagoge und wieder zurück, und manche streckten sich nachts auf dem Sofa im Wohnzimmer aus. Man würde Israel demnächst von allen Seiten bombardieren, und alle waren überzeugt, wenn Golda am Ruder wäre statt dieses schwachen, stotternden Männleins Eshkol, dann wäre die ganze Sache schon seit Monaten erledigt. Edie dachte an ein Gedicht von T. S. Eliot, das sie im Englischunterricht durchgenommen hatte: *Frauen kommen und gehen und schwätzen so / Daher von Michelangelo.* Bei ihr zu Hause waren es Männer, die kamen und gingen, und immer schwätzten sie von Golda Meir.

Manchmal stritten ihre Eltern darüber, wie viel Geld sie für Israel spenden sollten.

Edie aß alles, was die Männer aßen, und noch mehr als sie. Rauchten die, aß Edie. Tranken die Kaffee, trank Edie Coca-Cola. Nachts aß sie die Reste. Das machte nichts, denn es kam ständig neues Essen ins Haus. Sie aß im Namen von Golda, die gerade vom Krebs genas. Sie aß zu Ehren von Israel. Sie aß, weil sie das liebend gern tat. Sie wusste, dass sie liebend gern aß, dass ihr Herz und ihre Seele satt waren, wenn sie satt war, nicht zuletzt, weil sie gehört hatte, wie Abraham, einer der älteren Freunde ihres Vaters, mit Naumann über sie sprach, dem blauäugigen, bleichen Trinker, der nur ein paar Jahre älter war als sie, ein junger Mann im Haus, den sie ansehen und mit dem sie sich aus der Nähe und ganz persönlich unterhalten konnte, falls sie sich dafür entschied, was bislang nicht der Fall gewesen war.

»Kräftige Knochen, meine Fresse. Das Mädchen isst einfach liebend gern«, das hatte Abraham gesagt.

Na und? Mehr hatte sie dazu nicht zu sagen. Auch wenn es ein bisschen wehgetan hatte, ihn so etwas sagen zu hören, hieß es doch, dass die beiden sie immerhin ansahen.

Als wesentlich jüngerer Mann hatte sich Abraham dem Dienst in der russischen Armee während des Krieges mit Japan entzogen, indem er sich beide Trommelfelle durchstach. Seitdem trug er Hörgeräte. Alle Freunde ihres Vaters achteten ihn für sein subversives Verhalten, denn sie alle hassten Russland (und manchmal Amerika) (liebten aber Israel), während Edie einfach nur fand, dass es die Tat eines Wahnsinnigen gewesen war. Taub zu sein für das restliche Leben? Sie konnte aufhören zu essen (vielleicht), aber er würde sein Gehör niemals zurückbekommen.

Naumanns Vater kannte Edies Vater seit ihrer gemeinsamen Kindheit in Kiew. Sehr eng waren sie nicht befreundet gewesen, aber ihr Vater konnte immer schwer Nein sagen, wenn er wieder einmal einen Bittbrief erhielt. Also übernachtete Naumann seit ein paar Monaten ab und zu auf dem Sofa im Wohnzimmer. Es hatte einen Überzug aus Plastik, und Edie begriff nicht, wie er darauf schlafen konnte, ohne herunterzurutschen. Abraham entschlummerte gewöhnlich senkrecht auf dem Ruhesessel im Keller sitzend. Dann hüllte Edies Mutter die beiden in Decken, die immer ordentlich zusammengefaltet dalagen, wenn Edie morgens auf dem Weg zur Schule nach unten gestolpert kam und die Männer bereits zu irgendeiner von Edies Vater aufgetanen Arbeit gegangen waren.

In der Highschool schnitt Edie erheblich besser ab als die meisten ihrer Klassenkameraden. Später sollte sie ihren Abschluss um ein Jahr vorziehen und dann innerhalb von drei

Jahren die Northwestern University abschließen, die sie kostenlos besuchen würde, weil ihr Vater dort angestellt war, und zwar mit Auszeichnung, und dann sollte sie dort Jura studieren, und dort würde sie auch ihren ersten akademischen Rückschlag erleben, denn Edies Abschluss war am Ende nur durchschnittlich, vielleicht, weil ihre Klasse aus überdurchschnittlich intelligenten Menschen bestand, vielleicht, weil ihre Mutter im ersten Jahr des Jurastudiums erkrankte, vielleicht, weil ihr Vater im zweiten Jahr ihres Jurastudiums erkrankte, vielleicht, weil sie irgendwann mittendrin ihren zukünftigen Ehemann kennenlernen und sich verlieben sollte, und vielleicht auch, weil eine Frau nur ein gewisses Maß bewältigen kann, bis sie einfach zusammenbricht.

Doch seinerzeit war sie in Hochform, karamellfarbener Teint, funkelnde dunkle Augen, weiches, dunkles, lockiges Haar, das lang genug war, um es im Nacken zu einem losen Knoten zu binden, sodass sich winzige Strähnchen um Wangen und Kiefer kräuselten. Sie kam sich schlau und bemerkenswert vor und ging davon aus, dass sie auf der Welt alles erreichen konnte, dass zu diesem Zeitpunkt eigentlich niemand die Macht hatte, sie zu knechten, außer ihr selbst.

Die kräftige Edie Herzen.

»Stimmt schon, so ein kräftiges Mädchen hat was. Sogar ein richtig kräftiges«, sagte Abraham.

»Das wollte ich damit sagen«, sagte Naumann. Edie kannte nicht mal seinen Vornamen.

Naumann auf dem Sofa. Abraham im Keller. Ihre Eltern oben im Bett.

Edie hatte gerade erst angefangen, sich auf einen Flirt mit nächtlichem Essen einzulassen. Den ganzen Tag war es hin und her gegangen, von wegen Golda Meir und Israel. Ihr

Vater hatte eine ganze Packung Pall Mall geraucht und nicht ans Essen gedacht. Wo er doch so dünn war. Es gab Reste. Es gab einen halben Laib Roggenbrot und so viele köstliche Sachen, die man zwischen zwei Scheiben Roggenbrot legen konnte. Und zwar im Kühlschrank, in der Küche, hinter dem Wohnzimmer.

Edie schlich auf Zehenspitzen nach unten, über Teppichboden, Fliesen, Linoleum. Kein Zigarettengestank konnte sie ablenken von ihrem Ziel. Sie sollte später immer an Zigaretten denken, wenn sie sich ans Essen machte. Die lebenslange Hassliebe zu einem Geruch.

Sie musste sich nicht einmal umdrehen und wusste doch, dass es Naumann war, der sich hinter ihr gerade eine angesteckt hatte und nun am Küchentisch saß. Edie durchschaute ihn schon, bevor er auch nur den Mund aufmachte. Sie hätte ihn seit Monaten berühren können. Sie hätte mit dem Finger über seine geschwollenen Lippen streichen können. Andere Mädchen taten so etwas ständig, das war gar nichts Besonderes. Ihre halbe Klasse hatte sich über Nacht in Hippies verwandelt. Ihre Eltern liebten einander noch, hielten beim Abendessen Händchen und gaben einander Gutenmorgen-, Gutenabend- und Gutenachtküsschen. Es war in Ordnung, einen anderen Menschen zu begehren, wenn es der richtige Mensch war. Doch sie hatte ihn begutachtet und durchfallen lassen.

Aber konnte Naumann das wissen? Er interessierte sich viel zu sehr dafür, *sie* zu begutachten, wie sich ihr Hintern anfühlen würde, wenn er die Backen mit den Händen zusammenquetschte, wie es wäre, sein Gesicht zwischen ihren Brüsten zu vergraben und sie gegen seine Wangen zu drücken. Wie es wäre, mit einem Mädchen zusammen zu sein, das er nicht bezahlen musste. Und er interessierte sich für Wodka. Für seine Arbeit interessierte er sich kaum.

Im Frühjahr zuvor hatte Edies Mutter jemanden damit beauftragt, die Büsche auf dem vorderen Rasen in ungewöhnliche Formen zu schneiden, und nun konnte Edie durch das seitliche Fenster eine dunkelgrüne Spirale im Mondlicht sehen. Krautsalat und Roastbeef zwischen zwei Scheiben Roggenbrot. Sie setzte sich zu Naumann an den Tisch und fing an zu essen. Er steckte sich noch eine Zigarette an. Sie kam sich unerschrocken vor.

So ein kräftiges Mädchen hatte schließlich was.

»Du bist immer so hungrig«, sagte Naumann und klang dabei bitter, aber hoffnungsvoll, so verloren, wie er in Amerika war, wo er auf einem Sofa mit Plastiküberzug schlief, ausnahmslos jede Nacht auf dem Boden im Wohnzimmer erwachte und froh sein konnte, dass zumindest ein Teppich seine Stürze dämpfte. »Immer steckst du dir was zu essen in den Mund.«

Sag es nicht, dachte Edie.

Edies Vater hatte Naumann eine Arbeit als Kloputzer an einer Highschool in Winnetka verschafft. So war er immerhin Hausmeister einer Highschool.

Edie biss noch einmal ab. Der Krautsalat war sahnig und sauer.

Naumann nahm einen tiefen, betrunkenen Zug und blies den Rauch dann durch die Nase hinaus.

Sie sah, dass er keine Selbstbeherrschung besaß. So wie sie in vielerlei Hinsicht auch. Sie hatte Mitgefühl. Aber trotzdem. *Sag es nicht.*

»Vielleicht brauchst du mal was anderes im Mund«, sagte er.

»Als ob ich jemanden vögeln würde, der für seinen Lebensunterhalt Toiletten putzt«, sagte sie.

»Du hättest deinen Spaß«, sagte er. »Hure.«

Edie aß ihr Sandwich auf – sie nahm sich Zeit, weil sie Hunger hatte und weil es sie satt machte und weil sie bei sich zu Hause war, in ihrer Küche, und weil sie eine Königin war und Frauen diese Welt mit eiserner Faust regieren konnten. Und als sie mit dem Sandwich fertig war, stieß sie einen gellenden Schrei aus, der sie in seiner Mädchenhaftigkeit selbst überraschte und ihre Mutter weckte und ihren Vater und den halben Block, worauf in lauter Schlafzimmern und Wohnzimmern das Licht anging, alle sich rührten, alle sich sorgten, alle außer Abraham, der den ganzen Krawall verschlief, weil er seine Hörgeräte für die Nacht abgelegt hatte. Edie empfand keinen Funken Reue. Was sie anging, war gar nichts Tragisches passiert.

Der Weidenbaum

Rachelles Schwiegermutter ging es nicht gut. Als kränklich hätte Rachelle sie allerdings nie bezeichnet, weil sie nämlich gar nichts Hinfälliges hatte. Edie war einsachtzig groß und geformt wie ein enormes Ei unter dem wechselnden Aufgebot seidiger, schimmernder Hauskleider, die sie irgendwie zum Leuchten brachten. Aber vor einem halben Jahr hatte Edie eine Stent-Operation an ihrem morschen Oberschenkel gehabt – eine Begleiterscheinung des Diabetes –, in ein paar Wochen stand ein weiterer Eingriff an, und kürzlich war Rachelle aufgefallen, dass zwei von Edies Zähnen schwarz geworden waren. Ein Stich der Besorgnis traf sie ins Herz. Außerdem fand sie es eklig. Aber sie schaffte es trotzdem nicht, die Sache anzusprechen.

Schließlich war es nicht ihre Aufgabe, mit der Schwiegermutter über Zahnpflege zu reden. Sie hatte einen Haushalt zu führen, zwei Kinder zu versorgen, eine B'nei-Mizwa zu organisieren. (Es war allgemein bekannt, dass sie eine B'nei-Mizwa zu organisieren hatte, das wussten ihr Friseur, ihr Pilates-Trainer, der Tanzlehrer ihrer Kinder, ihre Freundinnen, die mit dem Kinderkriegen alle bis Ende zwanzig gewartet hatten und ihr in Sachen Elternschaft immer einen Schritt hinterherhinkten. »Ihr meint, ihr habt jetzt schon alle Hände voll zu tun«, pflegte sie ihren früheren Mitbewohnerinnen vom College zu sagen. »Wartet bloß ab.«)

Rachelle war durchaus bereit, die Schwiegermutter in vielerlei Hinsicht zu unterstützen. Herzlich gern setzte sie sich stundenlang mit ihrem Schwiegervater Richard und ihrem Mann Benny ans Krankenhausbett. Wenn Richard in seiner Apotheke zu beschäftigt war, um sich um die Bedürfnisse seiner eigenen Frau zu kümmern, chauffierte Rachelle Edie zu ihren Untersuchungen oder zum Einkaufen bei Jewel und Costco. Und sie pflegte im Haus ihrer Schwiegereltern für die beiden zu kochen, bevor sie heimfuhr, um Essen für ihre eigene Familie zu machen, saß geduldig das schreckliche, unaufhörliche Gezänk von Edie und Richard über irgendwelchen Kleinkram aus, über Weichspüler, Rasenpflege, ihre Finanzen, diese Streitereien, die immer damit endeten, dass Richard resigniert die Hände hob und ging, während Edie sich zu Rachelle wandte und sanft gurrte: »Für die Ehe muss man einen Vogel haben«, wobei sie anschließend zwitscherte und lächelte.

All das tat sie gern, für ihre Familie, für ihren Mann. Wirklich, kein Problem.

Doch nirgendwo in ihrer Jobbeschreibung als Ehefrau und Mutter und Hausfrau stand, dass es an ihr war, die Schwiegermutter vom Abkacken ihrer Zähne in Kenntnis zu setzen.

»Wieso sagt denn dein Vater nichts?«, fragte sie Benny. »Meinst du, er hat es überhaupt gemerkt?«

Es war nach dem Abendessen, die Kinder hatten ihre letzten SMS des Tages verschickt und lagen im Bett. Benny und Rachelle standen hinter dem Haus. Benny nahm lange Züge vom letzten Rest eines nadeldünnen, fest gerollten Joints. Rachelle zitterte wie ein kleiner, preziöser, kostspieliger Hund. Januar in Chicago, sie mussten wahnsinnig sein. Der Pool war mit einer Plane abgedeckt. Beide trugen lange, wattierte, bauschige Mäntel.

»Ich weiß da auch nicht mehr als du«, sagte Benny.

Es ging um den Schneidezahn unten links und den Zahn daneben. Beide waren an der Wurzel schwarz. Rachelle sah es nur, wenn Edie lächelte, und sie lächelte oft, wenn die Zwillinge in der Nähe waren.

»Müssen wir jetzt darüber reden?«, fragte er. Die Kälte in der Luft verband sich mit dem Rauch des Joints zu einer einzigen riesigen Wolke. Er zertrat den Stummel mit dem Schuh.

»Wann möchtest du denn darüber reden?«, fragte sie.

Er legte ihr leicht die Hand an den Hals, packte dann zu und zog ihr Haar damit zum Pferdeschwanz zusammen. Sie konnte in keinem Moment sicher sein, wer ihre Beziehung eigentlich kontrollierte.

»Gar nicht?«, fragte er.

»Sie ist deine Mutter«, sagte sie. »Machst du dir keine Sorgen?«

»Ich mache mir unentwegt Sorgen um sie«, sagte er traurig. Seine Augen wurden ganz groß, er gab einen kleinen, erstickten Laut von sich, und dann weinte er. Sofort schloss sie ihn in die Arme, sie standen ein Weilchen in der Kälte und hielten einander fest, zwei bauschige Mäntel in der Nacht. Beide wälzten den gleichen unausgesprochenen Gedanken: Sie steckten da gemeinsam drin. Und wenn einer von ihnen versagte, musste es der andere schaffen.

»Vielleicht kannst du morgen mal mit ihr reden?«, fragte er schließlich. Es erregte sie, wie sein Bart in ihrem Gesicht kratzte, während er sprach.

»Kann ich machen«, sagte sie. »Kann ich machen, wenn die Kinder beim Tanztraining sind.«

»Na also«, sagte er leise.

*

Die Kinder nahmen seit drei Wochen Hip-Hop-Tanzunterricht zur Vorbereitung auf ihre B'nei-Mizwa und hatten durchaus schon Fortschritte gemacht, aber Rachelle machte sich Sorgen, dass sie zur Party noch nicht so weit sein oder schlimmer, dass sie sich blamieren könnten. Der Plan war, dass sie nach dem Essen eine Nummer vortanzen sollten, und danach würden sich alle einen Zusammenschnitt aus Aufnahmen von den Zwillingen über die Jahre hinweg ansehen. Anschließend würde dann die Desserttheke in den Saal gerollt werden, inklusive Eisbecherstation zur Selbstbedienung und blubberndem Schokoladenbrunnen zwischen Keksen, Napfkuchen und Erdbeeren. Rachelle hatte solche Brunnen auf anderen Bar-Mizwa-Feiern und einmal bei einer Hochzeit gesehen und fand, dass sie mehr Umstände machten, als sie wert waren – diese Schweinerei! Überall Schokolade, aber mittlerweile gab es auf jeder Party einen, und sie wollte ihre Kinder nicht enttäuschen, ihre Babys, ihre Wunderwerke.

Die beiden hatten selbst unbedingt Tanzunterricht nehmen wollen. Manche Gleichaltrigen sangen etwas während der Showeinlage ihrer Party, aber das lag ihnen nicht. Josh und Emily hatten selbst erkannt, dass das nur schiefgehen konnte; Joshs Stimme machte gerade ernsthafte und dramatische Veränderungen durch, und Emily – Emily mit der tiefen, blechernen Stimme – hatte man nun schon das dritte Jahr in Folge des Schulchors verwiesen. Aber die fleißigen Kinder spielten beide seit der Grundschule Fußball, waren fit und sportlich und wussten, was es hieß, dranzubleiben und zu trainieren. Sie hatten versprochen, die Sache ernst zu nehmen. Sie hatten Ergebnisse versprochen.

Und Rachelle vertraute ihrem Lehrer Pierre, der national und in einem Fall auch international mit einigen Broadway-

Musical-Produktionen auf Tournee gewesen war – herausgefunden hatte sie das im Zuge ihrer unermüdlichen Internetrecherchen, in einem früheren Leben war sie nämlich einmal eine gute, solide forschende Studentin gewesen, und außerdem wollte sie ihre Kinder nicht dreimal wöchentlich für jeweils eine Stunde einem x-beliebigen Menschen mit Stepptanzschuhen und Dreijahresmietvertrag für irgendeinen Büroraum anvertrauen.

Ihre Sorge hatte sich als unbegründet erwiesen, Pierre war nämlich große Klasse. Er war ein paar Jahre zuvor in die Gegend gezogen, weil seine Mutter in der Nähe wohnte und an irgendeiner schrecklichen Krankheit litt – Rachelle wusste nicht mehr, an welcher, beinahe hätte sie Leukämie gesagt, was hatten all die Leute nur für schreckliche Krankheiten? –, und schließlich war er geblieben. »Man muss sich um seine Familie kümmern«, hatte er ihr erklärt. »Ich meine, letzten Endes hat man sonst nichts, verstehen Sie, was ich meine?« Rachelle hatte heftig genickt. Er sprach ihr aus der Seele.

Sein Tanzstudio lag zwar in einer dunklen Ecke des weitläufigen Gewerbegebiets einen Block entfernt vom neuen Walmart an der Route 83, doch sie hatte bereits beim ersten Eintreten gewusst, dass dieser Mann authentisch war und begabt. Das Studio war ganz einfach, vorn ein kleines Büro und dann ein Übungsraum mit reinweißen Wänden. An den Wänden des vorderen Raums allerdings hingen Dutzende Bilder von Pierre mit Prominenten, mit Broadway-Stars und Pop-Ikonen und einer Handvoll Fernsehschauspieler. Und das waren nicht mal gestellte Fotos: Pierre am Strand, wie er ohne Hemd und lächelnd mit seinen schlanken, an feste, flache Nudeln erinnernden Armen einen anderen hemdlosen, lächelnden Mann umschlang; Pierre, wie er an einem voll besetzten Esstisch umgeben von Prominenten seine großen, freundlichen Augen funkeln ließ; ein verschwitzter Pierre nach der Vorstellung inmitten des Ensembles, mit Make-up-Resten im glatten, kakaofarbenen Gesicht und strahlendem Lächeln. Rachelle konnte beim Anblick des Bilds geradezu hören, wie schwer er atmete, wie rasch sein Herz klopfte. Einen so aufregenden, spannenden Menschen hatte sie schon lange nicht mehr kennengelernt.

Doch wenn sie Josh und Emily gegen Ende jeder Stunde durch das Fenster zwischen Büro und Übungsraum beobachtete, sah sie, wie unbeholfen die beiden noch waren. Josh war anscheinend der Bessere; er konnte wenigstens den Rhythmus halten, auch wenn er sich zu steif bewegte. Emily hingegen war gar nicht im Takt, sie hielt manchmal inne, starrte, formte lautlos mit den Lippen die Zählung und bekam glasige Augen, während Pierre ihr immer wieder dieselben Schritte zeigte. Er verlor jedoch nie die Geduld, sein Ton war warm und ermutigend, und als Josh einen kleinen Triumph feiern konnte, johlte er: »Oooh Mann, jetzt hast du es raus.«

Wenn Pierre ihr versprach: »Aus denen mache ich massives Gold«, glaubte sie ihm. Schließlich kannte er Ricky Martin.

Die Kinder marschierten an ihrer Mutter vorbei, ohne den Blick von ihren iPhones zu wenden – Geschenke zu Chanukka im vergangenen Monat, wider ihr besseres Wissen, diese ganzen Studien von wegen Tumore und Krebs, telefonieren ließ sie die beiden damit jedenfalls nicht, nur simsen –, und verabschiedeten sich kurz von Pierre. »Vergesst nicht, heute Abend abzustimmen«, sagte er. »Auf keinen Fall«, sagte Emily.

»Sie können auch abstimmen«, sagte Pierre. Er wies auf ein neues Foto an der Wand, von ihm und einem mageren, jungen Asiaten mit hellblauen Augen und Irokesenschnitt. Beide hielten Eiswaffeln, die sich an den Spitzen berührten. Pierre erklärte, der Mann sei ein früherer Schüler von ihm und mache nun bei *So You Think You Can Dance* mit. Er sei im Finale, und er brauche Leute, die für ihn stimmten. »Sie können anrufen oder simsen«, sagte Pierre. »Wenn Sie eher der Simstyp sind.«

War sie nicht, aber das konnte ja noch werden.

*

Das Training dauerte neunzig Minuten, und ihre Schwiegereltern wohnten zehn Minuten vom Studio entfernt – nach wie vor in dem Haus, wo Benny mit seiner Schwester Robin aufgewachsen war. Also konnte Rachelle mindestens eine Stunde mit Edie verbringen, die sicher bequem ausreichen würde, um das Thema Zähne anzusprechen und vielleicht sogar die umfassendere, bedrohliche Frage ihres allgemeinen Gesundheitszustands, denn da hatte Edie nicht das Geringste unternommen, obwohl ihre Ärzte und alle in ihrer Umgebung bereits ernste Warnungen aussprachen. Beine, Zähne, Herz, Blut. Alles an ihr kollabierte. Mittlerweile wog sie über 135 Kilo. Wenn sie ihre Ernährung nicht umstellte und nicht mit Sport begann, war das lebensgefährlich – das jedenfalls hatte der Arzt ihnen allen gesagt. Ein Bypass würde bald vielleicht nicht mehr nur denkbar, sondern unumgänglich sein. Wie viele Operationen würde es noch brauchen, bis sie ihr Leben änderte? Schätzte sie dieses Leben denn so gering? Für Rachelle, für Benny und für alle, die sie kannten, war so etwas unvorstellbar. Ihnen hätte eine Operation gereicht.

Bennys Vater hatte überflüssigerweise mehr als einmal gesagt: »Ihr kennt eure Mutter, ich kann sie zu nichts bringen, was sie nicht will.« Mehr hatte er zu diesem Thema anscheinend nicht vorzubringen. Er war einfach nicht bereit, sich mit seiner Frau auseinanderzusetzen. Edie war zwar wunderbar zu ihren eigenen Kindern, zu den Enkeln und zu Rachelle selbst, hackte aber ständig auf Richard herum, als wäre sie ein Spatz und er ein widerspenstiger Krümel – das schmälerte Rachelles Zuneigung zu ihr.

Obwohl Rachelle der festen Meinung war, dass es in Richards Zuständigkeitsbereich fiel, seiner Frau beim Gesundwerden zu helfen, fuhr sie nun doch selbst durch eine langgezogene, aus neuen Häusern bestehende Wohnsiedlung und durch eine weitere, bis sie eine winzige Seitenstraße mit Häusern aus den sechziger Jahren erreichte, die man nie an Makler, sondern, wenn überhaupt, immer direkt an jüngere Familien verkauft hatte. Jedes dritte Haus sah genau gleich aus. Es waren viele Bungalows dabei, und hinter jedem Haus lag ein eingezäunter Garten. In der warmen Jahreszeit blühten in den Vorgärten robuste amerikanische Ulmen. Eine schöne, ruhige Wohngegend. Rachelle hatte Bilder von dem Haus vor dreißig Jahren gesehen, in den Fotoalben der Familie, Benny und Robin vor einem enormen Weidenbaum voller zarter Blüten, Robin rundlich, mit spitzen kleinen Brüsten und im Polohemd, wie sie schüchtern lächelnd in die Sonne blinzelte, während Benny mit Chicago-Cubs-Mütze, Baseballhandschuh und breit grinsendem Zahnklammergesicht neben seiner Schwester strahlte. Wie kam es, dass Benny so fröhlich war und Robin so traurig? Niemand wusste es. Das lag wohl an den Genen, was sollte man sonst vermuten. Die Weide gab es nicht mehr, inzwischen stand vor der Doppelgarage nur noch eine niedrige Reihe ungleichmäßig geschnittener Büsche, die Edie sehr dürftig pflegte, indem sie im Frühjahr ab und zu mit einer riesigen Heckenschere darauf losging. »Ach, herrlich, die frische Luft«, sagte sie dann.

Rachelle parkte gegenüber vom Haus, blieb aber im Auto sitzen; ihre Beine wollten sich einfach nicht rühren, und sie brachte es nicht einmal fertig, den Motor abzustellen. *Unfair*, dachte sie, ein Wort, das in ihrem Kopf glühte und blinkte und ihr mit jedem Pochen ein Brandzeichen versetzte. Warum hatte sie Ja gesagt? Weil sie alle gemeinsam drinsteckten. Weil es im Leben ihre Mission war, für den Erhalt des Glücks und der Gesundheit ihrer Familie zu sorgen. Denn wo sie versagte, würde ihr Mann sie auffangen, und sie würde für ihn dasselbe tun. So wie jetzt.

Dann ging die Haustür auf, und heraus trat Edie in ihrem riesigen Nerzmantel mit passender Mütze, Erbstücke von ihrer ebenfalls überdimensionalen Mutter. (»Moralisch bin ich gegen Pelz«, hatte Edie einmal zu Rachelle gesagt. »Aber was soll ich machen, wenn er nun schon mal da ist? Ihn wegwerfen?« Rachelle hatte den Mantel vorsichtig mit ihrer zarten, manikürten Hand befühlt und sich vorgestellt, wie sie ihn eines Tages – drastisch – enger machen lassen würde. »Nerz darf man nicht umkommen lassen«, hatte Rachelle bestätigt.) Edie stieg in ihr Auto, und bevor Rachelle ihrerseits aussteigen und sie aufhalten konnte, fuhr sie davon.

Rachelle zögerte nicht. Sie folgte ihrer Schwiegermutter an der Highschool vorbei – wo eine digitale Anzeigetafel unablässig blinkte: GO TEAM! – bis auf den Parkplatz einer McDonald's-Filiale. Dort passierte Edie zügig den Drive-in-Schalter und bog dann wieder auf die Straße zu den Wohnsiedlungen ein, machte sich aber nicht auf den Weg nach

Hause, sondern fuhr in die Gegenrichtung, während Rachelle ihr – mit inzwischen krankhafter Neugier – weiterhin folgte, diesmal zu einem Burger King, wieder durch den Drive-in-Schalter, dann kurzer Stopp auf dem Parkplatz vor der Ausfahrt zur Hauptstraße, an einer Mülltonne, in die Edie durchs Fenster ihre inzwischen leere, zerknüllte McDonald's-Tüte warf. Keine Sekunde später flog ein leerer Plastikbecher. Perfekt gezielt.

Während Edie sich immer weiter von ihrem Haus entfernte, verfiel Rachelle in tiefe Traurigkeit, der Kummer zog ihre Mundwinkel nach unten und mehrere zarte, resignierte Seufzer entwichen durch ihre Nase. Sie schaltete die Heizung im Auto aus, damit sich die Luft nicht mehr regte. Nach ungefähr einer Meile steuerte Edie auf eine aus wenigen Ladengeschäften bestehende Einkaufszeile zu und hielt vor einem schwach beleuchteten, vielleicht gar nicht geöffneten Chinarestaurant, das sie aber entschlossen betrat, nachdem sie vor einer weiteren Mülltonne kurz stehen geblieben war, um ihre Burger King-Tüte loszuwerden. Rachelle beobachtete, wie eine junge Kellnerin Edie zur Begrüßung begeistert umarmte.

Sie wird sterben, dachte Rachelle. *Und ich weiß nicht, ob wir sie daran hindern können.*

Sie dachte daran, in das Chinarestaurant zu gehen, Edie über den Größenunterschied von zwanzig Zentimetern hinweg am Kragen ihres schönen Mantels zu packen und zu verlangen, dass sie aufhörte – aber womit? Mit dem Essen? Mit dem *wahllosen* Essen? Doch damit hätte Rachelle zugegeben, dass sie Edie in den letzten zwanzig Minuten gefolgt war, und das kam überhaupt nicht infrage.

Stattdessen wendete sie ihren Wagen, bog wieder in die Straße ein, hielt auf Pierres Studio zu, Siedlung, Siedlung, links, rechts, einparken, und sah sich schließlich die letzten zwanzig Minuten des Trainings der Zwillinge an. Sie waren so jung und gesund und schön. Sie waren dünn. Emily sah ihrer Tante Robin ein bisschen ähnlich, um den Mund herum, diese traurigen, geschürzten Lippen, die irgendwie auch sexy waren. Josh sah genau aus wie Benny, dunkle, dichte Stoppelhaare, erstaunlich wohlgeformte Augenbrauen, kleines, aber entschiedenes Lächeln. Physisch war an ihnen keinen Hinweis darauf zu entdecken, dass sie irgendwann als Erwachsene nach ihrer Großmutter kommen würden, obwohl Emily manchmal mürrisch war, was aber nicht zwingend mit einem gestörten Verhältnis zum Essen einhergehen musste, obwohl, Rachelle als Mutter würde das dennoch im Auge behalten.

Während die Kinder nach der Stunde ihre Sporttaschen packten, lehnte Rachelle an einer Seite des Türrahmens und Pierre an der anderen. Auf ihre ganz eigene, ruhige Art fing sie an, um seine Anerkennung zu betteln.

»Es besteht Hoffnung für die beiden, ja?«, fragte sie.

»Das sind Rohdiamanten«, sagte er, und er zwinkerte. »Die nur darauf warten, irgendwann wie schöne kleine Regenbogen zu erstrahlen.« Als er die Hände zum Himmel hob und flimmernd wieder sinken ließ, konnte Rachelle den Blick nicht von seinen Fingerspitzen wenden. Sie hätte schwören können, dass sie in der Luft kleine Spuren aus Elfenstaub hinterließen.

»Und Sie, Miss Rachelle? Wie geht es Ihnen? Sie haben da ja eine Riesenparty geplant.«

Einmal hatte sie sich bei ihm über den Schokoladenbrunnen beklagt. Rachelle fand diesen Schokoladenbrunnen übertrieben, und wenn sie daran dachte, dass gallonenweise Schokolade an die Luft trat und dann in ein Becken blubberte, wurde ihr schlecht. Zumindest öffnete so etwas der Karies Tür und Tor. Aber es ging nicht um sie bei dieser Party. Es ging um ihre Kinder und deren Familie. »Ein bisschen Schokolade hat noch keinem geschadet«, hatte Pierre gesagt und schallend gelacht, und sie hatte auch gelacht, obwohl sie nicht ganz sicher gewesen war, ob sie den Witz auch verstanden hatte.

»Die Save-the-date-Karten gehen nächste Woche raus«, sagte sie. »Na ja, eigentlich sind das so kleine Magnete.« Sie zog einen aus ihrer Handtasche – JOSH UND EMILY B'NEI-MIZWA 5. JUNI 2010 – TONIGHT'S *GONNA* BE A GOOD NIGHT! – und reichte ihn Pierre. »Sie sind natürlich eingeladen.« Das sagte sie, ohne zu überlegen. War er eingeladen? Sie hätte ihn liebend gern auf der Tanzfläche gesehen.

»Ach, wie lieb«, sagte er ungerührt.

Rachelle wurde rot. »Sie haben bestimmt ganz viel zu tun«, sagte sie. »Und werden wahrscheinlich ständig zu Bar-Mizwa-Feiern eingeladen.«

»Nicht so oft«, sagte er. »Ich glaube, die Leute machen sich immer Sorgen, wen ich wohl als Begleitung mitbringe.« Er lachte über seinen Insiderwitz, den man auch als Nichtein-geweihter begriff.

»Sie können mitbringen, wen immer Sie wollen«, sagte Rachelle, und sie meinte es ernst. Unwillkürlich warf sie einen verstohlenen Blick auf seine prunkvolle Wand mit den Prominentenfotos.

»Ich schaue in meinen Terminkalender«, sagte er, und Rachelle spürte – ja wusste! – im Innersten, dass er es eben-falls ernst meinte.

*

Benny war schon da, als sie mit den Kindern nach Hause kam, und auf dem Küchentresen stand ein Pizzakarton von Edwardo's. Er deckte gerade den Tisch, trug aber noch seinen Anzug, einen alten, bei dem die Bügelfalte der Hose kaum noch zu sehen war. (Rachelle beschloss, den Anzug gleich morgen Goodwill zu spenden.) Benny musste ganz kurz vor ihnen nach Hause gekommen sein. Er war an diesem Abend ausnahmsweise mit Kochen dran, hatte aber geschummelt und Pizza geholt.

»Sag mir, dass du zumindest auch einen Salat gekauft hast«, sagte sie. »Irgendwas mit einem Nährwert.«

Benny zog einen großen Plastikbehälter mit Salat aus einer Tüte und winkte Rachelle damit zu.

»Bin ich verrückt?«, fragte er. »Ich will doch nicht in der Hundehütte übernachten.«

»Wir haben keine Hundehütte«, sagte Josh. »Und keinen Hund.«

»Das sagt man nur so«, erklärte Benny. »Ein Witz. Du verstehst keinen Spaß. Seit wann hat dieses Kind nichts mehr mit Spaß am Hut?«

»Er hat mit Spaß jede Menge am Hut«, sagte Rachelle. »Du hättest ihn heute Abend tanzen sehen sollen.«

Alle setzten sich, und Benny löcherte Emily und Josh während des Essens mit Fragen zu ihrem Tag, was sie manchmal nervte und manchmal nicht. Er gab sich wirklich Mühe mit den Kindern, das wusste Rachelle zu schätzen. Ihr eigener missmutiger, überarbeiteter, von seinem Job, seiner Frau, seinem Kind, seinem Leben und der Welt angeödeter Vater hatte sie in ihrer Kindheit kaum beachtet; er hatte beim Abendessen mit versteinertem Gesicht am Tisch gesessen und Rachelle und ihre Mutter durch zornige Blicke zur Ruhe verdonnert.

»Dein Vater hatte einen schlechten Tag«, pflegte ihre Mutter dann zu flüstern.

In ihrem Haus würde beim Abendessen niemals Schweigen herrschen.

Nach dem Essen sahen sich alle zusammen *So You Think You Can Dance* an, wo auch Pierres Schüler Victor Long mit Igelfrisur und leuchtenden Augen in die Luft sprang, beide Beine hochriss, dass sie die ausgestreckten Hände berührten, wirbelte, hüpfte, die Knie auf und ab fliegen ließ, und das alles zu einem Dance-Track, in dem gelegentlich ein markerschütterndes Drucklufthorn ertönte. Victor war athletisch und anmutig, und Rachelle bewunderte das, auch wenn sie selbst niemals so hätte tanzen wollen. Ihre Kinder erstarrten in Ehrfurcht vor ihm.

»So gut werde ich nie«, sagte Emily kläglich. Sie verschränkte die Arme und schob die Daumen in die Achselhöhlen. »Ich werde vor meinen Freundinnen total bescheuert dastehen.«

»Du wirst dein Bestes geben«, sagte Rachelle.

»Und wenn mein Bestes total scheiße ist?«, fragte Emily. Sie wischte eine Träne weg, dann noch eine, und als sie schließlich aufstand und aus dem Zimmer ging, zog sie Rachelles Herz langsam hinter sich her.

Später, als die Kinder im Bett waren, kuschelte sich Rachelle hinten im Garten im Wintermantel an ihren Mann, und beide pafften schweigend einen Joint; diesmal rauchte sie mit. Benny brauchte das mehr als sie. Es stand ihm am Ende eines langen Arbeitstages zu, fand er. Sie hingegen rauchte Pot nur zum Spaß, normalerweise, aber Edie zu folgen hatte sie an diesem Nachmittag traurig gemacht, und ihr war, als bräuchte sie es nun auch oder hätte es sich sogar verdient. Denn was tat sie denn schon den ganzen Tag? Sie kümmerte sich um den Haushalt und um ihren gesamten Besitz. Sie chauffierte die Kinder herum, viermal die Woche Pilates, ab und zu ein Treffen der Frauenvereinigung des Tempels, mit lauter alten Damen, die über alles Bescheid zu wissen glaubten, aber im Grunde von nichts eine Ahnung hatten, sie ging zum Friseur (regelmäßig Pony nachschneiden, einmal im Monat färben), ließ sich die Nägel machen, die Zehen, Waxing, kochen, einkaufen. Sie las Bücher. (Sie war Mitglied in drei Lesekreisen, erschien aber nur, wenn ihr das Buch gefiel, das gerade gelesen wurde.) Wenn man ihr die Frage im richtigen Augenblick stellte, sagte sie: »Das Geld meines Mannes ausgeben.« Das war ein Witz. Es sollte lustig sein. Aber es stimmte auch.

»Werden sie denn nicht besser?«, fragte er.

»Josh ist gar nicht so schlecht«, sagte sie. »Emily hat kein besonderes Rhythmusgefühl, soweit ich das sehe.«

»Es sind doch erst ein paar Wochen«, sagte er. Er legte ihr die Hand auf den Kopf. Er verdarb ihre Frisur.

»Lass«, sagte sie.

»Warst du gerade beim Friseur?« Er verwuschelte ihr Haar, sodass es ihr ins Gesicht fiel. »Warst du gerade mit deinen schönen Haaren beim Friseur?« Er war völlig high. Er lachte. Er strich ihr mit den Fingerspitzen übers Gesicht bis zum Kinn, das er schließlich drückte. »Du hast da ein richtig gutes Kinn.« Und dann küsste er sie.

Sie nahm ihm den Joint aus der Hand. »Du hast genug«, sagte sie. Dann schob sie die andere Hand in seine Hosentasche und tastete nach seinem Schwanz. Sein Besitz, um den sie sich kümmerte.

Benny hatte so gute Laune, dass sie eigentlich nicht von seiner Mutter anfangen wollte, aber dann tat er es selbst.

»Und, hast du die andere Mrs Middlestein heute gesehen?«
»Mrs Middlestein senior?«
»Genau die.«

*

Folgende Lügen hatte Rachelle ihrem Mann bislang aufge-
tischt, in chronologischer Reihenfolge:

1. Als sie sich kennenlernten, hatte sie noch nicht mit Craig
Rossman Schluss gemacht, ihrem Freund, der auf die Cornell
ging, und es sollte bis dahin auch noch einen guten Monat
dauern, weil sie abwarten und es ihm persönlich sagen wollte,
in den Weihnachtsferien, was man ihr nicht vorwerfen konnte,
denn Craig war ein anständiger Kerl, und am Telefon wäre es
herzlos gewesen.

2. Als sie mit einundzwanzig gerade frisch mit ihm zusammen war, hatte sie fälschlicherweise gesagt, sie nehme die
Pille, weil sie nämlich nicht wollte, dass er sie für bescheuert
hielt (es war Unsinn, darauf zu verzichten, das wusste sie, die
Pille nahmen schließlich alle, und Gott, warum hatte sie nicht
längst damit angefangen, schon um ihre Krämpfe in den Griff
zu kriegen, aber es hatte Benny gefallen, dass sie so praktisch
veranlagt war, damals schon, und sie wollte, dass es dabei
blieb), was allerdings dazu führte, dass sie mit den Zwillingen
schwanger wurde, in der Nacht, als sie in seinem Clubhaus an
der Uni ihren College-Abschluss feierten und auf dem Klo
betrunken übereinander herfielen.

3. Sie ist kein Fan ihres Verlobungsrings mit diesem klitzekleinen Splitterchen, hatte aber groß Theater gespielt, als er
ihn ihr mit zitternden Händen – wie lächerlich, er wusste

doch, dass die Antwort Ja lauten würde, schließlich musste sie Ja lauten – in einer klitzekleinen roten Samtschachtel beim Abendessen in einem Steakhaus in Chicago überreichte.

4. Es war gelogen, als Rachelle nach ihrem ersten Zusammentreffen mit Robin sagte, sie finde seine Schwester bezaubernd. Robin war – und ist – missmutig, launisch und verschroben, und Rachelle hatte ihr nie verziehen, dass sie nicht in der Lage gewesen war, für ihre Hochzeitsfotos einmal ein anständiges Lächeln aufzusetzen, ganz zu schweigen vom Alkohol – oh, der Alkohol! Sah sie als Einzige in der Familie, wie viel Robin trank? –, und wenn es nach ihr gegangen wäre, hätte sie Robin aus jedem einzelnen Bild im Album herausgeschnitten.

5. Sie lügt ein-, zweimal im Monat, wenn sie verschweigt, dass sie tagsüber allein im Kino war, sie glaubt nämlich, er könnte ihr dieses Vergnügen missgönnen, wo er doch selbst so hart arbeitet, und diese Lüge zieht zwangsläufig eine Doppellüge nach sich, erstens, wenn er fragt, was sie am Tag so gemacht hat, und zweitens, wenn sie in einen Film gehen, den sie schon gesehen hat, und sie so tun muss, als wäre dem nicht so, weshalb ihr Mann sich schon gefragt hat, ob ihr der Sinn für Humor abhandengekommen ist oder, auf eine subtilere Art, für die er noch keine Worte hat, die Fähigkeit sich zu freuen, denn natürlich lacht sie kaum über die Witze, von denen sie bereits weiß, dass sie gleich kommen.

6. Und zu guter Letzt ist sie keineswegs immer liebend gern Hausfrau und Mutter, doch die andere Option, der Umgang mit Chefs und Kompetenzen und Meetings in schlecht beleuchteten Räumen und Bürointrigen und dem ganzen anderen Mist, den Benny sich jeden Tag antut (wofür sie ihm dankbar ist), klingt dermaßen schrecklich, dass sie, wann

immer jemand danach fragt, ihre Freundinnen, seine Eltern, ihr Pilates-Trainer, die Damen von der Frauenvereinigung, eifrig schwärmt: »Dafür bin ich geboren«, obwohl sie irgendwie ahnt, dass eine andere Option denkbar gewesen wäre, hätte sie Benny nur nicht erlaubt, ihn ganz kurz reinzustecken, weil es sich so gut anfühlte, ohne ihn anschließend dazu zu bringen, ihn auch wieder rauszuziehen, bevor es zu spät war.

Und nun noch die: Nein, sie hatte seine Mutter nicht gesehen. Es war niemand zu Hause gewesen.

✳

»Was ist denn da los?«, fragte er, während sein spätabendliches High in die Winterluft verflog.

»Ich weiß nicht«, sagte sie. »Es sind deine Eltern. Du kennst sie besser als ich.«

»Wo war sie denn?«

»Benny.«

»Was?« Er zertrat etwas Imaginäres mit seinem Schuh.

Es kam ziemlich oft vor, dass sie ihren Mann zu etwas brachte, meistens so, dass es aussah, als wäre es ohnehin seine Idee gewesen, und außerdem kam es vor, dass sie ihn darauf ansprach, wenn er Blödsinn gemacht hatte, normalerweise in scherzhaftem Ton, um den Vorwurf zu entschärfen, und dann kam es gelegentlich vor – aber nur selten, er war nämlich ein guter Mann, und Edie und Richard war es super gelungen, ihn zu einem Mann zu erziehen und dazu, dass er den richtigen Kurs einschlug –, dass sie ihm unumwunden vorschrieb, was er zu tun hatte.

»Du musst mit deiner Mutter reden. Nicht ich. Du.«

»Ich rufe meinen Vater an«, sagte er.

»Mach, was du meinst«, sagte sie, und was sie anging war die Unterhaltung damit für diesen Abend beendet.

*

Am nächsten Morgen sahen Rachelle und Benny zu, wie Emily und Josh hinter dem Haus beim Pool standen und in Wintermäntel gepackt ihre Tanzschritte übten. Ein Song von den Black Eyed Peas plärrte aus dem Gettoblaster, der auf einem Liegestuhl thronte. Es war ein schöner, frischer Wintertag; die Sonne stand heiter am blauen, windstillen Himmel. Emily zählte den Takt laut mit. Josh schloss die Augen und konzentrierte sich. Sie versuchten verzweifelt, über die geflieste Terrasse zu schweben.

Emily nahm ihre Wintermütze ab und Josh löste seinen Schal. Als Emily zum Gettoblaster ging, um den Song von vorn abzuspielen, gelang Josh in diesem kurzen Moment ein Pop'n'Lock in einer einzigen schönen, raschen Bewegung.

Rachelle hielt den Atem an.

»Hast du das gesehen?«, fragte Benny.

»Ja«, sagte sie.

»Kommt nach seinem alten Herrn«, sagte Benny. Er führte auf dem Küchenfußboden einen wackligen Moonwalk vor.

»Klar«, sagte Rachelle.

Aus dem Gettoblaster dröhnte noch einmal derselbe Song. Rachelle ging er allmählich auf die Nerven.

»Ich dachte mir, ich fahre heute mal zu meinen Leuten«, sagte Benny. Er sah Rachelle kaum an. Sie hatte ihn in der Nacht zuvor im Bett kaltgestellt und sich in der entferntesten

Ecke zusammengerollt, hinter einem Kissen, um jede Annäherung abzublocken.

Rachelle wusste nicht, ob er nun etwas Anerkennendes hören wollte oder nicht. Wenn sie Anerkennung signalisierte, dann war das, als hätte er eine Anordnung von ihr befolgt, was offenkundig auch zutraf, aber sie wusste nicht, ob es klug war, darauf herumzureiten. Wenn sie nicht mit Beifall reagierte, würde er vielleicht denken, dass sie noch sauer auf ihn war, was nicht stimmte. Tatsächlich war sie in diesem Moment so verliebt in ihn wie seit Jahren nicht mehr. Alles, was in letzter Zeit für Stress in ihrer Ehe gesorgt hatte, dass er sich bei den zahlreichen Operationen seiner Mutter eher ausklinkte, dass er seit Monaten nicht imstande gewesen war, eine halbwegs gesunde Mahlzeit für seine Kinder zuzubereiten oder auch nur zu besorgen, all das war mit einer einzigen angemessenen, erwachsenen Entscheidung hinweggefegt.

Sie schloss ihn in die Arme und wühlte die Finger in sein Haar und küsste ihn heftig und ausgiebig, so lange, dass ihre Tochter, als sie durchs Fenster hineinsah, an die Liebe und an die Unantastbarkeit der Ehe zu glauben begann, wenn nicht in Hinsicht auf sich selbst, so doch auf andere.

Später auf dem Parkplatz des Old Orchard Einkaufszentrums – Schlussverkauf bei Nordstrom, 30 Prozent auf Wintermäntel – begann Rachelle Pläne zur Rettung ihrer Schwiegermutter auszuhecken. Ihr Mann würde sich engagieren müssen, und natürlich Richard, vor allem der. Sie würden alle an einem Strang ziehen müssen, um Edie wieder auf den rechten Weg zu bringen. Rachelle würde gern für sie kochen, gesundes Essen, und sie kannte eine Ernährungsberaterin, die mit ihrem Pilates-Studio zusammenarbeitete. Vielleicht würde sie Edie auch einfach bei den Weight Watchers anmelden. Rachelle würde ihre Schwiegermutter persönlich zu den Treffen fahren und bei ihr sitzen bleiben, falls das erforderlich war. Und sie würde tagsüber auf ihre Kinobesuche verzichten und mit Edie ins Fitnessstudio gehen, wenn das hieß, dass sie dann endlich anfing, sich zu bewegen. Gott, sie musste doch nur jeden Tag einen Spaziergang machen! Schon dieses kleine bisschen würde helfen. Aber vor allem musste wirklich Richard dafür sorgen, dass sie sich nicht davonschlich und zu diesen Fast Food-Läden fuhr. Wenn das hieß, dass er weniger arbeiten musste, bitteschön. Mehr Geld konnte man immer verdienen, aber man hatte nur eine Frau und nur ein Leben. Und Benny würde seine Mutter jeden geschlagenen Tag anrufen und nachfragen und ihr zeigen müssen, dass er sie liebte. Ein Anruf von einem Sohn bedeutete alles für eine Mutter. Rachelle wusste, dass es ihr eines Tages genauso gehen würde.

Sie steckten da alle gemeinsam drin, das war entscheidend. Wenn alle an einem Strang zogen, gab es für Edie eine Chance.

*

Im Tanzstudio schwitzten und grinsten die Kinder; besonders Emily hatte eine gesunde Farbe.

»Mom, wir hatten gerade den Durchbruch«, sagte sie.

»Stimmt«, sagte Pierre und nahm Emily in den Arm. »Sie wussten sämtliche Schritte, ohne dass ich sie daran erinnern musste.«

»Ich konnte den ganzen Ablauf in mir spüren«, sagte Josh. Er legte die Fingerspitzen an die Schläfen und drückte fest zu, bis seine Augen leicht hervortraten. »Als könnte ich im Kopf alles vor mir sehen.«

»Toll, wenn es so Klick macht«, sagte Pierre.

Rachelle nahm all die Energie in sich auf und spürte, wie eine Woge Gesicht, Hals und Brust durchzog und diese warme milchige Liebe mit dem Enthusiasmus verschmolz, den sie bereits dafür aufgebracht hatte, das Leben ihrer Schwiegermutter umzukrempeln. Die Kinder hopsten umher. Alle lachten. Rachelle zückte ihr Scheckbuch, um Pierre für einen Monat Unterricht zu bezahlen. Sie bat ihn um einen Stift. Als er eine Schublade an seinem Schreibtisch aufzog, sah sie darin mindestens hundert verschiedene Save-the-date-Magneten, alle mit verschiedenen Namen darauf. Und einen Stapel Einladungskarten. Natürlich wurde er überall eingeladen. Er war ja auch ein fabelhafter Mensch. Rachelle errötete, dann wurde ihr ein bisschen übel. Sie schrieb die falsche Summe auf den ersten Scheck und zerriss ihn mit zitternden Händen. *Wie idiotisch*, dachte sie. *Kann mir doch egal sein. Ich muss schließlich meine Schwiegermutter retten.*

*

Als Benny kurz vor dem Abendessen nach Hause kam, war seine Stirn traurig gefurcht. Er sah die Kinder, er lächelte und umarmte Emily, warf aber Rachelle über ihren Kopf hinweg besorgte Blicke zu. Etwas in ihr begann zu ticken.

Sie aßen leuchtend rosafarbenen und völlig geschmacks- neutralen Lachs, während Rachelle jeden Griff nach einer Prise Salz oder etwas anderem zur Rettung dieser Mahlzeit kritisch beäugte und flüsterte: »Nicht zu viel.« Brauner Reis. »Trinkt mehr Wasser«, befahl sie. Erdbeeren außerhalb der

Saison und zuckerfreie Kekse, die jede Lebensfreude erstickten. Unter Rachelles wachsamen Augen war mit dem Essen nicht zu spaßen.

Als sie sich anschließend im Wohnzimmer zur letzten Folge von *So You Think You Can Dance* versammelten, nahm Rachelle auf dem Sitzelement neben Emily Platz. Sie kraulte ihrer Tochter den Kopf. Emily hatte vor dem Essen geduscht und roch gut; wie Rachelle merkte, hatte sie ihr Shampoo benutzt. Ihr Sohn saß zwischen ihnen auf dem Boden und zog die Knie in angespannter Erwartung der bevorstehenden Offenbarung an die Brust. Ihr Mann lag ausgestreckt wie ein Toter mit gefalteten Händen auf der Couch. Rachelle betrachtete seinen Bauch. Bekam er jetzt eine Wampe? Mussten hier eigentlich alle auf Diät gesetzt werden?

Während der letzten Werbepause fragte Rachelle ihren Mann endlich nach seinem Befinden, worauf er schräg gegenüber ein langgezogenes, klägliches »Ääh« ausstieß.

In der Schlussphase der Show erklärte der Moderator Victor zum Sieger. Die Kinder hüpften und schrien und selbst Rachelle klatschte unwillkürlich, während Benny nur die Hände hinter dem Kopf verschränkte. Konfetti ging über Victor nieder, während er den Moderator fest umarmte. Er wischte sich mit den Daumen über die untere Augenpartie. Dann nahm er dem Moderator das Mikrofon ab und sagte: »Ich möchte allen danken, die das ermöglicht haben. Den Zuschauern für ihre riesige Unterstützung und dafür, dass sie für mich gestimmt haben, meinen Eltern für ihren Glauben an mich, Jesus Christus, unserem Herrn und Retter, und meinem ersten Tanzlehrer Pierre Gonzales, der mich zu dem Mann gemacht hat, der ich heute bin.« Mit diesen Worten zwinkerte er demonstrativ in die Kamera. Demonstrativ und anzüglich? Auf jeden Fall demonstrativ. Rachelle war nicht ganz sicher. »Hm«, sagte sie. Sie blickte zu ihrem Mann hinüber, der zum ersten Mal an diesem Abend ein Lächeln zustande bekam.

*

Draußen unter den Sternen war der Frühling sehr fern, viele Monate. Und noch länger würde es dauern, bis die Kinder vor einem vollbesetzten Saal auftreten und so tun mussten, als wären sie für einen Abend Victor Long.

»Was ist denn heute passiert?«, fragte Rachelle ihren Mann. Der Joint war dicker als sonst, und Benny war lange vor ihr nach draußen gegangen. Er saß auf einem Liegestuhl, stützte den Kopf in eine Hand und drehte den Joint in der anderen.

»Mein Vater hat meine Mutter verlassen«, sagte er.

»Wovon redest du?«, fragte sie. Das war doch völlig absurd.

»Er hat sie aufgegeben«, sagte er. »Er hat gesagt, er hält es nicht länger aus. Er hat gesagt, er kann nicht mehr mit ansehen, wie sie sich umbringt. Er hat gesagt, sie ist eine erbärmliche Frau und er kann keinen Tag länger mit ihr leben. Sie bricht komplett zusammen.«

Er sah seine Frau hilfesuchend an. Allein war das für ihn nicht zu schaffen, und vielleicht schaffte er es nicht einmal mit ihrer Hilfe.

»Er kann doch nicht einfach gehen«, sagte sie. Wer verließ denn einen kranken Menschen? Niemand.

»Er ist gegangen«, sagte er. »Er wirkt ziemlich verbohrt. Er hat eine Wohnung in der Nähe der Apotheke gemietet.«

Rachelle ging zu ihrem Mann, setzte sich auf seinen Schoß, schlang ihm einen Arm um die Brust und den anderen locker um den Hals. Dann erklärte sie ihm, dass sie seinen Vater nicht mehr in der Nähe ihrer Kinder sehen wolle. »Hast du gehört?«, fragte sie. Sie sagte, jeder Mann, der eine kranke Frau im Stich lasse, sei ein widerlicher, schrecklicher Mensch, den man von Kindern fernhalten müsse. Und man müsse ihn bestrafen. Und seine Strafe sei nun das. Keinen Kontakt haben zu dürfen. Er sei wahnsinnig geworden und er dürfe keinen Kontakt mehr haben. Nicht zu ihren Kindern. Nicht dieser Mensch. Ihr Mann machte kurz Einwände geltend – Wer war hier überhaupt zuständig? War er das? Wollte er das überhaupt? –, aber nicht lange, dann war es vorbei, denn sie erhob die Stimme, erhob sie so sehr, dass Josh es durch sein Fenster hörte. Und Josh, der gerade intensiv an Victor Long gedacht und sich gefragt hatte, was wohl passieren würde, wenn er eines Tages beschloss, dass er nicht Arzt, sondern lieber Tänzer werden wollte, ob seine Eltern dann auch so an ihn glauben würden, Josh hörte, wie seine Mutter seinen Vater anschrie: »Er kommt mir nicht mehr ins Haus! Ich will nichts mehr mit ihm zu tun haben!«, immer und immer wieder, bis seinem Vater nichts anderes übrigblieb, als ihr nachzugeben.

Edie, 73 Kilo

Sie hatten sich für neunzehn Uhr auf einen Burger in einem Folkmusik-Club namens Earl of Old Town verabredet, doch dann hieß es, die Untersuchungsergebnisse ihres Vaters seien im Laufe des Abends zu erwarten, vielleicht aber auch erst am nächsten Tag – dass dieser Zeitpunkt so unvorhersehbar war wie alles andere, löste bei Edie einen Weinkrampf im Bad des Krankenhauszimmers aus, in dem ihr Vater lag –, also rief sie ihren unbekannten Rendezvouspartner an und fragte freundlich, ob sie möglicherweise früher am Abend und irgendwo in der Nähe des Krankenhauses essen könnten.

»Wie schade«, sagte er. »Ich habe gehört, da geht man jetzt hin.«

»Wozu?«, fragte sie.

»Ich weiß nicht«, sagte er. »Zum Amüsieren.«

»Es spielt doch keine Rolle, wo wir essen«, fuhr sie ihn an.

»Ich wollte eben was Neues ausprobieren«, sagte er.

»Hör mal, ich kenne dich doch gar nicht«, sagte sie. »Ich weiß nicht, was für dich neu ist oder alt.«

»So lernen wir uns eben kennen«, sagte er, und dann lachte er sie einfach aus, zu ihrem Entsetzen, denn nichts in ihrem Leben war lustig, gar nichts.

Im Winter zuvor war ihre Mutter gestorben, einfach so, Schlaganfall, Koma, dann hatte sie sich für einen Tag bei klarem Bewusstsein matt an ihren Angehörigen festgehalten, lächelnd und sprachlos, bis es vorbei gewesen war. Vom Krankenhauszimmer aus hatte man auf einen Parkplatz geblickt, und es hatte geschneit in der Nacht, als ihre Mutter den Schlaganfall erlitt. Am nächsten Morgen hatte Edie einem alten Mann zugesehen, der den Schnee zu kleinen Hügeln an die Ränder des Parkplatzes schaufelte. Als ihre Mutter starb, waren die Schneehaufen schon ganz verschmutzt.

Nun lag ihr Vater vergraben in einem Bett im Northwestern Memorial; man hatte Beziehungen spielen lassen, um ihn in die Nähe seiner Tochter zu bringen, die ein paar Blocks entfernt Jura studierte, Telefonate unter Russen, das Einzelzimmer für einen Freund. Also gab es für Edie neben dem täglichen Hin und Her zwischen Hochschule und Bibliothek nun auch noch die Fahrten zwischen Wohnheim und Krankenhaus, Aufzüge, Korridore, Türen. Sie lief den ganzen Tag umher (wenn sie nicht im Unterricht saß oder in der Bibliothek lernte), und manchmal rannte sie auch. Daran, dass sie etwas aß, war kaum zu denken, und schon gar nicht daran, dass sie sich endlich einen Ehemann suchte, etwas, das ihre Zimmernachbarin Carly ungemein wichtig fand. (Eigentlich waren sie doch Feministinnen, oder? Edie hatte nicht mal die Energie, mit ihr zu diskutieren.)

Das war kein Leben, obwohl Edie immer noch lebendiger war als ihr Vater, dessen Haut seit Wochen immer fahler wurde, Nase und Ohren wirkten ausgeprägter durch den schrumpfenden Kopf, während keiner der Ärzte genau wusste, was ihm eigentlich fehlte. Und dieser Typ, mit dem sie verabredet war, hatte ganz locker die Ruhe weg und alle Zeit der Welt, neue Restaurants auszuprobieren, ja?

»Kannst du mich einfach um sechs an meinem Wohnheim abholen, ohne Diskussionen?«, fragte sie. »Ich stehe vor dem Gebäude.«

»Woran erkenne ich dich?«, fragte er.

»Ich bin die, der es egal ist, wo wir zu Abend essen«, sagte sie.

Es war ihr nicht egal. Sie vermisste das Essen. (Männer vermisste sie nicht. Man kann nichts vermissen, was man nicht kennt.) Essen hatte sie immer glücklich gemacht, aber nun war sie ständig so traurig und müde, dass sie sich gar nicht mehr an den Zusammenhang zwischen beidem erinnern konnte, zwischen Essen und Freude, und wenn sie in den Spiegel blickte, sah sie schlaffe Haut in ihrem Gesicht und im Ausschnitt ungewohnte Knochen, die sich unter der Haut zart abzeichneten wie Muscheln im Sand. Nahrung nahm sie inzwischen nur noch zu sich, um ihrem Körper Kraft zu geben, damit sie herumlaufen konnte: Wohnheim, Unterricht, Wohnheim, Krankenhaus, Wohnheim. Dreißig Jahre später wird Edie keine deutlich abgegrenzte Empfindung mehr wahrnehmen, alles wird verschwimmen, und es wird nur noch Empfinden und Essen geben. Doch vorläufig war ihr jeder Bezug zur Nahrung und damit auch zur Freude entglitten.

Und dann auch noch dieser Mann, den sie nicht kannte – alles arrangiert; Carly hatte ihn in der Synagoge kennengelernt, diesen Richard Middlestein, er hatte sie kühn um eine Verabredung gebeten, ohne den glitzernden Verlobungsring an ihrem Finger zu bemerken, und als sie ihm den Ring unter die Nase gehalten hatte, hatte er unbeholfen, aber charmant den Kopf mit dem dichten, lockigen Haar eingezogen, und er war groß und trug Anzug (endlich mal kein Hippie, Gott sei Dank; Hippies waren aus der Mode), und in einem Jahr würde er Apotheker sein, und ob er vielleicht eine andere junge, kluge Jüdin kennenlernen wolle? Ja, natürlich! – und dann nahm er sich sogar die Zeit, sie zu fragen, wo sie gerne essen würde. Edie, vielleicht entspannst du dich kurz und gibst dem Mann eine Antwort?

»Wir könnten zu Gino's gehen«, sagte sie.

»Gino's, herrlich«, sagte er. »Ich finde, in Chicago gibt es bessere Pizza als in New York, und das sage ich als lebenslanger New Yorker. Aber erzähl keinem, dass ich das gesagt habe.«

»Wem sollte ich das erzählen?«, fragte sie.

Drei Stunden später lehnte sie am Kalksteinsockel von Abbott Hall, in einem leichten grünen Sommerkleid, das ihr um die Taille zu weit war. Ein Jahr zuvor hatte es an Bauch und Hüften wunderbar gesessen. Edie war seit ein paar Jahren einsachtzig groß und hatte einen hübschen, molligen Körper gehabt, und nun kam sie sich vor wie eine Vogelscheuche. Was war mit ihren Brüsten passiert? Sie waren kaum noch zu sehen. Und ihre Hinterbacken? Die hatte eine unbekannte Macht mit sich genommen. Edie wandte den Kopf nach rechts und betrachtete den See, über den der Wind ein paar makellose Segelboote trieb. Sonst nahm sie immer nur den rasenden Verkehr auf dem Lake Shore Drive wahr. Zwei Wochen zuvor war Carly mit ihrem reichen, vergeistigten Verlobten segeln gegangen und hatte sie dazu eingeladen, doch Edie hatte abgelehnt, bevor Carly ihren Satz zu Ende sagen konnte. Bald würde sie eine Waise sein: Ihr Vater lag im Sterben, ganz bestimmt. Eine erste Untersuchung war ohne schlüssiges Ergebnis geblieben, doch tief im Herzen wusste sie, dass die vielen Pall Mall ihren Tribut gefordert hatten und ihr Vater nicht mit kleiner Münze zahlen würde. Ging man als Waise eigentlich segeln?

Andere Jurastudenten kamen mit Büchern aus dem Gebäude. Alle würden im Unterricht besser abschneiden als sie, und im Leben auch. Es lag so viel Arbeit vor ihr, sie kam gar nicht nach; zum ersten Mal überhaupt schlug sie sich beim Lernen nur mittelmäßig. Sie wusste nicht einmal, auf was sie sich als Anwältin spezialisieren sollte. Inzwischen hätte sie sich über ihren beruflichen Weg im Klaren sein müssen. Wieso ging sie eigentlich mit einem wildfremden Menschen Pizza essen?

Edie trug die Haare offen, eine gute Idee, denn die dunklen Locken standen in verführerischem Kontrast zum grünen Kleid, und sie hatte ein Röhrchen Lipgloss aus den Tiefen ihrer Wäscheschublade gefischt, in die es ein halbes Jahr zuvor gefallen war und wo sie es nicht ganz zufällig vergessen hatte, als würde der kleinste Hauch Make-up ihr Tempo drosseln.

Und dann erschien er, im Anzug (es war sein einziger, doch das wusste sie noch nicht), und er lächelte (seine glücklichsten Tage waren vorbei im Moment ihres Kennenlernens, doch das wusste er noch nicht), und er war groß, viel größer als Edie, sodass sie sich kleiner vorkam, und sein Gang war selbstbewusst, als würde ihm gefallen, was da zwischen seinen Beinen hing. Und das lockige Haar, von dem sie gehört hatte, war in der Tat dicht und dunkel, genau wie ihres, sodass er ihr gleich vertraut vorkam. Einen anderen Typ Frau hätte diese Vertrautheit vielleicht gestört. Wer weiß, wie alles fünf Jahre später verlaufen wäre? Vielleicht wäre Edie dann schon so eine Frau gewesen, die mit einem Mann gleicher Herkunft nichts zu schaffen haben wollte. Gut, er kam aus New York City, aber ansonsten war er wie sie. Ihrem Vater stand Schreckliches bevor, er schrumpfte gerade zu einer blassen, knochigen Version seiner selbst, drohte gänzlich zu verschwinden, doch dieser Mann war groß und gesund und strahlte etwas aus, das Edie am liebsten sofort verschlungen hätte.

»Gehen wir«, sagte sie.

Wie weit kamen sie wohl? Ein Block, zwei Blocks, schon näherten sie sich dem Krankenhaus. Wie viele Schritte gingen sie noch hinter dem Krankenhaus, bis Edie spürte, dass es sie zurück zu ihrem Vater zog? Obwohl er ihr Mut gemacht hatte, sich mit diesem jungen, alleinstehenden Juden zu treffen. »Die Untersuchungsergebnisse sind zu jeder Tageszeit gleich«, hatte er zu ihr gesagt. Doch an der Ecke St. Clair Street erstarrte sie, während der Wind ihr an Kleid und Haaren zerrte, versteinert und lebendig zugleich.

Folgendes hätte sie gern zu diesem Richard gesagt, der seine Witze riss und sie am Ellbogen berührte: *Wusstest du, dass mein Vater drei Bände mit russischen Gedichten ins Englische übersetzt hat? Und zwar nur zum Spaß. Das war eigentlich nicht seine Arbeit. Er hat Gedichte ganz einfach geliebt. Ich habe die Bücher. Ich kann sie dir zeigen. Die Titel sind in Gold geprägt.*

Folgendes hätte sie zu diesem Richard gesagt, der ihr auf den Mund sah: *Er hat immer nur meine Mutter geliebt und anderen Leuten geholfen.*

Folgendes hätte sie gesagt, wenn sie bei sich gewesen wäre, was immer das noch bedeuten mochte: *Ein sinnvoll gestaltetes Leben, sagt dir das was?*

Stattdessen sagte sie: »Mein Vater ist krank.« Sie sah ihn weiterhin an und deutete matt in Richtung Krankenhaus.

Und er sagte: »Habe ich gehört.«

»Ich kann nichts essen«, sagte sie.

»Du musst essen«, sagte er liebenswürdig und hatte nun schon beide Hände auf ihre Arme gelegt. »Ich kümmere mich darum«, sagte er.

So kam es, dass Edies und Richards erste Verabredung in einem Krankenhauszimmer stattfand, wo eine Champignonpizza von Gino's auf dem Nachttisch lag, Edies Vater hustete und über jeden einzelnen von Richards Witzen lachte und alle Anwesenden vorgeblich nicht bemerkten, dass Edie sich zweimal entschuldigte und zum Weinen ins Bad zurückzog. Diese Geschichte erzählte Edie auf ihrer Party zum zehnten Hochzeitstag, als noch die Möglichkeit bestand, dass sie sich liebten. »Er hat mich in Zeiten der Not nicht verlassen«, erklärte sie allen Freunden, die sich im Nebenzimmer eines vorstädtischen Steakrestaurants um sie versammelt hatten. »So hat alles angefangen.« Alle hoben ihr Glas. Auf die Liebe, sagten sie. Auf die Liebe.

Middlestein und das Exil

Einerseits«, sagte Richard Middlestein, Jude, ortsansässiger Geschäftsmann, ehemaliger New Yorker, »sind meine Frau und ich seit fast vierzig Jahren verheiratet, wir hatten uns ein gemeinsames Leben aufgebaut, ein Heim, einen Platz in der Gemeinschaft unter Freunden und Familie, Ansehen in der Synagoge.« Wobei er einräumen musste, dass seine Verbindung zur Synagoge in den vergangenen Jahren aus vielerlei Gründen lockerer geworden war, nicht zuletzt wegen der Gesundheit seiner Frau. »Und die Kinder waren auch noch da, obwohl ich nicht gedacht hätte, dass es Robin allzu viel ausmachen würde, und ich dachte, hey, Benny ist vollauf damit beschäftigt, seine Frau zufriedenzustellen. Da hat er doch genug zu tun. Vielleicht würde es sich auf die Enkel auswirken, aber wie stark?«

»Andererseits«, sagte Richard Middlestein, frischgebackener Single, kurz vor der Rente, ehrenwert und gegen die eigene Trägheit ankämpfend, »hat meine Frau, eine sehr intelligente Frau, die vielen Menschen viel Gutes getan hat, sodass ich sie nicht komplett verurteilen kann, jedenfalls hat meine Frau mich fertiggemacht, sie hat jeden Tag bis aufs Blut auf mir herumgehackt, und in letzter Zeit immer schlimmer, mehr als man sich überhaupt vorstellen kann. Und sie ist dick geworden, so dick, dass ich sie nicht mehr so lieben konnte wie zuvor. Damit wir uns nicht falsch verstehen, ich mag ein bisschen was auf den Rippen ganz gern. Ich wusste, was ich da heiratete. Aber sie hat sich selbst geschadet. Jeden

Tag, immer mehr. Das ist schwer. Wenn man sich das ansehen muss.« Er senkte die Stimme. »Und eheliche Beziehungen hatten wir schon lange nicht mehr.«

Er brachte es nicht fertig, außerdem zu erklären, dass er sich vorgestellt hatte, mit Ende fünfzig würde der Geschlechtstrieb allmählich schwinden und er würde einfach vergessen, dass sie auf entgegengesetzten Seiten des Betts geschlafen und sich an ihre jeweiligen Enden geklammert hatten wie an den Rand einer Klippe. Doch als er sechzig wurde, köchelte sein Geschlechtstrieb noch immer hartnäckig vor sich hin, ungenutzt, aber nicht erloschen, ein schwelendes Feuer. Er hatte sich nie damit beschäftigt, und plötzlich wurde ihm klar, dass er nicht für den Rest seines Lebens ohne Sex auskommen konnte, dass er nicht bereit war, den Kampf verloren zu geben. Aber er wusste auch, dass er das narbige, geäderte, aufgedunsene Fleisch seiner Frau nie wieder würde berühren wollen. Wann also, wenn nicht jetzt?

»Ich hatte das Gefühl, dass mir nichts anderes übrigblieb, als sie zu verlassen. Die Scheidung wird in einem halben Jahr durch sein, plusminus.« (Eher plus.) »Das kannst du doch sicher verstehen.«

Die Frau, die er im Internet kennengelernt hatte, eine gut aussehende Rothaarige namens Jill, Anwaltsgehilfin Anfang fünfzig, die ihren Mann, ihre große Liebe, drei Jahre zuvor verloren hatte – ein Autounfall unter Alkoholeinfluss (nicht er, der andere) –, die sich mit Verabredungen äußerst schwertat und alles gegeben hätte, um ihren Mann auch nur für einen Tag zurückzubekommen, nein, sie verstand das nicht. Sie faltete die Hände, senkte den Blick, dachte an ihre Hochzeit 1992, eine kleine Zeremonie in Madison, wo sie geboren und aufgewachsen war, und malte sich aus, wie sie es viel zu oft in letzter Zeit tat – das war zugegebenermaßen schon nicht mehr *gesund* –, dass sich ihr Mann zu ihrem Bein hinunterbeugte und ihr das Strumpfband abstreifte, während alle Menschen, die sie auf dieser Welt liebte, lachten und applaudierten.

Und wie bei allen bisherigen gescheiterten Internet-Dates übernahm Middlestein die Rechnung.

*

Middlestein lernte seit drei Monaten Frauen im Internet kennen, seit dem Tag, an dem er seine Frau verlassen und praktisch nichts mitgenommen hatte, keine Bücher, Möbel, Fotoalben oder was sonst an die Vergangenheit erinnerte. Er war in das neue Apartmenthaus gegenüber seiner Apotheke gezogen, in eine Wohnung, die er, zwei Monate bevor er seine Frau verließ, gemietet und im Stillen eingerichtet hatte, indem er mehrmals heimlich zu Ikea nach Schaumburg fuhr. Dreimal hatte er seinen Einkaufswagen durch das Gedränge in den schwindelerregend hellen Gängen geschoben, zunächst unbeholfen, weil ihm seine neue Identität als Entscheidungen treffende Einzelperson noch so fremd war. (Seit dem Tag ihrer Hochzeit hatte seine Frau alles entschieden, was den Haushalt betraf, und ihn bei der leisesten Äußerung einer Meinung geknackt wie eine Nuss – aber hatte es ihn gekümmert? Nein, wahrscheinlich nicht, aber das würde er nun nicht mehr erfahren.) Von jeder Fahrt dorthin kam er mit neuem Selbstvertrauen zurück: Die schwedischen Namen sollten nicht verwirren, sondern leiten; eine Kaufentscheidung musste er erst kurz vor der Kasse treffen, und selbst dort hatte er noch die Macht, ohne einen einzigen Artikel im Korb zur Tür hinauszugehen; und vielleicht wollte er sich ja wirklich Ton in Ton einrichten. Vielleicht war er der Typ für Ton in Ton.

Und wie günstig dort alles war! Klar, es gab eine Menge Mist, den er nicht brauchte, und sein Vater, der jahrzehntelang einen noblen Möbelladen in Jackson Heights besessen hatte, hätte sich beim Anblick des Materials, aus dem Richards neues Bettgestell bestand, wahrscheinlich hustend, grollend und fluchend im Grab umgedreht. Aber er war kein reicher Mann – nach anderen Maßstäben vielleicht, für hungernde Kinder in Indien lebte er vermutlich wie ein König –, zumal der Kapitalmarkt die Hälfte ihrer Altersversorgung verschlungen hatte, also blieb ihm gerade nichts anderes übrig.

Nun besaß er also eine schnörkellos eingerichtete Wohnung (weiß und dunkelblau, mit diesem kleinen, unregelmäßigen Kreuzchenmuster auf Bettzeug und Kissen) und hatte Herz und Leben hochgeladen auf einen Bildschirm, wo jeder es sehen konnte. Anfangs nutzte er seine neu gefundene Freiheit aus, hatte täglich eine Verabredung und manchmal auch zwei, wenn er eine Frau zum Mittagessen und zum Abendessen eine andere traf. Es gab Tausende Frauen zwischen vierzig und fünfundfünfzig (er wollte keine in seinem Alter treffen, lieber eine, die jung und vital und lebendig war und mit ihm mithalten konnte – beziehungsweise mit seiner Vorstellung von sich selbst –, wenn sie schließlich zusammen im Bett landeten), die Jüdinnen waren, geschieden, verwitwet oder unverheiratet und im Umkreis von vierzig Meilen um seine Postleitzahl wohnten (sonst würde er sich ja mit einer aus Wisconsin treffen, und das fand er nicht angemessen; er wusste nicht mal, ob es in Wisconsin Jüdinnen gab), obwohl er sich, wenn er ehrlich war, lieber auf den Umkreis von zwanzig Meilen beschränkt hätte, bei dem Verkehrschaos heute mit den vielen Baustellen. Und anscheinend musste er einfach nur fragen, schon waren sie bereit, sich mit ihm zu treffen. Da draußen gab es viele einsame Damen auf der Suche nach Liebe. *Gut*, dachte er, *immer her damit.*

Er hatte sich mit fünfzehn Geschiedenen verabredet, die mehr oder minder verbittert waren, manchmal sogar verbitterter als seine Frau, aber sie waren auch die lustigsten von all den Frauen, die er traf, weil ihr Schmerz sie irgendwie stärkte und sie durch endlosen Papierkram und Gerichtsverhandlungen und Therapiesitzungen gezwungen waren, nach innen zu blicken und wenn nicht gutmütig, so doch zumindest ironisch über sich selbst und ihre Situation zu lachen. Diese Frauen waren altgedient, wenn es um erste Verabredungen ging. Sie boten sich an. Sie legten sich ins Zeug, um ihren neuen Partner kennenzulernen.

Er verabredete sich auch mit einem Dutzend Witwen, die ihre Tragödie meist aufgesogen hatten, als wäre ihr Herz ein Schwamm. Sie selbst wollten solche Verabredungen nicht. Sie gingen hin, weil ihnen jemand zugeredet hatte, ihr Kind, ihre Mutter, ihre Schwester, ihre Kollegin. Wenn es nach ihnen gegangen wäre, hätten sie den Freitagabend allein zu Hause verbracht, aber konnten sie denn für den Rest ihres Lebens jeden Freitagabend zu Hause verbringen? In ihren Profilen gaben sie an, lebhaft und aktiv zu sein und sich mit der Welt um sie herum zu beschäftigen, aber wenn man sie persönlich kennenlernte, konnten sie den Schein nicht länger als eine knappe halbe Stunde wahren, dann wurden die Verheerungen für Middlestein unübersehbar. Dreimal war es vorgekommen, dass die Frau geweint hatte. Er fühlte mit allen. Und verhielt sich entsprechend. Doch irgendwann begann er im Stillen zu murren: *Wenn du nicht so weit bist, dich zu verab-*

reden, was machst du dann hier? Er wollte nicht als Probelauf herhalten. Also hatte er sich einen Monat lang nicht mehr mit Witwen verabredet, sie von der Liste potenzieller Partnerinnen gestrichen, doch diese Rothaarige hatte auf ihrem Foto so fantastisch ausgesehen, ooh, mit diesem fantastischen Busen und den gigantischen Wimpern, er sah geradezu vor sich, wie er sich in ihr verhedderte, wenn sie nur nicht so überstürzt aufgebrochen wäre.

Alle übrigen gehörten zu den Frauen, die niemals geheiratet hatten. Zunächst waren sie die *armen* Frauen für ihn, denn wie musste ihr Ego gelitten haben, als ihre Jugend in rasendem Tempo verflog und sie eines Tages plötzlich bemerkten, dass sie alte jüdische Jungfern waren. Außerdem hatten sie nie die Erfahrung gemacht, sich ganz auf jemanden einzulassen, wodurch er in Freud und Leid doch einiges über das Leben gelernt und sich zu dem Mann entwickelt hatte, der er war. Doch wenn er mit einer von ihnen sprach, dachte er manchmal, dass diese Frauen vielleicht Glück gehabt hatten. Sie waren nicht so zerstört wie die anderen, jedenfalls nicht auf die gleiche Weise. Sie hatten andere Verluste erlitten, und was sie erreicht hatten, war ebenfalls anders. Die meisten waren kinderlos. Die meisten konnten der Ehe wenig abgewinnen, und er nahm an, dass sie keinen Gedanken mehr an ihn verschwendeten, wenn sie gegangen waren. Sein Foto war unscharf, aber wenn man ihn persönlich kennenlernte, gab es kein Vertun. Auch wenn er seine Interessen in seinem Profil so angepasst hätte, dass sie den Inseraten jüngerer Frauen entsprachen – ein Blick und sie wussten, dieser Typ hatte nie in seinem Leben Yoga gemacht und setzte sich wahrscheinlich auch nicht zum Picknick in den Millennium Park. Er war ein Vater, ein Großvater; ein alter Mann.

Und dann war da noch diese Nutte oder vielleicht auch Halbnutte, das wusste er nicht so genau. Tracy hatte über die Website Kontakt mit ihm aufgenommen, ein paar Tage, nachdem er dort Mitglied geworden war, was ihm gleich hätte verdächtig sein sollen, sie war nämlich viel jünger als er, neununddreißig – nur vier Jahre älter als sein Sohn! Was konnte die schon von ihm wollen? Er hätte es wissen müssen, willigte aber trotzdem in ein Treffen ein und schlug vor, auf einen Kaffee zu gehen, worauf sie einen Drink vorschlug und ihm ein paar Stunden vor dem Termin eine Mail schrieb, sie komme gerade aus dem Fitnessstudio und habe hart trainiert und einen *Mordshunger*, und ob es ihm etwas ausmachen würde, mit ihr essen zu gehen? Als sie ein teures Steakhouse nannte, konnte er natürlich nicht Nein sagen. Schließlich wollte er nicht geizig wirken oder irgendwie popelig.

Wie sich erwies, war sie eine Wucht – wenn auch vielleicht etwas älter als in ihrem Profil angegeben –, dunkle, leuchtende Augen, volle Lippen, üppiger Hintern und glattes, nerzartiges Haar, das sie auf einer Seite über die nackte Schulter fallen ließ. Sie trug ein trägerloses Kleid aus schwarzem Stretch, das oberhalb der Knie endete. Middlestein hatte schon lange nicht mehr so viel weibliche Haut aus der Nähe gesehen. Sie duftete fantastisch, so eine Mischung aus Blumen und Babypuder, war braun gebrannt und in Form, und alles an ihr war perfekt. Als sie langsam die Beine übereinanderschlug und wieder löste und mit den Fingerspitzen über das glänzende, lackierte Holz der Bar strich, taten sich Möglichkeiten vor ihm auf.

Zunächst saßen sie an der Bar – sie schlürfte einen Martini, er nippte an einem Bier –, bis sie aufgerufen wurden, und was da eigentlich lief, begriff er erst, als man sie schon platziert hatte, kurz bevor ihre Steaks kamen. Er fragte sie, ob ihr die Arbeit als Rezeptionistin in einem Massagetherapie-Institut gefalle, und sie legte die Hand auf seine und sagte: »Tja, eigentlich suche ich ja einen Daddy, damit ich nie wieder arbeiten muss«, und dann kicherte sie, und er starrte sie länger an, als er eigentlich wollte, bis sie sagte: »Wenn du verstehst, was ich meine«, ganz leise, worauf er – er konnte nicht anders –, ganz kurz kalkulierte, eine Null auf seinem Bankkonto verschob, obwohl er die Antwort längst kannte, und ohnehin war es nicht das, was er wollte, aber oh, er hätte nichts dagegen gehabt, seine Hände auf diesen *Toches* zu legen. Aber nein, kam nicht infrage. Steak essen, klar, aber damit hatte es sich dann auch. Und wenn er sie nicht zur B'nei Mizwa seiner Enkelkinder im Juni mitbringen konnte – das Geflüster konnte er förmlich hören, er wusste, er würde auch flüstern, wenn einer von seinen Kumpels so etwas machen würde, und seine Kinder, insbesondere diese Schwiegertochter, würden ihm nie verzeihen –, dann war sie nun mal keine besonders gute Investition. Als sie schließlich sagte: »Meinst du, du möchtest gern mein Daddy sein?«, überkam ihn heftige Niedergeschlagenheit, sodass er tief bis auf den Grund seines Glases blickte und dort nach seiner Würde suchte. Als er aufsah, war ihr Lächeln verflogen.

»Ich möchte nur eine nette Dame kennenlernen«, sagte er, was nicht ganz stimmte, aber der Wahrheit näherkam als das, was sie vorschlug.

»Ich kann sehr nett sein«, sagte sie, worauf auch die letzten Reste ihres Flirtversuchs verflogen, sie war nämlich nicht da, um sich zu verteidigen, sondern um zu zeigen, was sie zu bieten hatte.

Dann kamen die Steaks, und sie waren köstlich. Sie ließ sich ihres zur Hälfte einpacken und drückte die Tüte an sich, als sie auf dem Parkplatz standen. Ein Kuss auf die Wange und dann ein Flüstern: »Du weißt, wie du mich erreichst, falls du es dir anders überlegst.«

*

Nun hielt er ihre Nummer in der Hand und dachte daran, sie anzurufen, nach diesem Tag, der Woche, dem Monat, dem Jahr, diesem ganzen Leben. Ein paar Stunden nach seiner deprimierenden Kaffeestunde mit Jill – die weinend gegangen war, aber dankenswerterweise mit dem wirklichen Wasserfall gewartet hatte, bis sie im Auto saß; er hatte sie an der Ampel schluchzen sehen – war er mit seiner Tochter Robin zum Abendessen verabredet gewesen. Er hatte sie nicht mehr getroffen, seit er seine Frau verlassen hatte, nur mit ihr telefoniert. Die Kinder schützten ihre Mutter und schlossen ihn aus, Benny erheblich mehr als Robin, aber das war zu erwarten gewesen. Bennys Frau, diese zwanghafte, verkniffene Schnippdistel, war *entrüstet*, dass er die Scheidung eingereicht hatte, als hätte sich noch nie ein Mensch scheiden lassen, als wüsste sie alles, was man über Familie und Ehe und das Leben überhaupt wissen konnte, als würde sie moralisch über Richtig und Falsch gebieten, wo sie doch diejenige war, die sich noch vor dem College-Abschluss hatte schwängern lassen und froh sein konnte, versorgt zu sein, und zwar praktisch seit dem Tag, an dem sie seinen Sohn kennengelernt hatte. Und das war noch nicht alles. Er schätzte es nicht, verurteilt zu werden.

»Sie will, dass wir nichts mehr miteinander zu tun haben«, sagte Benny steif am Telefon. »Du bist mein Vater, und ich habe deutlich gemacht, dass ich meine Beziehung zu dir weiterführen werde. Ich glaube, das muss sich alles ein bisschen setzen. Sie beruhigt sich schon wieder.« Für Middlestein war es ein Schock, dass er seine geliebten Enkelkinder nicht mehr regelmäßig würde sehen können. So etwas hätte er niemals für möglich gehalten. Er hatte gedacht, alle würden verstehen, dass er nicht mehr mit dieser Frau leben konnte. Sie wussten doch bestimmt, was er durchmachte. Sie konnten doch bestimmt akzeptieren, dass er gelitten hatte. Aber nein; sie behandelten ihn wie einen Verbrecher, als hätte er jemanden ermordet, wo doch seine Frau Edie diejenige war, die sich umbrachte und ihn häppchenweise mit hineinzog.

Seine Tochter war zwar ein klein wenig vernünftiger, musste aber zunächst ihren Zorn loswerden. So verhielt sie sich schon seit dem Tag ihrer Geburt: zuerst großes Geschrei und Geheule, bis sie dann ratzfatz dazu überging, die Sache irgendwie zu akzeptieren. Er verstand sie nicht, so viel war klar. Er wusste auch nicht, wieso er sie unbedingt verstehen musste. Sein Vater hatte ihn auch nie verstanden. Wieso mussten die Leute eigentlich ständig *verstanden* werden? Wieso konnten sie nicht einfach akzeptieren, dass er seine Frau verlassen hatte, und seine Entscheidung respektieren? Wieso musste er vor allen Leuten seine Existenz rechtfertigen?

Ihm kam es vor, als würde er in letzter Zeit nichts anderes mehr tun. Am liebsten hätte er zu seiner Tochter gesagt: *Ich muss mich vor dir nicht erklären.* Sein Leben lang hatte er offen mit ihr reden können, und ob es ihr passte oder nicht, er tat, was er für richtig hielt. Doch inzwischen hatte sich die Dynamik verändert. Er brauchte sie – aber wofür genau? Er brauchte sie, um in Verbindung mit seiner Familie zu bleiben. Er brauchte sie, damit sie bei Benny gut über ihn sprach und er seine Enkel wiedersehen konnte. Und obwohl er sich eigentlich niemandem hätte erklären sollen, obwohl er der Vater war und sie das Kind und sie eigentlich ihm hätte zuhören sollen, musste er sichergehen, dass sie ihn nicht hasste, denn sonst konnte er nachts nicht schlafen. In letzter Zeit hatte er vor dem Zubettgehen ein Ambien genommen oder zwei, manchmal sogar zusammen mit einem Scotch, und wo sollte das noch hinführen? Eine Weile hatte er das neue Bettzeug für seine Schlaflosigkeit verantwortlich gemacht. Die Laken waren nicht weich genug, die Matratze zu hart. Allmählich gingen ihm die Dinge aus, denen er die Schuld daran zuweisen konnte, und sich selbst konnte und wollte er sie nicht geben.

Sie trafen sich zum Abendessen in einem mittelprächtigen Thai-Restaurant nicht weit vom Bahnhof, wo seine Tochter, die Dünne (dünner vielleicht als ihr guttat, wo sie als Kind doch so rundlich gewesen war), die Launische, die Gescheite sogleich herunterzurasseln begann, wo er versagt hatte.

»Sie *stirbt*, sie bringt sich buchstäblich um, und du hast sie einfach im Stich gelassen, als hätte euer gemeinsames Leben und ihr Leben an sich überhaupt nichts zu bedeuten.«

Sie hatte die Augen ihrer Mutter, wie ihm zum millionsten Mal auffiel, schwarze, kleine, zornige Knöpfe. Der vertraute Anblick dieser Augen berührte ihn; er hatte schon seit mehr als zwei Monaten keinen Menschen mehr gesehen, mit dem er verwandt war.

»Was ist mit meinem Leben?«, fragte er. Er widerstand der Versuchung, mit der Faust auf den Tisch zu schlagen, obwohl er das Bedürfnis hatte, seinen Worten durch irgendeine zusätzliche Betonung Nachdruck zu verleihen, und eine schöne, solide körperliche Geste war da manchmal angebracht. Einmal hatte er nach einem Streit mit Edie ein Loch in die Garagenwand geschlagen. Aber das war vor Jahren gewesen, als er noch mit ihr gestritten hatte, als sie ihn noch so rasend machen konnte, dass es ihm scheißegal war, ob er gewann. »Hat mein Leben denn keinen Wert? Verdiene ich es denn nicht, glücklich zu sein?«

»Natürlich verdienst du es, glücklich zu sein«, sagte sie, worauf er schon dachte, dass sie nun vielleicht nachgiebiger werden würde, was bei ihr allerdings schwer zu sagen war. »Wir verdienen es alle, glücklich zu sein.« War das der Ansatz eines Lächelns gewesen? Schon war es wieder weg. »Aber so ist das Leben, und – ich fasse es nicht, dass ich dir das erklären muss, wo du doch der Vater bist und ich das Kind bin und du doch eigentlich wissen müsstest, wie das funktioniert.« Anscheinend widerte es sie an. Sie musste geradezu würgen, riss sich dann aber zusammen. »Du verdienst es, glücklich zu sein, ja. Aber das Leben ist nicht immer einfach! Und wenn es schwierig wird und darauf ankommt – ich weiß, dass du diese Klischees gar nicht brauchst, um das zu kapieren –, dann musst du einstehen für die Menschen in deinem Leben, und das gilt ganz besonders für die Frau, mit der du seit vierzig Jahren verheiratet bist. Sie ist deine Frau, Dad! Deine Frau!«

Er hatte noch nie mit seiner Tochter zu Abend gegessen, das wurde ihm plötzlich klar. Jedenfalls nicht mit ihr allein. Sie hatte alle paar Monate ein Tête-à-Tête mit ihrer Mutter. Doch er selbst wäre bisher nie auf die Idee gekommen, zum Telefon zu greifen, sie anzurufen und zum Abendessen einzuladen. (Hatte er sie überhaupt schon mal angerufen? Er war nicht sicher. Ihm kam es vor, als hätte seine Frau sein Leben lang alle angerufen und ihm ganz am Schluss das Telefon gereicht, worauf er ein paar unwirsche Bemerkungen über seinen Job von sich gab, sie so tat, als würde sie das interessieren und beide das Gespräch vergaßen, sobald es beendet war. Wenn es etwas gab, worüber er sich Sorgen machen musste, würde seine Frau es ihm schon erzählen.) Er ging davon aus, dass es nun für den Rest seines Lebens dabei bleiben würde. Abendessen in irgendwelchen schmuddeligen, aber zweckmäßigen Spezialitätenrestaurants, unter einem riesigen gerahmten Poster von einem Wasserfall, der sich auf einen Strand ergoss, mit undefinierbaren roten Soßenflecken am unteren Rand.

»Folgendes ist hier die Frage, Dad, und zwar die große«, sagte Robin. Sie strich sich mit den Fingern aufwärts über ihre sehnigen Arme und folgte dabei einer dünnen, aber festen blauen Ader, die unter der Haut hervortrat. Middlestein hielt das bestenfalls für eine unschöne Angewohnheit, für etwas, das einen Mann abschrecken konnte. Aber es ging ihn nichts an, ob sie heiratete oder nicht. Früher vielleicht, aber er wusste, nun würde er nie wieder imstande sein, ein Wort darüber zu verlieren. Sie blickte auf, blickte ihm in die Augen und sagte: »Glaubst du, sie würde dir jemals so etwas antun? Dich verlassen, wenn du sie am meisten brauchst?«

»Robin, deine Mutter hat mich schon vor langer Zeit verlassen«, sagte er, und ob Robin das nun wusste oder Benny oder dieser Dragoner von einer Frau – es traf zu.

»Wann denn?«, fragte sie.

»Ein Leben lang immer wieder«, sagte er.

Doch dann wollte er nicht weiter darüber reden und seine Ehe vor seiner Tochter zerpflücken, es reichte nämlich, und das Essen war gekommen, und vielleicht konnten sie jetzt einfach essen und den Streit mal kurz ruhen lassen? Als er ihr immerhin die Zustimmung abgenommen hatte, ihn irgendwann wieder zu treffen und vielleicht bei ihrem Bruder ein (wenigstens halbwegs) gutes Wort für ihn einzulegen, dachte er schon, er hätte sie erfolgreich dazu gebracht, ihn etwas weniger zu hassen als zu Beginn der Mahlzeit, aber dann, als sie sich auf dem Parkplatz verabschiedeten und er fragte: »Und wie geht's ihr? Deiner Mutter«, da sah sie ihn an, als würde sie ihn gleich umbringen, ihm mit ihren starken Armen und den geäderten Händen den Hals umdrehen. »Was glaubst du, wie es ihr geht?«, fragte sie nur, und dann ging sie weg – ohne Umarmung, ohne Kuss, ohne alles –, zum Bahnhof, in der Frühjahrskälte, schmal, hasserfüllt, zornig, jung, lebendig.

*

Er hatte Tracys Nummer schon eingetippt, doch es war kurz vor neun und er beschloss, dass er so spät nicht mehr anrufen konnte. Eine E-Mail würde aber nicht schaden. Entweder war sie noch auf und sah sie, oder sie würde sie morgen sehen, und bis dahin hatte er sich vielleicht anders besonnen. *Ich würde dich ganz gern wiedersehen.* Sie antwortete so gut wie sofort – »Ich bin zu haben, wenn du es bist«, gefolgt von einem zwinkernden, errötenden Smiley (selbst die Wahl des Emoticons war verführerisch, dachte Middlestein) – und lud ihn zu seinem Erstaunen ein, gleich zu ihr zu kommen. Mit einer so schnellen Reaktion auf die Mail hatte er nicht gerechnet. Er hatte Frauen kennengelernt, die nicht arbeiten gingen (es gab ziemlich viele, die von Ehegattenunterhalt oder einem Erbe lebten), und selbst die wahrten den Schein des Anstands und ließen ihn ein paar Tage auf ein Treffen warten, obwohl sie online waren wie er und mit ihrer Zeit anscheinend nichts anderes anfangen konnten. Er glaubte zu wissen, was das alles zu bedeuten hatte, wollte andererseits aber keine Vermutungen anstellen, denn irgendwelche Schwierigkeiten konnte er nicht gebrauchen. Schließlich war er nicht bescheuert. Er hatte *Law & Order* gesehen, und *Dateline* auch. Er wusste von Erpressungen und Abzocke und dergleichen. Doch so weit war er bis jetzt mit keiner anderen Frau gekommen, und sie befanden sich in der Vorstadt von Chicago, nicht in Manhattan, und er war offenkundig kein reicher Mann, vielleicht konnte sogar sie erkennen, dass er kein schlechter Mensch war, obwohl er seine kranke Frau alleingelassen hatte (was wirklich ganz schrecklich war, wie er in seinen stillsten Momenten morgens allein im Bett durchaus wusste), und konnte es vielleicht sein, dass sie ihn ein kleines bisschen mochte? War dieser Gedanke völlig verrückt?

All das überlegte sich Middlestein, während er zu der Halbnutte fuhr, lauter Argumente, die sein Tun vor ihm selbst absegneten. Wenn ihm ein Freund so etwas gestanden hätte, dann hätte Middlestein ihn nicht verurteilt, zumindest sagte er sich das. Das älteste Gewerbe der Welt. Biblisch. Probieren geht über studieren.

Sie wohnte zwei Vororte weiter, die Straßen waren frei, und er kam fünfzehn Minuten zu früh vor ihrem Apartmenthaus an – *kein Verkehr*, dachte er, *ausgerechnet, wenn ich ein bisschen Verkehr brauchen könnte* –, also fuhr er noch eine Weile im Kreis herum, vorbei an einem riesigen Kmart mit Garten-center, das sehnsüchtige Erinnerungen an seinen Garten hin-ter dem Haus weckte, obwohl ihn seine Frau dort nichts an-rühren ließ, vorbei an Ladenzeile, Ladenzeile, Ladenzeile, an einem Drive-in-Hotdog-Pavillon, den er beinahe frequen-tiert hätte, aber er wollte nicht nach Hotdog riechen, an der Highschool, die seine Enkel in zwei Jahren besuchen und wo sie hoffentlich ihren Abschluss machen würden – die beiden waren dermaßen intelligent, er gab bei sämtlichen Bekannten mit ihnen an, sie waren das Beste, was seiner Familie seit Lan-gem widerfahren war, und er würde bis zum Ende um den Kontakt mit ihnen kämpfen, zum Teufel mit seiner Schwie-gertochter –, und dann, nach genau sieben Minuten, machte er kehrt und fuhr zu Tracys Apartmenthaus zurück, an dem funkelnden, sprudelnden Brunnen in der Einfahrt vorbei zum Besucherparkplatz, wo er das Auto wie angewiesen ab-stellte, um schließlich nach oben zu ihrer Wohnung zu eilen. Er war ungeduldiger, als er gedacht hatte, und schon vor dem letzten Treppenabsatz außer Atem. *Passiert das jetzt wirk-lich?*, fragte er sich. *Ja, das passiert.*

Tracy begrüßte ihn mit einem Kuss auf die Wange und einer sanften Berührung am Arm. Sie trug ein Top, das an einen Unterrock erinnerte. Es sah nach Wäsche aus, war aber viel-leicht einfach nur ein schönes Hemd – was verstand er schon von Mode? Es war rosa, und sie hatte ihr schwarzes Haar glattgeföhnt, sodass es noch länger wirkte als sonst. Das Schwarz sah vor dem seidigen Rosa einfach phänomenal aus. Sein Penis versteifte sich etwas.

Drinnen klimperte ein Jazz-Song. Ihre Wohnung war drei-mal so groß wie seine. *Kann ich mir diese Frau überhaupt leis-ten?* Die Einrichtung war etwas überladen, ein Sammelsurium aus Antiquitäten, das aussah, als wäre sie jahrzehntelang von Haus zu Haus gezogen und hätte überall ein Möbelstück mitgenommen: Es gab einen langen, schmalen modernen Küchentisch aus Glas mit weißen Plastikstühlen, einen Schichtholzstuhl neben einem Florteppich, in der Frühstücksecke einen Tisch wie aus einem Diner, einen Klubsessel, einen Kleiderschrank aus dem späten 18. Jahrhundert, alles auf einmal, und bislang hatte er nur ein Zimmer gesehen. Mittendrin stand eine riesige rotsamtene Chaiselongue, die Tracy ihm zum Sitzen anbot. Er vermutete, dass sie wahrscheinlich die ganze Zeit darauflag, und stellte sich vor, wie sie dramatisch hingegossen langsam kleine Atemstöße aus ihrem Mund entweichen ließ.

»Schöne Wohnung«, sagte er.

»Danke«, sagte sie. »Ich habe sie geerbt.«

Auf einem winzigen bronzenen Beistelltisch neben der Chaiselongue stand ein gerahmtes Foto von ihr mit einem weißen Hund. Middlestein zeigte darauf. »Bezaubernd«, sagte er.

»Das war sie«, sagte Tracy. »Mitzi ist vor einem Jahr gestorben.« Sie schob die Unterlippe vor und machte ein trauriges Gesicht. »Es war traurig«, sagte sie. »Ich spare auf eine neue, aber die sind so teuer. Sie war ein Bichon Frisé. Ich habe immer Bichon Frisés. Drei bis jetzt. Aber man muss sie über den Züchter beziehen. Man sollte niemals in eine Zoohandlung gehen.«

»Ach ja? Warum denn nicht?«, fragte er.

»Die sind so gemein zu den Welpen«, sagte sie und sah dabei ernstlich bekümmert aus. Aber gleich darauf riss sie sich zusammen. »Reden wir nicht darüber. Das ist so deprimierend. Reden wir über was Schönes. Wie dich und mich.« Sie legte eine Hand auf sein Knie und die andere in seine Hand. »Ich wusste, dass es dich herziehen würde. Ich hatte so ein Gefühl bei dir.« Sie küsste ihn.

Der Kuss war aus zwei Gründen fantastisch für Middlestein: erstens, weil er nicht damit gerechnet hatte, und zweitens, weil Tracy so phänomenal küsste. Ihre Lippen waren weich, aber fest, und weil sie Männer gut einschätzen konnte, wusste sie instinktiv, was einer wollte, ob er führen wollte oder ob sie die Sache selbst in die Hand nehmen musste. Sie gab kleine Freudenlaute von sich oder lachte dreckig, je nachdem, was der Mann ihrer Vermutung nach hören wollte. Das galt natürlich auch fürs Bett. Dort lag sie oben, unten, seitlich, was auch immer. Sex machte ihr schon seit Jahren keinen Spaß mehr, also war es egal. Wesentlich ältere Männer hatten ihr jedes Verlangen danach schon seit ihrer Teenagerzeit ausgetrieben. Sie wollte einfach nur einen neuen Hund. Warum hatte ihr noch keiner einen Hund gekauft? Vielleicht würde dieser Typ ihr einen Hund kaufen, wie hieß er noch mal?

Middlestein gab sich noch eine Weile dem Kuss hin, doch dann wanderten seine Gedanken zu seiner augenblicklichen Verfassung, zu seiner physischen Form, seinem sechzigjährigen Körper, der noch immer einigermaßen schlank war – er war jahrelang gelaufen, zumindest, bis seine Knie vor ein paar Jahren den Dienst versagten –, aber nicht unbedingt straff. Er hatte eine Altmännerbrust mit aufgequollenem, aber schlaffem Gewebe um die Brustwarzen und überall graue Haare, auf Brust und Rücken und um den Penis herum. Nackt sah er nicht unbedingt schrecklich aus, aber es ließ sich auch nichts verstecken. Er wusste nicht recht, ob er damit zurechtkommen würde, wenn sich auf Tracys geübten Zügen auch nur ein Schimmer der Enttäuschung zeigte. Doch dann begriff er, dass es gar nicht so sehr darum ging, vor ihren Augen nackt zu sein, sondern vielmehr darum, sie nackt zu sehen. Eine echte, gesunde Frau unbekleidet zu sehen, aus der Nähe, in Person, intim, gefahrlos. Aber wie sollte er das anstellen? War es den Preis, den er dafür zahlen musste, überhaupt wert?

Er wich etwas zurück, gestattete sich, ihr Haar und dann ihre Schulter zu berühren, die, wie er später bemerkte, mit Glitzerpuder bestäubt gewesen sein musste, denn er fand Spuren davon an Fingerspitzen und Hose.

»Ich kann nicht«, sagte er. »Es ist so lange her. Mir ist, als wüsste ich gar nicht mehr, wie das geht.« Lieber eine andere Unsicherheit zugeben, dachte er. Die Wahrheit kam ihm viel peinlicher vor. Und es war schließlich nicht gelogen.

»Bist du so weit gefahren, um jetzt aufzuhören?«, fragte sie. Diese Herausforderung hätte bei einem jüngeren Mann vielleicht gewirkt, aber nicht bei ihm. Das Feuer in seinen Lenden war launisch. Er wollte unbedingt, würde sich aber nicht hetzen lassen. So alt war er nicht geworden, um sich von einer Fremden herumscheuchen zu lassen.

»Nein, ich glaube, es reicht«, sagte er.

»Wie wär's mit einer Handentspannung?«, fragte Tracy leise.

Er nickte, und schon rauschte sie davon, den Flur entlang ins Badezimmer, aus dem sie wenig später mit zwei Gästehandtüchern und einer großen Pumpflasche Lotion zurückkam. Sie stellte die Flasche neben dem Bild von ihr und Mitzi ab, legte ein Handtuch in ihren Schoß und eins in seinen. Dann küsste sie ihn wieder.

»Küsst du gern?«, fragte sie. Er nickte. Sie legte ihm eine Hand aufs Gesicht und ließ sie dann über seine Brust gleiten – schneller, als ihm lieb war; das hätte er sagen können und sie hätte auf ihn gehört, aber er war ganz durcheinander und konnte nicht sprechen –, bis hinunter zu seinem Schritt, wo sie sacht herumkramte – *Da* ist *er doch. Du lieber Gott, Frau, er ist doch nicht zu verfehlen!* – und schließlich fand, was sie suchte. Sie berührte ihn durch die Hose hindurch, löste dann schnell den Knopf, zog den Reißverschluss auf und befreite seinen Penis aus den Boxershorts. Sie streichelte ihn, hielt dann inne und beugte sich zu der Flasche mit der Lotion hinüber. Sie drückte mehrmals auf die Pumpe. Die Lotion war gegen Cellulite, wie Middlestein auffiel. Sie rieb ihn damit ein.

»Gefällt es dir so?«, fragte sie. Ihr Ton war mädchenhaft und kokett, und sie sah ihn unverwandt an. »Wetten, so gefällt es dir.« Sie wartete seine Antwort nicht ab, sie umschloss ihn schnell – Na ja, kann man ihr das vorwerfen? Dienstagabends um halb elf? Jetzt komm mal in die Gänge, Junge –, und es dauerte nicht lange, bis er kam.

*

Middlestein fühlte sich großartig! Auf dem Heimweg fuhr er schnell. Kein Verkehr! Fantastisch! Er war begeistert, schon allein, weil er wusste, dass er in dieser Nacht schlafen würde wie ein Stein. Doch vorläufig war er noch ziemlich aufgedreht. Er fühlte sich um zehn Jahre verjüngt. Gott, war die gut. Er war relativ sicher, dass er sie niemals wiedersehen würde – Hundert Dollar für einen runterholen? –, aber es war schön, ihre Nummer in der hinteren Hosentasche zu haben, falls der emotionale Notstand ausbrach. Sie war sauber und gut erreichbar, und er fühlte sich bei ihr sicher. Trotzdem wusste er nicht, ob ihm ganz wohl dabei war, eine Frau wenn auch nur in geringem Ausmaß zu unterstützen, die über mehr Quadratmeter verfügte als er.

Aber es war so angenehm gewesen, an die Wonnen der Berührungen einer Frau erinnert zu werden, der zarte Kitzel dieser Weichheit, die Spannung, darauf zu vertrauen, dass sie ihn auf die richtige Weise berührte, der kleine Tod und die Wiedergeburt, die mit dem Orgasmus einhergingen. Besonders seelenvoll war das nicht, aber für Middlestein ging es tief. Er würde die Suche nach einer Frau noch einmal aufnehmen.

Er setzte sich an seinen weißen, langen, sauberen Schreibtisch mit dem kleinen Schaden, der entstanden war, als er den IKEA-Karton im Foyer auf dem Weg durch die Tür an die Wand gestoßen hatte, schaltete seinen Computer an und klickte auf das Lesezeichen mit der jüdischen Partnerbörse. Vierzig war zu jung, das wusste er jetzt, er hatte es die ganze Zeit gewusst, aber nun hatte es sich bestätigt. Er wollte sich mit jemandem ausziehen, brauchte dabei aber das Gefühl, dass sie einander ebenbürtig waren. Er änderte seine Suchparameter und suchte nun nach einer Frau zwischen fünfzig und sechzig.

Ganz plötzlich waren dort zweihundert neue Ergebnisse gelistet, eine ganz neue Welt tat sich auf, weil Middlestein beschlossen hatte, sich altersgemäß zu verabreden. Er klickte sich durch ein Dutzend hindurch, bis er auf das Bild einer üppigen, lächelnden Frau mit dunklen, lockigen Haaren stieß, die jünger wirkte als sechzig und ihm so vertraut vorkam, dass er sich sofort von ihr angezogen fühlte, einfach, weil er Vertrautheit tröstlich fand, so selten, wie sie mittlerweile war. Als er ihr Profil anklickte, begriff er, dass er ein

Bild seiner Frau Edie anstarrte, vor zehn Jahren, bevor sie aufgehört hatten, einander zu lieben, bevor sie sich so sehr auseinandergelebt hatten, dass es ihnen vorkam, als stünden sie an entgegengesetzten Enden der Welt.

Er wusste, wann das Foto gemacht worden war: auf ihrer Reise nach Italien. Es war ihr erster gemeinsamer Urlaub gewesen, nachdem Robin ihr Studium begonnen hatte und nur noch sie beide übrig geblieben waren. Damals waren sie fünfzig gewesen. In den fünfundzwanzig Jahren zuvor hatten sie Kinder großgezogen. Und eigentlich wäre nun Teil Zwei fällig gewesen. Über Teil Zwei hatte er in Zeitschriften gelesen, Freunde hatten ihm davon erzählt. Er wollte seinen Teil Zwei haben.

Doch stattdessen hatten sie ständig gestritten, über jede Kleinigkeit. Beziehungsweise, sie hatte mit ihm gestritten, jeden seiner Vorschläge ins Lächerliche gezogen. Was wisse er denn schon über Rom? Sie habe schließlich auf dem College Italienisch gelernt und nach dem Abschluss zwei Wochen in Italien verbracht. Sie habe schließlich die Sprache einmal nahezu *fließend* gesprochen und werde das bestimmt nach ein, zwei Tagen dort wieder tun. Warum sollten sie sich einer Tour anschließen, wo sie doch sehr gut allein durch die Straßen laufen könnten? Warum sollten sie in einem Hotel nahe dem Vatikan wohnen, wo es von dort doch so weit zu allem anderen sei? Und als sie dann endlich dort waren: Warum er nicht auf die Idee gekommen sei, bessere Schuhe mitzunehmen? (Damals hatten seine Knie gerade begonnen, Probleme zu machen, wie er sich erinnerte, das meilenweite Laufen durch den Vatikan hatte ihn sehr gequält, doch als er sich einmal beklagte, hatte sie ihn sofort angeblafft und kurz vor der Sixtinischen Kapelle praktisch schon gekreischt und sich nur durch das wiederholte Pst! der Wachleute beruhigen lassen.) Warum sein Jetlag noch immer nicht weg sei? Warum er sich so ziere, den Bus zu nehmen, wo er sich doch über das Laufen beklage? Warum er jeden Abend dasselbe bestelle? Warum er nicht aufgeschlossen sei? Warum er sich nicht einfach wohlfühlen könne? Vielleicht war es dieser Urlaub gewesen, der ihnen den Rest gab, vielleicht war er auch der Anfang vom Ende gewesen. Das ließ sich wohl nicht mehr feststellen. Er fragte sich, ob er gerade verzögert reagierte, nämlich um ein ganzes Jahrzehnt. Nun dachte er zwar, dass damals alles auf dem Spiel gestanden hatte, aber vielleicht war es auch nur ein Moment unter vielen gewesen.

Als sie an diesem Tag zum Trevi-Brunnen kamen, humpelte er, Hüften, Knöchel, Rücken, alles war kaputt. Edie hatte sich bereits fünf Espressi und zwei Gelati einverleibt, sodass er sich fragte, ob sie je wieder schlafen würde. Eine ziemlich nette Amerikanerin, etwas älter als Robin, Touristin wie sie, ahnte nichts von dem Verhängnis, dessen Zeugin sie wurde, und bot an, beide zusammen vor dem Brunnen zu fotografieren. Das Ergebnis war ein Bild, auf dem zwei Leute ein ganzes Stück voneinander entfernt standen, und er wusste genau, dass er nicht lächelte auf der anderen Hälfte, der Hälfte, die Edie offenkundig abgeschnitten hatte. Im Internet sah er nur sie in diesem hübschen Seidenkleid, das so schön über ihre breiten sexy Hüften fiel, mit der Handtasche über dem Arm und stattlicher Lockenpracht (es hatte an diesem Morgen geregnet und die Luft war noch feucht), eine noch immer recht gut aussehende Frau, deren strahlendes Lächeln viel Koffein verriet. Sie sah aus, als wäre sie ziemlich clever. Sie sah ein bisschen gefährlich aus. Nicht mehr so ganz in den besten Jahren, aber irgendwie reif. Wenn er sie nicht gekannt

hätte, hätte er sie faszinierend gefunden. Wenn er sie nicht gekannt hätte, hätte er glatt gedacht, sie wäre sein Typ. *Ich will
diese Frau zurück*, dachte er. *Ich will diese Frau, aber ich will,
dass sie mich noch liebt.* Und nun wusste er – wusste es längst
und hatte es mit jeder seiner Entscheidungen der letzten zwei
Monate besiegelt –, lieben würde sie ihn nie wieder.

Edie, 95 Kilo

Folgendes lag auf dem Tablett: ein Big Mac, eine große Pommes, zwei Happy Meals, ein McRib-Sandwich (weil das als Sandwich neu war, und wann gab es schon mal ein neues Sandwich?), eine Cola Light, zwei Orangensaft, ein Milchshake Schokogeschmack, ein Apfelkuchen zum Teilen und drei große Kekse mit Schokoladensplittern, einen für Edie, einen für die kleine Robin und einen für Benny, der ja schon so ein kräftiger Junge war. Den Big Mac und das McRib-Sandwich würde Edie auf jeden Fall allein essen, obwohl sie auf die wie ein Mobile über einer Babywiege von der Decke baumelnde Pappwerbung gezeigt und Benny gefragt hatte, ob er mal probieren wolle, worauf er zustimmend nickte. Sie hatte ihn auch gefragt, ob er einen von den Schokoladenkeksen haben wolle, die so saftig und weich aussahen in ihren Klarsicht-Plastikbehältern, oder Apfelkuchen, den könne er auch haben, aber da hatte er gesagt: »Gar nichts«, sie hatte gesagt: »Na ja, dann nehmen wir doch vielleicht beides, nur für den Fall«, und er hatte mit den Schultern gezuckt. Ihm war das egal; bei ihm zu Hause kam nie etwas um (da letztendlich alles von irgendwem gegessen wurde), und außerdem war er erst sechs und hatte sowieso zu den wenigsten Dingen eine feste Meinung, jedenfalls nicht zu Lebensmitteln, denn das war schließlich nur Essen.

Wie stand man als Sechsjähriger zum Essen? Benny aß manchmal wochenlang immer dasselbe (Makkaroni mit Käse fast den ganzen Winter über; im gesamten März nur Truthahnsandwiches, manchmal ohne Truthahn und manchmal ohne Brot), ohne dass Edie die Energie gehabt hätte, mit ihm zu streiten. Es ging nicht darum, wie etwas schmeckte. Ihrer Vermutung nach ging es um eine Form von Zuneigung oder um die Assoziation einer Erinnerung. Vielleicht hatte sie ihm ja am ersten kalten Tag des Jahres Makkaroni mit Käse gemacht, worauf ihm so schön warm geworden war, dass er sich immer wieder nach dieser Empfindung sehnte. Vielleicht hatte er auch eine bevorzugte Comicfigur, die Truthahnsandwiches schätzte. Oder einer von den Muppets? Mit seinem unschuldigen jungen Gaumen hatte das jedenfalls nichts zu tun. Man konnte nicht erwarten, dass er sich für den neuen McRib begeisterte. So etwas hatte für ihn keine Bedeutung.

Edie hob sich den McRib bis zum Schluss auf, als Leckerbissen, wie ein Dessert-Sandwich sozusagen. Ihre Pommes waren schon aufgegessen, denn sie hatte mit der Dezimierung sofort begonnen, als alle drei saßen, und machte sich nun über Bennys Tüte her, während Benny auf wohlüberlegte und organisierte Weise das Gratis-Spielzeug aus Plastik zerlegte, das er mit dem Essen bekommen hatte. Robin knallte ihres derweil immer wieder vergnügt auf den Tisch, bis Edie es ihr wegnahm, damit der Lärm endlich aufhörte.

Was den Big Mac anging, so hatte sie sich seit Neuestem angewöhnt, die Mittellage Brötchen herauszupulen, anlässlich ihres einzigen Besuchs bei den Weight Watchers hatte sie nämlich erfahren, dass es bereits die halbe Miete war, wenn man das Brot wegließ. Sie hätte auch den McRib ganz ohne Brötchen gegessen, wenn das nicht so eine Riesenschweinerei gewesen wäre. Den aß man am besten wie vorgesehen. Also biss sie in ihren Big Mac und kostete ihn ohne die zusätzliche Brötchenscheibe, die voller Salatfetzen und lachsrosa Spezialsoße daneben lag. Geschmacklich wirkte sich das so gut wie gar nicht aus, aber irgendwas fehlte, eine locker-leckere Extraschicht.

Heiliger Strohsack, sie dachte wirklich viel über Essen nach.

Edie war so müde von ihrem Tag und so froh, nicht an die Arbeit denken zu müssen (obwohl sie mit ihrem Job gar kein Problem hatte, sie hatte überhaupt nie ein Problem damit gehabt, ordentlich ranzuklotzen, ihrer Meinung und ihrer anerzogenen Überzeugung nach war das nämlich etwas ausgesprochen Jüdisches und auch Amerikanisches, gut zu arbeiten, jawohl), und *theoretisch* hätte sie froh sein müssen, Zeit für ihre Kinder zu haben, nur ödeten die beiden sie manchmal etwas an. Es war langweilig, mit ihnen zu spielen, wofür sie gar nichts konnten. Das Problem war das Spielen an sich. Dem hatte Edie noch nie viel abgewinnen können, nicht einmal als Kind. Um sich voll auf die Welt des Spielens einzulassen, musste man in der Lage sein, eine andere Persönlichkeit anzunehmen, und ihr war das eigene Ich bereits Last genug.

»Habt ihr denn gar nichts Interessantes zu erzählen?«, fragte sie ihre Kinder. Es war egal, wer darauf antwortete. »Was habt ihr heute gemacht?«

Benny blickte von seinem Häufchen Plastikteile auf. Eben noch war das ein Flugzeug gewesen. Jetzt war es Müll.

»Ich bin in die Schule gegangen«, sagte er.

»Hast du was gelernt?«, fragte sie. Ein, zwei, drei Bissen, und der Big Mac war fort.

»Wir haben heute viel gezählt«, sagte er. »Es wurde ganz viel gezählt, und in der Pause habe ich mit drei verschiedenen Jungs und einem Mädchen Fangen gespielt. Craig, Eric, Russell und Lea, und dann hat Lea eins auf den Kopf gekriegt

und wir mussten aufhören. Und ich hab das hier gemacht.«
Er zog eine Kette aus orange- und rosafarbenen Perlen auf
einem langen, dünnen Gummiband aus der Tasche und hielt
sie hoch. »Die ist für dich.« Er lächelte – oh, wie er strahlte!
Dieses Strahlen konnte einem das Herz brechen.

Ich bin ein Arschloch, dachte Edie.

»Das ist die schönste Halskette, die ich in meinem ganzen
Leben gesehen habe«, sagte sie. Sie nahm sie aus seiner winzigen Hand und legte sie sich um den Hals.

»Du siehst hübsch aus«, sagte er.

Sie dachte, dass sie keineswegs hübsch aussah. Sie fand,
dass sie schon lange nicht mehr hübsch ausgesehen hatte. Die
Sachen, die sie bei der Arbeit trug, passten ihr nicht mehr, die
Jacken nicht, die Hemden nicht, die Röcke nicht, die Hosen
nicht, die Strumpfhosen nicht, nicht mal ihre Schuhe – oder
besser gesagt, sie selbst passte nicht mehr hinein –, aber sie
konnte sich nicht überwinden, eine neue Garderobe anzu-
schaffen. Vielleicht sollte sie es diesmal mit den Weight Watchers versuchen. Als vages Zukunftsversprechen schwebte
ihr das immer irgendwie vor.

»Was ist mit dir?«, fragte sie Robin.

Robin verbrachte die Vormittage in einer Kindertages-
stätte des Jewish Community Center und die Nachmittage
einen Vorort von zu Hause entfernt im Garten einer jungen
Frau, zusammen mit zwei anderen Kleinkindern, deren Eltern
als Anwälte mit Edie in derselben Firma tätig waren. Der
Babysitter war maximal zwanzig und angeblich die Witwe
eines Cousins eines Seniorpartners, doch Edie ging eher davon aus, dass sie seine Geliebte war. Sie war Italienerin, diese
Tracy, kam ursprünglich aus Elmwood Park und hatte keine
plausible Erklärung dafür, warum sie nun plötzlich in der

Vorstadt wohnte. Und es gab bei ihr zu Hause keine Bilder, keine Vergangenheit, keine Geschichte, nur nagelneue Möbel und einen kleinen, überkandidelten, kläffenden Hund. »Ein Bichon Frisé«, hatte Tracy stolz genuschelt, als spräche sie fließend Französisch. Edie konnte sich über die Frau nicht beklagen, sie schien die Kinder wirklich zu mögen, genoss es sogar, mit ihnen zu spielen, ließ sich gern auf alle viere nieder, kroch mit ihnen auf dem Boden herum und reckte dabei ihren rundlichen und trotzdem irgendwie winzigen Hintern in die Luft. Wackelte damit wie ein Hund. Während der Hund neben ihr bellte. Und die Kinder bellten. Und alle so taten, als wären sie Hunde. Die berufstätigen Mütter standen dort in der Vorstadt herum und lachten, weil so ein viel zu lauter, mit einem schweren Chicago-Akzent behafteter und trotzdem extrem heißer italienischer Feger zwischen ihren drei genialen Babys auf dem Boden herumkullerte.

Edie wusste nicht mal, ob sie je wieder hochkommen würde, wenn sie sich so tief zur Erde niederließ.

»Erdbeere«, sagte Robin.

»Du hast eine Erdbeere gegessen« sagte Edie. »Erdbeeren magst du gern.« Das sagte sie, als stünde ihr dieses Detail über ihr Kind plötzlich zum ersten Mal vor Augen.

Robin nickte.

»Magst du Pommes?«, fragte Edie. Sie zog die winzige weiße Papiertüte mit den Pommes aus der Happy Meal-Schachtel ihrer Tochter zu sich hin. »Wenn du sie nicht isst, tu ich's.«

»Ich mag Pommes«, sagte Robin.

Edie nahm zwei aus der Tüte, doch dann holte Robin sie wieder zu sich heran und deckte sie mit beiden Händen zu. »Meins!«, sagte sie.

»Gib mir noch ein paar«, sagte Edie.

»Nein. Meins«, sagte Robin.

Früher war Edie fast so etwas wie eine Intellektuelle gewesen und hatte große Freude daran gehabt, ihr Gehirn voll auszunutzen, wobei sich vor allem die ersten Augenblicke des Tages als gesegnete Zeit für große Gedanken erwiesen. Nun stritt sie mit einer Zweijährigen über Pommes herum. Ihre Eltern, die inzwischen verstorben waren, zuerst die Mutter und kurz darauf auch der Vater – er hätte länger leben sollen, leben *können*, fiel jedoch in sich zusammen ohne seine geliebte Frau, wie sehr Edie ihn auch bat, doch um ihretwillen weiterzuleben –, hatten beim Abendessen über Ideen und Ideale gesprochen und sich voller Hoffnung gefragt, wie es wohl zu bewerkstelligen war, alle Bürger der Welt in ihrer Einzigartigkeit zu einen. Früher hatte sie in einem Haushalt mit Bücherregalen voller Romane in russischer Sprache gewohnt; nun standen zugeklebte Kartons mit der Sammlung ihrer Eltern bei Richard und Edie in der Zwischendecke. Sie war vom Weg abgekommen. Ihr Vater hatte in seiner Freizeit meist ganz im Stillen Einwanderern dabei geholfen, sich in der Vorstadt von Chicago ein neues Leben aufzubauen. Die Kanzlei, für die sie arbeitete, war hingegen fast ausschließlich für Unternehmen tätig, die Einkaufszentren an der Dundee Road entwickelten, von der Interstate 94 bis zur Route 53 und darüber hinaus, und wenn sie mit dieser Straße fertig waren, würden sie vermutlich eine andere finden.

Dreißig Jahre alt und schon gescheitert. Da, dieser Schrott, die leeren Fast-Food-Verpackungen, die zerstampften Plastikspielzeugteile. Sie hatte keine Ahnung, wie ihr Hintern aussah; so lange traute sie sich schon nicht mehr, in den Spiegel zu sehen. Edie, Edie, Edie.

Sie hatte einen Ehemann. Er existierte. Er hatte eine Apotheke eröffnet, mithilfe des größten Teils ihres Erbes, eines von ihrem Vater über Jahre hinweg gehorteten eindrucksvollen Vorrats an israelischen Anleihen, und so dessen glühende Unterstützung für das Land gegen einen anderen Traum eingetauscht. (Dass sie das Geld nie zurückbekommen würde, wurde nur am Rande erwähnt, dann ignoriert und schließlich vorsätzlich vergessen, bis sich die Wahrheit in Luft auflöste.) Er plagte sich in seiner Apotheke schon, bevor sie morgens erwachte, und hörte erst auf, wenn sie die Kinder längst aus der Tagesbetreuung abgeholt hatte. Seine Auftritte beim Abendessen erinnerten manchmal an einen aufstrebenden Comedian aus der *Tonight Show*. Wenn er gegen Ende der Mahlzeit grinsend hereinspaziert kam, überschütteten ihn seine Kinder mit lärmender Aufmerksamkeit, und er erzählte sein bestes Erlebnis des Tages. Dann starrte Edie ihn glasig an und wusste nicht, ob das, was er sagte, wirklich unterhaltsam war oder nicht. Manchmal lachte sie. Manchmal war es schlicht einfacher, wenn sie lachte.

Für Richard war es kein Problem, mit den Kindern zu spielen. Er musste den ganzen Tag richtige Gespräche mit Leuten führen, und Edie vermutete, dass er insgeheim ein bisschen misanthropisch war. Immerhin hatte er einen Beruf gewählt, in dem ihn ein ganzer Tresen von den Leuten trennte, die er bediente, eine Linie, die niemand überschreiten konnte. Doch die Kinder, diese Miniaturversionen ihrer selbst, waren genau das, was er nach solchen Tagen brauchte, vor allem Benny, sein Junge. Sie gaben keine Widerworte und zweifelten nicht an ihm; sie waren keine Lieferanten, die schon wieder die falsche Bestellung brachten, keine verrückten alten Frauen aus der Nachbarschaft, die Rabatt haben

wollten; sie klauten nicht und wollten auch nicht anschrei-
ben lassen. Sie krabbelten auf ihm herum und flüsterten
ihm süßen Unsinn ins Ohr. Damals ahnten weder Edie
noch Robin, wie achtlos Richard den Kindern, als sie älter
wurden und eigene, von den seinen abweichende Vorstellungen und Meinungen entwickelten, seine Zuneigung ent-
ziehen würde. (*Hier wird es doch eigentlich erst interessant*,
dachte Edie oft, wenn er nach einem Streit mit der vierzehn-
jährigen Robin wieder einmal aus dem Zimmer stürmte. Lasst
ihn. So würde Robin die Mutter eben einfach mehr lieben
müssen.)

»Na gut, nimm die Pommes«, sagte sie zu ihrer Tochter.

Sie klappte die Schachtel mit dem McRib auf und beäugte
das dunkelrote, klebrige Sandwich. Plötzlich kam sie sich
vor wie ein Tier, denn sie hätte das Sandwich am liebsten irgendwohin geschleppt, nicht irgendwohin in diesem
McDonalds, nicht in eine Sitznische, nicht in die Spielecke,
sondern in einen Park, in ein verborgenes Gehölz unter schimmernden Zweigen, grün, dunkel und heiter, um es dort, wenn
sie ganz sicher allein war, mit den Zähnen zu zerreißen. Aber
sie konnte die Kinder schließlich nicht einfach da sitzen lassen. Man musste kein Jurastudium an der Northwestern University abgeschlossen haben, um zu wissen, dass das unge-
setzlich war.

Dann kam endlich ihr Mann durch die Tür, rümpfte die
Nase, als er in die Wolke des typischen McDonald's-Aromas
geriet (das Edie liebte, weil in dieser gegrillten, salzigen,
süßen, fleischigen Luft so viel Hoffnung lag), nahm die letzte
Energie des Tages zusammen, die er allein für die Kinder und
ein kleines bisschen für seine Frau reserviert hatte, und schritt
auf ihren Tisch zu. Dort sah er sich kurz die Verwüstungen

an, den von Edie angerichteten Schaden, und schob sich dann neben Benny, der sofort die Arme um ihn schlang. Richard nahm die McRib-Schachtel – mit dem noch unberührten Sandwich – und spähte hinein.

»Kann ich das haben?«, fragte er.

»Das wollte ich essen«, sagte sie.

Er beugte sich zu Robin in ihrem Kinderstuhl hinüber, küsste sie auf den Lockenkopf und nahm sich eins von ihren Pommes. Robin sagte: »Meins«, und Richard sagte: »Was mein ist, ist auch dein, Kind.«

»Du kommst zwanzig Minuten zu spät«, sagte Edie.

»Verkehr«, sagte Richard.

»Lass mich doch mit dem Verkehr in Ruhe«, sagte Edie. »Du arbeitest keine Meile weit weg von hier.«

»Willst du mal rausgehen und nachsehen?«, fragte er. »Stoßstange an Stoßstange.«

»Ich hasse dich«, sagte Edie in einem Ton, der friedlich klang. Ob Benny schon wusste, was das Wort bedeutete? Was es bedeutete, zu hassen?

»Tja, dann muss wohl Donnerstag sein«, sagte Richard vergnügt. »Benny, schau, was du da gemacht hast.« Er klaubte in den Einzelteilen des Flugzeugs herum. »Ich muss was essen, Frau. Kann ich das wirklich nicht haben?«

»Nein, kannst du nicht«, sagte Edie, die nun nicht mehr friedlich klang, sondern fauchte. »Wir haben vor zwanzig Minuten unser Essen bestellt. Vor einer Stunde habe ich sie aus der Betreuung geholt. Vor anderthalb Stunden habe ich Feierabend gemacht. Vor zehn Stunden habe ich sie hingebracht –«

»Hey, ich hab eine Idee«, sagte Richard.

»Du hast so viele wunderbare Ideen«, sagte Edie.

»Ich könnte doch mal mit den Kindern in die Spielecke gehen, und du bleibst fünf Minuten allein hier sitzen und isst
dein Sandwich auf?«

»Ich will überhaupt nicht hier sitzen«, sagte sie. Plötzlich
wollte sie nicht daran erinnert werden, was sie gegessen hatte,
an die Verpackungen, den Müll, das Junkfood.

»Dann setz dich woanders hin«, sagte er. »Mir doch egal,
wo du sitzt. Ist irgendjemandem nicht egal, wo eure Mutter
sitzt?«

Allen war egal, wo ihre Mutter saß.

Edie ging zum anderen Ende des Restaurants, in die Nische
vor den Toiletten, wo außer den Angestellten in der Pause nie
jemand saß, und drehte sich nur einmal zu ihrem Mann um,
der gerade die Kinder einsammelte – er nickte ihr zu, weiter
nichts. Als sie sich mit ihrem McRib-Sandwich hingesetzt
hatte, fing sie an zu zittern, weil es auf einmal so kalt war im
Restaurant, fern von der Schweinerei, von der Wärme ihrer
Familie, dem Quell ihrer Frustration. Edie zog die Zeitung
aus ihrer Handtasche. Sie biss in den McRib und strich die
Titelseite glatt. Passierte ihr das wirklich? Es war nämlich
einfach perfekt.

Es sollte in Zukunft noch oft passieren, in ihrer Familie, in
ihrem Leben, dass man essen ging und Edie schließlich an
einem anderen Tisch saß. So ging es über Jahre hinweg, bis
alle ganz aufhörten, gemeinsam zu essen, weshalb Benny und
Robin in der Annahme aufwuchsen, dass es bei allen Leuten
so war, und erst merkten, dass das nicht stimmte, als es schon
keine Rolle mehr spielte. Als Erwachsene verhielt sich Robin
unwillkürlich wie ihre Mutter, ohne es auch nur zu merken,
denn sie war immer allein bei den Mahlzeiten, aß und las
allein, während Benny früh heiratete und seine hingebungs-

volle Frau, die zu Hause die Kinder versorgte, jeden Abend ein warmes, von Fast Food weit entferntes Essen auf den Tisch brachte. Letztlich war es nicht das Schlimmste, was ihnen im Leben widerfuhr. »Es hätte viel, viel schlimmer kommen können«, sagte Benny zu seiner Schwester bei der Beerdigung ihrer Mutter, und sie konnte dagegen nichts sagen. »Sie hätten uns hungern lassen können«, sagte Robin. »Sie hätten uns schlagen können«, sagte Benny. Dieses Spiel konnten sie stundenlang spielen.

Am Tag, als Edie allein ihren McRib aß, jährte sich der Ausbruch des Mount St. Helens zum ersten Mal. Das stand auf der Titelseite, obwohl es einen anderen Staat betraf. Tragödien reifen in der Erinnerung. Siebenundfünfzig Menschen waren gestorben. Sie hatten den Berg für einen Freund gehalten. Sie hatten ihr Zuhause nicht im Stich lassen wollen. Was wären sie ohne ihr Zuhause gewesen?

Diese Idioten, dachte Edie. *Ich würde rennen wie der Teufel, wenn ich könnte.*

Exodus

Nachdem Robin das Judentum dreizehn Jahre lang erfolgreich gemieden hatte – will heißen, keine hohen Feiertage mit den Eltern, keine Bar-Mizwa-Feiern entfernter Verwandter, kein Abhängen im Hillel House auf dem College, kein Purim, kein Pessach, kein Sabbat, gar nichts bis auf Chanukka bei ihrem Bruder, was durchging, weil dort Geschenke ausgetauscht wurden und dieser Feiertag immer ein Spaß für ihre Nichte und ihren Neffen war, die sie so gern mochte –, wusste sie nun nicht recht, wie sie in diesen aus allen Nähten platzenden Sederabend geraten war, aber da saß sie nun in ihrem guten blauen Kleid und hielt Händchen mit ihrem mutmaßlichen Freund, im Wohnzimmer seiner Eltern in Northbrook, Illinois. Nach seiner Hand hatte sie instinktiv gegriffen, weil sie fürchtete, sonst von der Menschenmenge mitgerissen zu werden. Sie versuchte gar nicht, lieb oder zärtlich zu sein, sie wollte nur ihr Leben retten.

*

»Ich weiß gar nicht, warum du das so furchtbar findest«, hatte er gesagt.

Es war ein paar Wochen vor Pessach gewesen, und er hatte sie gerade erstmalig gebeten, mitzukommen, lecker zu essen, sich zu entspannen, seine Familie kennenzulernen. Ihm war es wichtig. Das merkte sie, weil er so sehr darauf beharrte, etwas, das er ihr gegenüber sonst nie tat. Sie tranken, wenn

Robin trinken wollte, sie schliefen miteinander, wenn Robin mit ihm schlafen wollte. Der Sex war für beide übrigens der beste, den sie jemals gehabt hatten – was es wirklich bedeutete, ein Paar zu sein, hatte sich beiden zumindest physisch endlich erschlossen, so, wie sie sich verschwitzt und salzig und lustvoll verknoteten und abwechselnd dreckige oder schwindelerregend süße Worte tauschten. Außerhalb des Betts sprachen sie allerdings nicht über eine gemeinsame Zukunft; dort sprachen sie vor allem über ihre kranke Mutter, ihr Arschloch von einem Vater, darüber, wie ihr Tag gewesen war oder manchmal auch seiner, und damit hatte es sich. Hin und wieder sagte Robin so etwas wie: »Meine Eltern sind dermaßen verrückt, dass ich irgendwann garantiert noch in Therapie muss«, worauf er sagte: »Meinst du denn, du möchtest in Therapie?«, worauf sie sagte: »Willst du damit sagen, ich brauche eine Therapie?«, worauf er mit einer verzweifelten Geste hinausging, statt *diese* Frage zu beantworten, er war schließlich nicht blöd. Robin gab komplett den Ton an. Doch als sie sagte, sie wolle nicht mitkommen zu diesem Essen, das sei nicht ihr Ding, da warf er den Kopf zurück, seinen weichen, blonden, wirren, sanften Kopf, und fixierte sie.

»Ich und das Judentum, wir vertragen uns nicht«, sagte sie.

»Es ist ein Essen mit der Familie«, sagte er. »Und nur jüdisch angehaucht.«

»Bitte«, sagte sie. »Zwing mich nicht.«

»Ich bin es, der bitte sagt«, sagte er. »Du bist es, die nein sagt.«

Sie zog die Knie an, legte die Arme darum, den Kopf darauf und rollte sich auf seinem Sofa zum Ball zusammen.

»Warum fällt es dir so schwer, einfach Ja zu sagen? Es ist

ein Essen, ein richtig schönes Essen, mit netten Leuten. Es ist doch keine große Sache.«

»Wenn es keine große Sache ist, warum muss ich dann hingehen?«, fragte sie.

Daniel setzte sich neben sie auf das Sofa und zeigte erschreckend viel Rückgrat, als er sein Gesicht ganz dicht an ihres hielt und fragte: »Worum geht es hier wirklich?«

*

Robin blieb mit Daniels Fingerspitzen verbunden, während sie sich argwöhnisch durch sein Elternhaus schlängelte. Sie ging davon aus, dass er es als Zuhause betrachtete; schließlich war er dort aufgewachsen. Auch wenn er das College besucht, fünf Jahre in San Francisco, ein halbes Jahr wegen eines freiberuflichen Projekts in New York, dann in Austin, noch einmal in San Francisco gewohnt hatte und nun in Chicago lebte, glücklich, ruhig und zufrieden (Warum war er so zufrieden? Was war sein Geheimnis?), in der Wohnung unter ihr. So viele Städte, so viele Wohnungen, die ein *Zuhause* gewesen waren, und doch sprach er von seinem Elternhaus am liebevollsten, am entspanntesten, und wenn er sagte, »Ich fahre am Wochenende nach Hause«, wusste sie genau, was gemeint war.

Alle anderen fühlten sich dort ebenfalls wie zu Hause. Überall lungerten Leute herum, auf Sofas, in Sesseln, und auf dem Boden streckten kleine Kinder mit Malbüchern und Buntstiftkästen alle viere von sich. (Letzteres gefiel Robin in ihrer Eigenschaft als Lehrerin, nirgendwo diese piepsenden, blinkenden Spielsachen, die Amerika zerstörten und zur Lärmbelästigung beitrugen. Sie selbst liebte ihr iPhone wie alle anderen Dreißigjährigen mit geringem verfügbaren Einkommen, aber im Hinblick auf Kinder war sie entschieden der Meinung, dass die Fantasie auszureichen hatte, was allerdings nicht mehr der Fall war.) Sie lernte Daniels zwei Brüder und seine Schwester kennen, ein paar Nichten und Neffen, sechs Cousins und Cousinen unterschiedlichen Alters, Tanten und Onkel von beiden Seiten, den einzigen noch lebenden Großvater, zwei ehemalige Nachbarn von nebenan, die nach Florida gezogen waren, aber mehrmals im Jahr zurückkamen und praktisch *zur Familie gehörten*, seine Mutter, seinen Vater und eine Großtante namens Faye mit ihrer Freundin Naomi, die beide den ganzen Abend in einer kleinen Nische in der Küche saßen und Daniels Mutter mit Befehlen anherrschten.

»Sieh mal nach der Rinderbrust«, sagte Faye gerade, als Daniel und Robin in die Küche kamen. Daniels Mutter, eine geschäftige Frau mit gütigen Augen im Alter von Robins Mutter, seufzte nicht eben unmerklich, schraubte dann eine Flasche kosheren Wein von Manischewitz auf und stellte sie zu mehreren anderen geöffneten Flaschen. Sie hatte alles im Griff, auch wenn Faye da anderer Meinung war – auf den Arbeitsplatten standen ordentlich aufgereiht die mit Folie abgedeckten Gerichte.

»Sieh doch selbst nach der Rinderbrust, wenn du so viel Ahnung hast«, sagte Naomi.

»Gut, ich sehe nach der Rinderbrust«, sagte Faye.

»Alles in Ordnung«, sagte Daniels Mutter.

»Du hast doch von gar nichts eine Ahnung«, sagte Faye. Sie schlurfte durch die Küche zum Backofen, öffnete ihn und spähte hinein. »Sie braucht noch ein bisschen«, stellte sie fest.

»Ich weiß, dass sie noch ein bisschen braucht«, sagte Daniels Mutter. »Ich weiß, wann ich sie aus dem Ofen nehmen muss.«

»Ich bin am Verhungern«, sagte Faye zu Naomi. »Bist du auch am Verhungern?«

»Am Verhungern«, sagte Naomi.

»Du hättest früher anfangen können«, sagte Faye. Robin fiel auf, dass sie mit dem Hauch eines osteuropäischen Akzents sprach. Faye setzte sich wieder hin und entdeckte dann Daniel und Robin. »Daniel, komm her und gib mir einen Kuss. Die da auch.« Sie zeigte auf Robin. »Kommt her.« Daniel umarmte seine Großtante, dann beugte Robin sich vor und umarmte sie auch. Faye war ein winziges Bündel Knochen, kaum stärker gebaut als ein Kind, und duftete intensiv nach Chanel No. 5. Sie trug Diamanten an den Ohren und um den Hals und an mehreren Fingern, und ihr Haar glitzerte weiß. »Schaut euch das an«, sagte sie. Sie tätschelte Robins Gesicht, ganz sanft. »Schaut, was Daniel gefunden hat.«

*

»Na ja, wenn du es wirklich wissen willst«, sagte Robin nervös und missmutig. In letzter Zeit wurden ständig Entscheidungen verlangt, und daran war er schuld, das wusste er. Er wollte, dass mit ihnen etwas weiterging, als Paar, als Einheit. Er hatte beschlossen, dass sie die Richtige war. Er hatte noch nie jemanden kennengelernt, der ihn so brauchte wie sie, auch wenn sie das nicht zugeben konnte.

»Ich will es wirklich wissen«, sagte er. Er lehnte sich zurück und nahm sie in den Arm, sie schmiegte sich an ihn, und dann begann sie zu sprechen.

»Ich habe das jüdische Bildungszentrum gehasst«, sagte sie.

»Wer hat das jüdische Bildungszentrum nicht gehasst?«, fragte er.

»Alle anderen Kinder waren zusammen in der Grundschule und in der Mittelschule und im Ferienlager und haben sich jeden Tag gesehen, den ganzen Tag, und waren alle gut befreundet. Und ich war dieser Eindringling. Außerdem war ich dick, habe ich dir mal erzählt, dass ich ein dickes Kind war?«

Ja, sie hatte ihm erzählt, dass sie dick gewesen war.

»Alle haben sich über mich lustig gemacht. Die Mädchen waren am schlimmsten, diese fiesen kleinen Prinzessinnen«, sagte sie. »Es waren zwei Stunden Hölle, dreimal die Woche, jahrelang. Wie viele Jahre? So ungefähr fünf.«

Robin machte schmale Augen und saugte die Wangen ein, sodass Daniel sie in diesem Augenblick etwas weniger liebte. Sie tat sich keinen Gefallen damit, wenn sie solche Gesichter zog, aber es gab keine Möglichkeit, ihr das zu vermitteln. Man musste auch schlechte Seiten in Kauf nehmen – so sah es Daniel. Wenn sie später die Arme um seinen Rücken schlang, mit den Fingern durch seine Haare fuhr, sein Gesicht auf diese bestimmte Weise streichelte und Küsse auf seinen Hals setzte, dann würde er nicht an diesen komischen schrägen Blick denken, den sie aufsetzte, wenn sie sauer war.

»Ich fühle mit dir in deinem Schmerz, aber das ist kein hinreichender Grund, die Religion rundweg abzulehnen«, sagte er. »Wir haben als Jugendliche alle viel Schmerz erlebt.«

Daniel war ein Wunderkind und dann ein Wunder-Teenager gewesen. (Während er nun als Erwachsener nach einem Dutzend Jahren mit Alkohol und einer ausgiebigen, bis ins

Vorjahr während Romanze mit Ritalin wahrscheinlich nur noch ziemlich intelligent war.) Er wusste nicht recht, wieso man als intelligenter Mensch zwangsläufig von seinen Klassenkameraden gequält werden musste. Besonders deutlich erinnerte er sich an einen Football-Spieler, der im Spanischunterricht während des zweiten Jahrs hinter ihm gesessen und ihn mindestens einmal täglich mit einem Bleistift in den Hinterkopf gestochen hatte, bis sein Friseur dort eines Tages ein suppendes grünes Loch entdeckte und man ihn eiligst in die Notaufnahme brachte, wo er Spritzen bekam, neun insgesamt, und als er in der darauffolgenden Woche wieder zur Schule ging, stellte er fest, dass es eine neue Sitzordnung gab und man ihn in eine eigene Ecke verpflanzt hatte, was ihn jetzt im Rückblick hätte stören müssen, damals aber nur ein ungeheures Gefühl der Erleichterung nach sich zog.

Doch er beklagte sich nie darüber, inzwischen lebte er nämlich von dem, was seinerzeit ein Schmerzensquell gewesen war. Und er wusste, dass der stämmige, langsam vergilbende Football-Spieler als Kellner bei McCormick&-Schmicks im Old Orchard arbeitete – Daniel hatte ihn im Jahr zuvor beim Powershoppen mit seiner Mutter gesehen –, und auch wenn er nie darauf gekommen wäre, dass diese dunklen Jahre in seinem Leben irgendwie vergolten werden mussten, war der Moment doch ziemlich süß gewesen. Es konnte durchaus an der Klimaanlage des Einkaufszentrums gelegen haben, aber etwas hatte geprickelt, da war er relativ sicher.

Robin setzte an, um etwas zu sagen, das offenbar wichtig war – sie holte tief Luft, ballte die Fäuste, bekam einen grimmigen Zug um den Mund. Aber dann sagte sie bloß: »Es war einfach, als würde ich damit zwangsernährt.«

Seine Freundin schob Ausreden vor. Vielleicht würde er die wahre Geschichte später hören, vielleicht auch nicht, aber eigentlich ging er schon davon aus. Es hatte sich so viel dramatische Spannung in ihr aufgebaut, in jeder verkrampften Zelle ihres Körpers, und er sah liebend gern zu, wie sich das wieder löste. Welche Gefühle sie auch gerade hegte – ganz schlecht konnten sie nicht sein; im Grunde waren sie manchmal so zart und leidenschaftlich, dass er meinte, ihr in die Seele blicken zu können –, sie schenkte sich nichts dabei. Tag für Tag schluckte sie massenhaft Emotionen herunter, und was übrig blieb, reichte sie an ihn weiter. Bei Daniel forderte das Ritalin seinen Tribut: Ihm fiel es inzwischen schlichtweg schwerer, etwas zu empfinden, also griff er nach jedem Gefühl, das sich ihm bot. Und das Zusammensein mit Robin war, als würde er mit einer Million Nadeln auf einmal gestochen. Es erschreckte ihn, wie gut das tat.

»Das war sicher ganz furchtbar«, sagte er.

»Du weißt nicht mal die Hälfte davon«, wimmerte sie.

»Das klingt, als solltest du in der Therapie darüber reden, falls du jemals beschließt, eine Therapie zu machen«, sagte er.

Sie wollte schon protestieren, doch diese Diskussion hatte er bereits mit ihr geführt. Natürlich war das nicht *ihr* Problem. Es war ihr *gemeinsames*. Er wusste schon, wie der Satz zu enden hatte.

»Ich sage ja gar nicht, dass du eine Therapie machen musst«, fuhr er fort. »Überhaupt nicht. Aber vorläufig, finde ich, kannst du doch mit zu dem Essen bei meiner Familie kommen.«

*

Im Wohnzimmer hatte man einen kleinen Kartentisch auf-
gestellt, daneben einen etwas längeren Tisch, einen ganz
langen im Vorraum zwischen Wohnzimmer und Esszimmer,
und dann stand da noch der große, wundervolle Eichen-
holztisch im Esszimmer, und um all diese Tische herum
hatten sich sämtliche Mitglieder von Daniels Familie versammelt, an einem die Kinder, am nächsten die erwachsenen Kinder, am übernächsten die Eltern der Kinder beider Gruppen.
In beiden Zimmern duftete es intensiv nach Rinderbrust.
Für alle bis auf die Kinder, die von Plastikgeschirr aßen, gab
es passendes Silberbesteck und Teller und Weingläser, sodass die schönen Tische makellos im Kerzenlicht schimmer-
ten. Bei jedem Gedeck lagen eine ausgedruckte Haggada
und eine Fingerpuppe in Form eines grünen Froschs. Robin
steckte eine auf den kleinen Finger und winkte Daniel damit
zu.

»Die sollen die Plagen symbolisieren«, sagte er zu ihr. Sie
strengte ihr Gedächtnis an und erinnerte sich, dass es irgendwie mit dem Exodus zu tun hatte; all das hatte sie schon vor
langer Zeit verdrängt.

»Was ist denn mit diesen noblen Haggadot passiert?«, er-
kundigte sich ein Cousin aus dem Wohnzimmer brüllend.
Nur so konnte man sich von Zimmer zu Zimmer verstän-
digen.

»Die waren hinreißend«, sagte ein anderer.

»Wir hatten eine Überschwemmung im Keller«, sagte Daniels Vater.

»Wieso lagen die im Keller?«, fragte Faye aus der Küche.

»Darüber will ich nicht reden«, sagte seine Mutter leise.

Robin mochte Daniels Mutter, die sie bereits aus der Zeit
kannte, als Daniel noch der Nachbar von unten gewesen war,

mit dem sie sich freitags während der Happy Hour betrank (und manchmal auch sonntags beim Brunch und natürlich auch donnerstags, weil sie nie bis Freitag durchhielt, ohne am Donnerstagabend auszugehen), und seine Familie kennenzulernen war keine große Sache. Seine Mutter hatte viele Jahre als Bibliothekarin im staatlichen Schulsystem gearbeitet, dann ein Aufbaustudium absolviert und sich an der Northwestern University hochgearbeitet, wo sie nun Bibliothekswissenschaften unterrichtete. Robin bewunderte ihren Ehrgeiz und beneidete sie um ihre Gelassenheit. Das gehörte auch zu den Eigenschaften, die sie an Daniel am liebsten mochte: seine Ruhe. Wenn sie im Detail hätte aufführen müssen, was sie an ihm mochte, hätte das mit auf der Liste gestanden.

Der Manischewitz-Wein war so süß, dass nicht einmal Robin ihn trinken konnte, also rührte sie das Glas nur an, um die wenigen Schlucke zu nehmen, die das jüdische Gesetz verlangte.

*

»Noch was?«, fragte Daniel. Er war auf jeden Grund gefasst, den sie ins Feld führen würde, um nicht am Sederabend seiner Familie teilnehmen zu müssen. Das war ausnahmsweise einmal ein Kampf, den zu kämpfen sich lohnte.

Sie brachte es nicht über sich zu erwähnen, dass es ihr vorkam, als würde sie ihre Familie mit seiner Familie betrügen, wenn sie den Feiertag dort beging. Ihr Bruder und seine Frau luden sie schon zu Pessach zu sich nach Hause ein, seit sie aus New York zurückgekommen war, und inzwischen hatte sie acht Jahre hintereinander abgelehnt. Von ihren Eltern – als sie noch zusammen gewesen waren, sie hatten sich vor ein paar Monaten getrennt – bekam sie vor dem hohen Feiertag regelmäßig die Einladung (Ihre Mutter: »Dein Vater würde sich so freuen, dich zu sehen!«) und nach dem hohen Feiertag die Schuldzuweisung (Ihr Vater: »Hätte es dich umgebracht, deiner Mutter eine Freude zu machen?«). Eine Rechts-links-Kombination. In regelmäßiger Folge. Sie hätte gern dazu beigetragen, dass sich alle in ihrem Universum ein klein bisschen wohler fühlten, aber diese gemeinsam und mit gesenktem Kopf betend verbrachten Stunden wären ihr unerträglich gewesen, das wusste sie genau.

Außerdem war sie in letzter Zeit oft genug bei ihrer Familie gewesen, zumindest bei ihrer Mutter, dem frischgebackenen Single. Ihre Schwägerin Rachelle hatte lauter Pläne geschmiedet, um ihre Mutter, ihre fettsüchtige, diabetesgeplagte todunglückliche Mutter zum Abnehmen und in Form zu bringen, und in einer E-Mail an Robin näher ausgeführt, es gebe noch Hoffnung, es gebe bestimmt noch Hoffnung, wenn sie nur alle im Team zusammenarbeiten und sich an folgenden Stundenplan halten würden, Montag bis Samstag, und ob Robin bitte die Samstage übernehmen könne, wenn sie nur die Samstage übernehmen könne, werde Rachelle sich um den ganzen Rest kümmern. Also fuhr Robin seither einmal wöchentlich in die Vorstadt, wo sie und ihre Mutter den Anweisungen folgend eine Meile weit über die Aschenbahn der Highschool marschierten, während Edie schnaufte, humpelte und im Stillen auch anderweitig litt, aber nicht zugeben wollte, dass es einfach abartig war, dass sie und ihre Tochter nie im Leben zusammen eine Meile gegangen waren, schon gar nicht auf der Highschool-Aschenbahn, denn wenn sie einräumten, wie bizarr sie das fanden, mussten sie wohl oder übel auch alles andere hinsichtlich ihrer Gesundheit einräumen, und über dieses Thema wollte keine von beiden reden, davor hatten sie nämlich aus unterschiedlichen Gründen entsetzliche Angst, und aus denselben Gründen auch.

Anschließend betranken sie sich dann zusammen in Edies Küche, und zwar wirklich erbittert und hingebungsvoll. Witzig war das nicht mehr: Eine Flasche für jede innerhalb von zwei Stunden. Sie schenkten sich ein und tranken, und Edie redete. *Jetzt erzähle ich dir mal eine Kleinigkeit über deinen Vater*, sagte sie. *Oh, ich habe da eine Geschichte für dich.* Sie stolperte über die eigenen Worte. *Willst du wissen, was wirkliche wahr ist?*

Wenn du wüsstest.

Inzwischen wusste Robin alles.

Dann fuhr sie betrunken mit der Bahn zurück in die Stadt, doch statt einfach noch eine Treppe höher nach Hause zu gehen, ging sie zu Daniel in seine Wohnung mit all den Computermonitoren und Fotos und Kochbüchern, die er gar nicht mehr aufschlagen musste, weil er die Lieblingsrezepte im Kopf hatte. Manchmal unterhielten sie sich, manchmal legte sie ihm auch die Hand auf den Mund und sagte *bitte*, er sagte *okay* und sie gingen einfach schlafen, und wenn sie dann aufgewacht waren, ruhte er sich einfach in ihr aus, ein klein wenig steif, ohne sich zu bewegen, nur hin und wieder, um steif zu bleiben, und dann flüsterte er: »Wir müssen gar nichts tun, nur einfach sein.« Manchmal lag sie auch einfach wie ein Leichnam auf dem Sofa und starrte zur Decke, während er herumsaß und auf seiner Gitarre klimperte, alte Indie-Rock-Songs, deren Texte ihr halbwegs geläufig waren. Manchmal gingen sie auch in die Schmuddelkneipe gegenüber – die inzwischen ihre Stammkneipe war –, betranken sich noch mehr, gingen in seine Wohnung zurück und hatten manchmal schmerzhaften, aber gefühlsmäßig notwendigen Sex, nach dem sie ihn kaum ansehen konnte, obwohl er sie keine Sekunde aus den Augen ließ.

Ich habe immer das Gefühl, du wartest irgendwie darauf, dass ich was sage, hatte sie einmal zu ihm gesagt, aber nur im Geiste, wo Sätze dieser Art in Sicherheit waren.

Daniel wartete noch immer auf einen weiteren Grund dafür, dass sie ihn nicht zu dem Essen begleiten konnte, doch ihr fielen keine Gründe mehr ein. »Soll ich was mitbringen?«, fragte sie, weil ihre Mutter sie gut erzogen hatte.

*

Nach den vier Fragen (mit großer Ernsthaftigkeit gestellt von Daniels jüngster Cousine Ashley, einer Neunjährigen mit dröhnender Stimme), nach den Plagen (Daniels ernster, klotziger Vater mit den buschigen Brauen, der die Finger dramatisch ins Weinglas tauchte), nach einem lautstarken Vortrag des »Dayenu« (dessen Text Robin erstaunlich rasch wieder einfiel), nach Gefilte Fisch und Matzeknödelsuppe und Rinderbrust und Huhn und Matzen mit Schokoladenglasur und Matzen mit Karamellglasur und Honig-Nuss-Kuchen (woran sich Robin insgesamt überfraß, um sich dann schuldig und schlecht zu fühlen und schließlich traurig zu sein) folgte der allmähliche Aufbruch, und alles zwängte sich in Mäntel, Verhandlungen, Abschiedsworte, Versprechen, Wünsche und Träume. Eine Schar Juden bei dem Versuch, nach Hause zu gehen.

Wer würde Danny und seine Freundin zum Bahnhof fahren? Du bist ja so nett. Wie schön, dich hier zu sehen.

Ich bin nicht seine Freundin, wollte sie sagen.

Als Robin zwei übriggebliebene Teller auf dem Esszimmertisch entdeckte, fasste sie rasch einen Fluchtplan und schlich in die Küche. Geschirr, sie konnte Geschirr spülen, bis es Zeit war zu gehen. Daniels Mutter war in der Küche und schrie seinen Vater an.

»Den ganzen Abend musste ich mir ihr Gemecker anhören«, schimpfte sie. »Ich ertrage das keine Sekunde mehr. Fahr sie verdammt noch mal heim. Sie ist deine Tante, nicht meine.«

Beide blickten auf, kurz zog ein reflexartiges Lächeln über ihre Gesichter, kleine Wellen auf einem Teich. Sie waren zu müde, um so zu tun, als wäre es kein ungemein langer Abend gewesen.

»Geschirr«, sagte Robin und hielt matt die Teller mit den Kuchenresten hoch. Daniels Mutter nahm sie ihr ab. »Es war ein sehr schöner Abend«, sagte Robin.

»Du bist uns immer willkommen«, sagte seine Mutter.

»Ich fahre euch zum Bahnhof«, sagte sein Vater.

*

Irgendwie hatte er sie zu diesem Abend mit seiner Familie überlistet, obwohl sie ganz sicher war, monatelang auf emotionale Distanz zu Daniel geachtet zu haben – seit sie ihm in ihrer ersten gemeinsamen Nacht ins Ohr geflüstert hatte: »Das hier hat nichts zu bedeuten.« Er hatte sich dazu nicht geäußert, was sie als Zustimmung verstand oder zumindest als Eingeständnis, dass er es akzeptierte. Er war ihr Nachbar, er war ihr Freund, und er bedeutete ihr etwas, aber eine Beziehung wollte sie nie wieder haben. Beziehungen waren nämlich das Schlimmste. So viele Verpflichtungen. So viele Kompromisse. So viel Streit. Einer war am Ende immer fertig. Manchmal waren am Ende beide fertig.

*

Sie waren an diesem Abend nicht die Einzigen, die von einem Sederabend in der Vorstadt zurück ins Zentrum fuhren, achteten aber nicht auf die anderen Leute und sanken in ihre Sitze. Daniel griff in seine Tasche, zog zwei Gummifrosch-Fingerpuppen hervor, nahm Robins Hand, setzte einen auf ihren kleinen Finger und einen auf seinen eigenen. Er stieß mit dem Kopf des einen Froschs gegen den anderen.

»Ich bin in die Küche gekommen, da haben deine Eltern gerade gestritten«, sagte sie.

Er zuckte mit den Schultern und sagte: »Manchmal sind sie verschiedener Meinung.«

»Es war erschreckend.«

»Nicht jede Auseinandersetzung führt zur Scheidung«, sagte er. Er zog den Frosch vom Finger und sah aus dem Fenster.

»Bist du jetzt Experte?«, fragte sie. Plötzlich hatte sie keine Kontrolle mehr über sich: Sie sagte nicht, was sie meinte, ihr Herz war ganz heiß, und ihre Glieder fühlten sich schlaff an.

»Hast du die Möglichkeit in Betracht gezogen, dass es deinen Eltern ohne einander besser geht?«

Jeden geschlagenen Tag, seit ihre Mutter erzählt hatte, dass ihr Vater gegangen war.

»Noch nie«, sagte sie mit rotem Gesicht und verschwitzt und aufgeschwemmt von all den Unwahrheiten. Sie hatte zu viel von der Rinderbrust seiner Mutter gegessen. Auf ihrem

Schoß stand eine Tupperbox mit den Resten, die sie wegschmeißen wollte, sobald sie zu Hause war. Vielleicht würde sie ihn gleich mit wegschmeißen.

»Hör mal, bis dahin war doch alles gut. Das war doch kein ganz schlechter Abend, hm?« Er piekste sie. »So entsetzlich ist es doch nicht, für einen Abend jüdisch zu sein.«

»Ich habe ziemlich viel ausgeblendet«, sagte sie.

»Was ist denn los mit dir?«, fragte er. »Wie kannst du das so ablehnen?«

»Ich lehne es gar nicht ab«, sagte sie. »Ich finde nur, wenn man solche Worte aussprechen will, inbrünstig, konzentriert und fromm sein will, hingebungsvoll eben, dann sollte man auch wirklich daran glauben. Es richtig gern tun. Und ich kapiere nicht, warum ich das gern tun sollte. Warum das der rechte Weg ist und alles andere der falsche. Das habe ich noch nie verstanden.«

»So kompliziert muss es gar nicht sein«, sagte er. »Du könntest doch einfach auch teilnehmen, um dich mit etwas verbunden zu fühlen, das größer ist als du selbst. Mir gibt es ein Gefühl der Sicherheit. Dass ich nicht allein bin.«

»Dafür hat man seine Freunde«, sagte sie.

»Manchmal reichen Freunde nicht«, sagte er.

»Ich bin nach wie vor nicht überzeugt«, sagte sie. *Darüber werden wir bis in alle Ewigkeit streiten*, dachte sie.

»Kannst du mal kurz aufhören, so hart zu sein?«, fragte er.

»Nein«, sagte sie.

Würde man sie ablehnen, wenn sie jetzt anfinge zu weinen? Hatte sie hinreichend deutlich gemacht, dass sie wirklich so hart war? Würde man sie für schwach halten, für eine schwache, erbärmliche Frau, die weinte, weil sie in einem Streit verlor, sich selbst verlor, sich in ihm verlor, und dieses Gefühl so lange nicht zugelassen hatte? Würde man sie immer noch kennen wollen, könnte man sie immer noch respektieren, wenn sie zu den Frauen gehörte, die weinen, wenn sie begreifen, dass sie sich verlieben?

Edie, 109 Kilo

Der Brief kam an einem Freitag, doch Edie wusste bereits, was drinstehen würde. Ihre Tochter Robin warf ihn missmutig auf den Küchentisch, an den Edie direkt nach der Arbeit gesunken war, um ihre Hand auf eine ungeöffnete Packung fettfreier Kekse zu legen (Hauptbestandteil: Zucker). Nun riss sie die Kante der dünnen Plastikverpackung achtlos mit den Fingerspitzen auf, sodass ein quer über die Packung verlaufender gezackter Spalt entstand, der statt einer Reihe dunkler, lockerer, schwerer Schokoladenkekse zwei erkennen ließ und nach einer ganz leichten Bewegung von Zeigefinger und Daumen alle drei. Da lagen sie nun. Und warteten. Die Kekse rochen nach gar nichts, nach Luft, und so fühlten sie sich in Edie auch an. Sie machten sie niemals satt, egal, wie viele sie aß. Eines Nachts, als sie sicher gewesen war, dass alle im Bett lagen, hatte sie zwei Schachteln von diesen Keksen gegessen, nur um zu sehen, was passieren würde, und es hatte nichts ausgerichtet. Edie empfand überhaupt nichts dabei.

Sie schob die Packung ihrer Tochter hin, die am anderen Ende des langen Tischs aufstand, eine halbe Reihe Kekse in die Hand nahm und sich dann wieder ihrer Mutter gegenübersetzte. Sechs Kekse. Fettfrei.

»Der sieht wichtig aus«, sagte die Mutter.

Die Tochter sah mit grellem, ernstem, gerötetem Blick zu ihr auf, während aus ihrem Mund ein halber Keks ragte wie eine hilflose, von einer cleveren Hauskatze gefangene Maus.

Sie ähnelte sehr ihrer Mutter in diesem Alter, mollig und frisch, wenn das Gewicht auch anders verteilt war, denn Robin war kleiner als ihre Mutter und dadurch um die Hüften vielleicht etwas breiter. Sie zog den Keksrest mit der Zunge ganz in den Mund. Seit zwei Tagen hatte sie nicht mehr mit ihrer Mutter gesprochen, denn die hatte ihr nicht erlaubt, ins Krankenhaus zu gehen, als sie das wollte, und dann war es zu spät gewesen, und nun gab es nur noch diesen Brief.

Er kam von der Highschool – Robin hatte ihn bereits geöffnet, gelesen und zurück in den Umschlag gesteckt, sodass Edie den Bogen einfach mit einer Hand herausschütteln konnte, während sie einen Keks in der anderen hielt. Ihre Tochter hatte ihre Kekse schon aufgegessen und griff gerade nach mehr.

Ein Junge hatte sich umgebracht, das stand in dem Brief. Ein anderer war in der Psychiatrie. (Davon war in dem Brief nicht die Rede, aber Edie hatte es vom Verbindungslehrer der Schule erfahren, der sie am Nachmittag auf der Arbeit angerufen hatte.) Am Wochenende zuvor waren die beiden Jungen mit ihrer Tochter in die Stadt gefahren, um die Smashing Pumpkins auf einem Festival zu hören, und Robin war betrunken nach Hause gekommen, aber Edie hatte darüber hinweggesehen, im Grunde war ihre Tochter nämlich ganz unproblematisch als kleine Betrunkene: Sie bekam keinen nennenswerten Kater, jammerte am nächsten Morgen nicht herum, und Edie musste ihr nie auf dem Klo die Haare aus dem Gesicht halten wie früher einigen Zimmergenossinnen auf dem College. Sie war einfach nur albern gewesen, hatte von der Show geschwärmt, und anscheinend hatte ihr niemand etwas zuleide getan. Vielleicht hätte Edie in diesem

Moment ein paar mütterliche Weisheiten zum Thema Alkohol zum Besten geben sollen, aber sie war nicht in der Position, anderen Leuten zu raten, was sie zu sich nehmen sollten und was nicht.

Die beiden fühlten sich verbunden, wie es Robins Leben lang gewesen war, besonders, seit ihr Bruder Benny in Champaign aufs College ging und das Haus so dermaßen leer wirkte, weil Edies Ehemann Richard immer kämpfen musste, um seine drei Apotheken über Wasser zu halten, und eine Art Pyramidensystem für die Betriebe erstellt hatte, zwischen denen er hin und her fuhr und sich schwer ins Zeug legte (das musste sie ihm zugestehen), noch im Scheitern. Edie und Robin blieben gemeinsam zurück und taten sich am Küchentisch zusammen, wo Edie (manchmal nicht ganz jugendfreie) Geschichten aus ihrem Arbeitsalltag erzählte, zum Beispiel von ihren Kolleginnen in der Anwaltskanzlei, die immer viel interessanter waren als ihre Jobbeschreibungen nahelegten: Sie stahlen Büromaterial und spielten in ihrer Freizeit Jazz und tranken viel und hatten den Krebs überlebt. Oder von der Frau in der Schlange im Lebensmittelmarkt, die zu viele kleine Kinder und eine tief ausgeschnittene Bluse und ungefähr hundert Zuteilungsscheine hatte, aber *wieso galten die alle für Katzenfutter?* Und es gab immer etwas über Familienmitglieder zu sagen, über entfernte Cousinen, die sich scheiden ließen, Edie hatte nämlich schon immer gewusst, *dass das nicht gutgehen würde*, oder Nostalgisches über Familienmitglieder, die vor dem Krieg aus Russland gekommen waren oder auch gleich danach, man musste nämlich *unbedingt wissen, woher man kam*. Wenn sie so zusammensaßen, vor ihrer Ausbeute an Lebensmitteln, gehörten abgepackte Snacks zu ihren großen gemeinsamen Freuden im Leben.

Dann schickte Edie ihre Tochter gewöhnlich weg, Hausaufgaben machen, und bereitete selbst das offizielle Abendessen zu, etwas Richtiges, Steak oder Huhn oder Nudeln. Sie taten natürlich schon längst nicht mehr so, als hätten sie abends beim Essen alle Zeit füreinander, wo Richard doch so spät zum Abendessen erschien oder gar nicht. Edie machte sich nie die Mühe, ihm einen Teller hinzustellen. Wenn Robin manchmal in ihrem Zimmer aß, war es ihr auch recht. Sie verstand, dass es ein gutes Gefühl war, mit dem Essen allein zu sein. Dieser Lebensrhythmus war vielleicht sonderbar, aber immerhin ein Rhythmus.

Dann hatte Robin vor einem halben Jahr die Highschool begonnen und sich mit diesen beiden Jungs angefreundet, dem toten und dem, der nun weggesperrt war, wodurch sie Edie allmählich entglitt. Manchmal kam sie spät nach Hause oder ging nach dem Essen noch einmal weg. Anrufe am späten Abend. Die Musik aus ihrem Zimmer wurde über Wochen hinweg immer lauter, dann leiser, bis es einem fast vorkam, als liefe gar keine Musik. Dann stand Edie im Flur, hielt die Luft an und drückte ein Ohr an die Zimmertür ihrer Tochter. Irgendwas lief da doch definitiv auf der Stereoanlage. Was für Musik hörte ihre Tochter zurzeit? Edie hatte immer alles über sie gewusst, und nun konnte sie diese Frage nicht mehr beantworten. Es war ihr so peinlich wie es ihr Sorgen bereitete.

Inzwischen begriff sie, dass sie gar nichts über ihre Tochter wusste. Dieser Junge hatte eine Überdosis Tabletten genommen. Das stand nicht in dem Brief, aber sie hatte es in der Zeitung gelesen und gerade an diesem Tag auch noch einmal vom Verbindungslehrer gehört. Er hatte noch zwei Tage durchgehalten, und ihre Tochter hatte sie angefleht, ins Krankenhaus gehen zu dürfen, aber sie hatte es nicht erlaubt, denn wenn Robin dort gelegen hätte (Gott bewahre. Oj. *Gott bewahre.*), dann hätte Edie niemanden in ihrer Nähe haben wollen, der nicht zur Familie gehörte. Außerdem wollte sie nicht, dass Robin mit so etwas Krankem in Berührung kam. Das hier war etwas anderes, als sie eine Woche von Benny fernzuhalten, während er in der sechsten Klasse Windpocken gehabt hatte. Das hier war eher so, dass Edie fast in dieses Zimmer marschiert wäre, um den gesamten Besitz ihrer Tochter zu durchwühlen und nachzusehen, was sie verbarg, und zur Hölle, nein, ihre Tochter würde nicht vor der Intensivstation eines Krankenhauses mit der Familie eines Jungen herumhocken, der gerade eine Überdosis Tabletten genommen hatte.

»Es tut mir leid, dass dein Freund gestorben ist«, sagte Edie.

Robin nahm sich noch eine Handvoll Kekse, ein weiterer Schritt in ihrem methodischen Streben nach Dezimierung sämtlicher fettfreien Snacks in Amerika.

An der Wand gegenüber dem Küchentisch hing eine Makramee-Eule mit großen braunen Achaten als Augen. Edie hatte sie beim Einzug ins Haus dort aufgehängt, 1980, als Robin noch klein gewesen war. Obwohl die Putzfrau sie einmal in der Woche abstaubte, schien sie mit irgendeiner alten Dreckschicht überzogen zu sein. In den Klauen der Eule hing verloren ein Zweig. Edie hatte seit zehn Jahren vor, sie abzuhängen. Ernsthaft, seit einem ganzen Jahrzehnt. Aber Edie war beschäftigt gewesen. Zuerst nur mit kostenlosen Beratungen, irgendwas, um sich von der Banalität ihrer Vorstadtexistenz abzulenken. Welchen Sinn ehrenamtliche Tätigkeit wirklich haben konnte, war 1988 deutlich zutage getreten, als

Dukakis – verheiratet mit einer Jüdin! – kandidierte, ihre alte College-Zimmergenossin Carly anrief, eine der wichtigsten Fundraiserinnen für die Demokraten in Chicago, und sie um Hilfe bat. Edie hatte einen Scheck geschickt und ein paar Freunde angerufen, die Cohns und die Grodsteins und die Weinmans und die Frankens, alles reizende Leute, und ehe sie sichs versah, telefonierte sie mit Leuten, die sie gar nicht kannte, und entdeckte, dass sie gut darin war. Papierkram und Anrufe. Am sichersten fühlte sie sich, wenn sie sich bei ihrer Tätigkeit verstecken konnte, wenn sie nicht merkte, dass die Leute merkten, wie viel sie zugenommen hatte. Das sah sie sogar in den Augen ihrer Kollegen. Aber hier konnte sie helfen. Hier konnte sie etwas bewegen. Carly fiel es nicht auf, und Edie wusste nicht, ob sie es ihr jemals richtig würde vermitteln können, aber Carly rettete ihr mit ziemlicher Sicherheit das Leben. Und wer hatte schon Zeit, sich Gedanken um Wandbehänge zu machen, wenn es Republikaner gab, die man absägen konnte?

Aber die Jungs? Wer waren diese Jungs? Sie hätte sich Gedanken machen müssen. Sie hatte die beiden kennengelernt, aber nicht richtig aufgepasst. Einer war groß und dünn und hatte ziemlich lange (aber anscheinend saubere) Haare, und der andere war klein und ein bisschen stämmig und hatte einen rasierten Kopf. Beide trugen Flanellhemden über weißen T-Shirts, Jeans mit löchrigen Knien und Hightops von Converse. Sie rochen nicht nach Rauch und hatten keine erweiterten Pupillen. Sie sprachen wenig und lächelten sie immer an, wenn sie ihnen die Tür aufmachte. Sie freuten sich immer, Robin zu sehen. Sie klatschten sie beide ab. Sie sahen jüdisch aus. Ethan und Aaron, Aaron und Ethan. Wie sollte sie sich da merken, wer nun welcher war?

Robin hatte sie den ganzen Abend angeschrien, als der Junge ins Krankenhaus gekommen war, gefleht und schließlich gefordert, dass Edie ihr den Besuch bei ihm erlaubte. Auf den Knien im Wohnzimmer, während Richard nutzlos wie immer auf der Treppe saß, die Ellbogen auf die Schenkel und das Kinn in die Hände stützte und nicht das Geringste zum Gespräch beitrug. »Sie hört mir doch sowieso nicht zu«, das war alles, was er zu sagen hatte. Der schlechteste Vater auf dem Planeten. Er konnte nur Befehle bellen und einfach weggehen. Er begriff nicht, dass seine Tochter intelligenter war, dass sie kein Hund war. Edie hingegen glaubte genau zu wissen, wie sie mit Robin umgehen musste, doch dieses hysterische Mädchen hier – Edie konnte nur versuchen, sie festzuhalten. Wenn Robin als Kleinkind ihren Willen nicht bekommen hatte, hatte sie gewöhnlich die Luft angehalten, bis sie blau anlief. Edie hatte diese Mätzchen immer ignoriert, bis Robin einmal ohnmächtig wurde und Edie sie nie wieder ignorierte, während Robin ihrerseits nie wieder die Luft anhielt. Beide hatten etwas gelernt. Aber nun war sie entfesselt, nicht zu kontrollieren. Blau war sie allerdings nicht. Sie war knallrot.

»Wir gehören da nicht hin«, sagte Edie. »Er braucht seine Familie.«

»Ich bin eine von seinen zwei besten Freunden auf der Welt«, sagte Robin.

Ihr Haar war im Lauf des Jahres ganz lang geworden, daran dachte Edie, während sie ihre zusammengekrümmte, heulende Tochter betrachtete. *Was für ein hübsches Mädchen sie inzwischen ist.* Sie streckte die Hand aus, um ihre Tochter zu berühren, und immerhin, Robin ließ die Umarmung ihrer Mutter zu.

Das war zwei Tage her, nun war der Junge tot, und Robin hatte sich nicht verabschieden können, aber wovon hätte sie sich da auch verabschiedet? Edie erinnerte sich, wie sie am Sterbebett ihres Vaters gesessen und sich weit weg gewünscht hatte, weil sie ihn so nicht in Erinnerung behalten wollte. Seine Haut wurde grau und dann blau und dann weiß, als zöge etwas durch ihn hindurch und wieder heraus, wie eine kleine Welle, die bei Ebbe an der Küstenlinie nippte. Trauer war ein furchtbares Gefühl, ein seelischer Verzicht. Sie würde alles lieber tun als trauern.

Als ihre Tochter ihre Kekse gegessen hatte und aufstand, um noch ein paar zu nehmen, hielt Edie sie zurück und sagte: »Nimm dir das ganze Ding. Ich habe noch mehr davon.« Robin warf ihr einen finsteren Blick zu, nahm aber die ganze Packung und ging zu ihrem Platz zurück.

»Das waren meine einzigen Freunde, Mom. Weißt du, dass ich sonst keine Freunde habe?«

Nein, das wusste Edie nicht.

»Jetzt habe ich niemanden mehr.« Robin fing an zu weinen. Sie weinte und aß.

»Hey, hier in der Gegend wohnen doch so viele nette Kids«, sagte Edie, ohne zu wissen, ob das zutraf oder nicht.

»Das sind alles Riesenarschlöcher«, sagte Robin. »Die mögen die Bands nicht, die ich mag, denen geht's nur darum, was für Jeans sie tragen, und da passe ich sowieso nicht rein. Und die sind total gemein zu mir. Die haben immer nur auf mir rumgehackt, bis ich Aaron und Ethan kennengelernt habe.« Sie hickste. »Und jetzt sind sie w-e-e-g«, heulte sie.

Als Edie merkte, dass Robin nur noch eine Reihe Kekse übrig hatte, hätte sie gern drei bis fünf weitere vor sich auf dem Tisch liegen gehabt.

»Ich meine, hast du das nicht irgendwann satt?«, fragte Robin.

»Was satt?«

»Das hier«, sagte Robin und wedelte vor sich mit den Händen herum.

Edie starrte sie ausdruckslos an.

»Fett zu sein. Komm schon, Mom. Du und ich. Wir sind fett.«

»Das Wort mag ich nicht«, flüsterte Edie.

»Du müsstest mal hören, was die Kids in der Schule zu mir sagen«, sagte Robin, die plötzlich etwas anderes antrieb als Traurigkeit, etwas Neues und Grausames, ein Geschmack, der besser war als jeder raffinierte Zucker der Welt: Bitterkeit. »Zu dir würden sie dasselbe sagen, nur zehnmal schlimmer.« Sie schob sich einen weiteren Keks in den Mund, den sie kaum kaute, und schon war er weg. »Du bist nämlich noch fetter als ich. Also kann man über dich auch mehr sagen.«

»Tut mir leid, dass ich dich enttäusche«, sagte Edie zerknirscht und zerknittert, ließ dieses Gefühl zu, ließ zu, tief zu sinken.

»Du enttäuschst nicht mich«, sagte Robin. »Du enttäuschst dich selbst.« Und dann machte sie den Mund auf, als wollte sie etwas noch Schlimmeres sagen, als wollte sie brüllen, aber heraus kam nur ein Schwall dunkler Schokoladenkotze, die auf dem Küchentisch zu einer zähflüssigen Lache gerann. Robin starrte in die Lache und erbrach sich noch einmal, auch Edie musste würgen, beherrschte sich aber, um nicht ganz loszulassen und all das freizugeben, was ihr Bauch umschloss.

Nach diesem Tag wurde Robin rasch dünn. Als sie in der Folgewoche an der Beerdigung des Jungen teilgenommen hatte, stand sie am nächsten Morgen früh auf und joggte um den Block. Ein paar Wochen später trat sie der Leichtathletikmannschaft bei. Anscheinend brauchte es nur ein paar Monate, bis sie aussah wie alle anderen Kinder in der Nachbarschaft, während Edie blieb, wo sie war, allein am Küchentisch, inmitten all ihrer weltlichen Freuden.

Das Goldene Einhorn

Jetzt erzähle ich dir mal eine Geschichte über deinen Vater, sagte Edie zu ihrer Tochter Robin, die keine Geschichte hören wollte, aber sich nicht zu wehren wusste.

Sie hielten sich in dem Haus auf, wo Robin aufgewachsen war und wohin sie äußerst ungern zurückkehrte, wo Edie noch immer wohnte, ganz allein, weil sie gerade von ihrem Mann verlassen worden war und nach Robins Wissen nirgendwo anders hinkonnte. Würde ihre Mutter nun ihr Leben an diesem Küchentisch verbringen, um dort abwechselnd zu essen und alles Erfreuliche aus ihren Erinnerungen zu quetschen?

Als Kind hatte Robin die Geschichten ihrer Mutter geliebt. Edie lauschte gern und war ein Klatschmaul, aber sie gehörte auch zu den Menschen, denen selbst ein Fremder seine Geheimnisse anvertraute. Sie wirkte weise. Sie wirkte warmherzig. Wenn sie nicht wusste, wie man helfen konnte, wusste sie doch zumindest, wie man die Stimmung hob. Erst wenn man sie richtig kennenlernte, konnte sie etwas Furchterregendes haben.

Doch dann hatte sich etwas verändert in Robins Jugend, und die Geschichten hörten auf. Da war diese Sache mit den beiden Jungs, von der in der Familie nicht mehr gesprochen wurde, mit der sich Robin aber so lange beschäftigt hatte, dass sie ihr in Fleisch und Blut übergegangen war. Die beiden waren ihre ersten richtigen Freunde gewesen, Aaron und Ethan, und alle waren sie verliebt gewesen, Aaron in Ethan,

Robin in Ethan, Ethan in seine Plattensammlung und in Tabletten und in die Liebe der beiden anderen zu ihm. Sie alle hatten so tiefe Gefühle füreinander gehegt – monatelang hatten sie sich in Ethans Zimmer zusammengedrängt und Platten gehört, und zwar Vinyl, Vinyl war nämlich besser und bedeutender als die CD, aus vielerlei Gründen, die Ethan begeistert mit seiner gerade tief gewordenen Stimme aufzählte. Ja, ja, sagten Aaron und Robin, fasziniert von seiner Leidenschaft, von seinem Kenntnisreichtum, der sogar über den Lehrstoff der Highschool hinausging. Einmal hatten sie Aarons Auto in einer schwach beleuchteten Sackgasse einen Block von Robins Haus entfernt geparkt und auf dem Rücksitz herumgeknutscht, alle drei hatten einander abwechselnd geküsst und berührt, die mollige Robin mit den riesigen Brüsten (bestaunt von den Jungs, als sie schließlich aus dem BH befreit waren), der kleine Aaron mit dem rasierten Kopf und dem kompakten Oberkörper, Ethan mit der Hand zwischen Robins Beinen, Aaron, der Ethan einen runterholte, und alle stöhnten, alle waren so befriedigt wie nie zuvor in ihrem jungen Leben – und wie nie wieder danach –, bis ihnen nichts anderes mehr blieb, als aufzuhören, Reißverschluss, Gürtelschnalle, Brüste verlegen wieder in den BH packen, und dann, erst dann, etwas betreten sein, weil sie ihre Lust so hörbar bekundet hatten. Zigaretten anstecken, Tabletten einwerfen. Nach einer Woche schrieb Robin Liebesbriefe an beide. Und warf sie ein, doch wenn sie angekommen und gelesen worden waren, verlor keiner der Jungs ein Wort. Wenige Tage später war Ethan tot. Mit ihnen hatte das nichts zu tun. Es lag an seiner Familie. Dinge, für die niemand etwas konnte. Aaron war zu traurig und wurde weggeschickt. Er wohnte inzwischen in Seattle, und jedes Jahr um Ethans

Todestag herum – immer noch, nach so langer Zeit! – schickte er Robin eine Mix-CD mit den Bands, die sie als Jugendliche am liebsten gehört hatten. Die Lieblingssongs waren ihm schon lange ausgegangen, sodass er sie nun einfach wiederholte. Robin hätte ihm gern gesagt, er solle keine mehr schicken, aber sie wusste nicht, wie sie es anstellen sollte, diesen Schmerz nicht zu empfinden. Sie wartete auf einen neuen, schlimmeren Schmerz im Leben, der dessen Platz einnehmen konnte.

Nach dieser schrecklichen Zeit mit fünfzehn wegen der Jungs hatte sich Robin ihrer Mutter verschlossen. War das wirklich schon so lange her? Robin war inzwischen einunddreißig. War sie allen wirklich so fern gewesen, obwohl sie nur eine Dreiviertelstunde weit weg in Chicago wohnte? Sie erzählte nie etwas Substanzielles aus ihrem Leben, höchstens hier und da eine Anekdote aus ihrer Arbeit als Geschichtslehrerin an einer teuren Privatschule. Die Kinder brachten sie zum Lachen. Ihre Mutter musste ihr jede Einzelheit aus der Nase ziehen. Edie wusste nie, wann sie etwas Neues erfahren würde, und wenn etwas kam, kaute sie wochenlang darauf herum und malte sich das Leben ihrer Tochter aus.

Welchen Anlass hätte Robin auch gehabt, ihr von Herzen zu vertrauen? Selbst wenn Edie ihr nun das eigene Herz ausschüttete. Nein, ausschütten konnte man dazu nicht sagen. Das Wort war zu salopp. Edie bohrte die Fingerspitzen in ihr Brustbein, fetzte die Haut auf, grub sich durch Blut und Knochen und wühlte in ihrem Fleisch nach jenem kostbaren, klopfenden Gegenstand, um ihn der Tochter zur Begutachtung vorzulegen. Und bei jeder ihrer Geschichten, bei jedem heulenden, jammernden Bericht war es, als würde sie wieder und wieder mit der geballten Faust auf ihr eigenes Herz einschlagen. Sie würde es entweder reanimieren oder zerstören. Sie würde leben oder sterben. Robin wusste noch nicht, worauf es hinauslaufen würde.

Jetzt erzähle ich dir mal eine Geschichte über deinen Vater, sagte sie.

Im Garten hinter der Fliegengittertür schaukelte ein leeres, altes, vergessenes, schimmelfleckiges Vogelhäuschen an einer Weißeiche im Frühlingswind.

Doch Robin hatte in den letzten zwei Monaten genug Geschichten gehört.

Sie hatte gehört, dass Edie zu jung geheiratet hatte, den ersten Mann, der ihr über den Weg gelaufen war und gefragt hatte, und dass er in der Hochzeitsnacht, als sie schon »Ja« gesagt und das Glas zertreten und Hora getanzt und einander Torte ins Gesicht geklatscht hatten (»Da ging er richtig ran«, grübelte Edie. »Ich hatte Zuckerguss in den Ohren.«), als sie eng umschlungen für Fotos posiert und im langsamen Boxstep zu »When a Man Loves a Woman« getanzt und Gutenachtküsschen an Edies Freundinnen aus dem Jurastudium und Richards Freunde aus dem Pharmaziestudium und Cousins und Tanten und ein paar Freunde von der Highschool und Nachbarn und Edies Eltern und Richards Eltern verteilt hatten, die sämtlich betrunken waren, als der ganze Handel also schon ausgiebig besiegelt worden war, dass er ihr dann in der Hochzeitssuite des Drake Hotels in der Innenstadt von Chicago ins Ohr geflüstert hatte: »Bist du dir auch sicher?« Was sie natürlich verunsicherte. Toller Start in ein gemeinsames Leben, Richard. Super gemacht.

Und nun ging es weiter: Diese schreckliche Rom-Reise, die ein Neuanfang hatte sein sollen, als die Kinder aus dem Haus waren, doch dann hatte er die ganze Zeit gejammert, vom

Taxi zum O'Hare-Flughafen bis in den Vatikan und wieder zurück.

»Wieso hat er die falschen Schuhe mitgenommen? Musste ich denn alles für ihn machen?«, fragte Edie.

»Wieso habt ihr nicht einfach neue Schuhe gekauft? Ihr wart in Italien. Da werden die besten Schuhe der Welt hergestellt«, sagte Robin.

»Haben wir ja dann, aber darum geht es nicht.«

Robin legte die linke Wange auf den Küchentisch und stieß einen Seufzer aus. Das Licht draußen hatte gewechselt und eine staubiggelbe Dämmerung brach an. Zeit fürs Abendessen.

»Wollen wir einfach was futtern?«, fragte Robin. »Lass uns was essen gehen.«

»Was denn essen?«, fragte Edie.

»Wo du gern hingehst, Mom. Ist mir egal.«

Edies aufgeschwemmte, geisterhaft weiße Hände zuckten auf dem Tisch. Robin wusste, dass sie vor ihren Augen nicht essen wollte. Lieber würde sie enthüllen, welche Ungereimtheiten im Zusammenhang mit den intimen Fähigkeiten ihres Ehemanns bestanden. Lieber würde sie erörtern, inwiefern seine Finanzplanung während der letzten drei Jahrzehnte allenfalls ausreichend gewesen war. Würde Robin nicht lieber erfahren, dass ihr Vater seine eigene Mutter immer mehr geliebt hatte als seine Frau?

»Wieso willst du nicht mit mir essen, Mom?«, fragte Robin.

»Gut, du willst essen? Dann essen wir.«

»Ich fahre«, sagte Robin, die ein Glas Wein getrunken hatte.

»Ich kann fahren«, sagte ihre Mutter, bei der es drei gewesen waren.

»Ich fasse es nicht, dass ich das mit dir diskutiere«, sagte Robin, und obwohl sie wahrscheinlich nur meinte, dass sie es bizarr fand, mit ihrer Mutter über deren Fahrtüchtigkeit zu streiten, wo die doch bis vor drei Monaten zu den Frauen gehört hatte, die Eiswürfel in ihren Wein gaben, zielte sie trotzdem auch auf den Gesamtzusammenhang ab, auf das Leben, das sie miteinander führten, die vertauschte Autorität zwischen Mutter und Tochter, darauf, dass ihre Mutter ihr Innerstes aufriss und jede Empfindung ihrer Tochter entgegenschleuderte, um zu sehen, was kleben blieb. Dieses neue Leben, das alles andere als lustig war.

Robin gewann – »Okay, du hast gewonnen.« – »Was habe ich gewonnen?« – und fuhr sie beide zum nächsten Vorort, dann zum übernächsten, vorbei an dem Highway, der zur Woodfield Mall führte und dann weiter in Richtung Chicago, bis ihre Mutter sie zu einer putzigen Einkaufszeile mit einer fensterlosen Sportsbar, einem 7-Eleven und einem Handyladen dirigierte. Robin parkte vor einem Chinarestaurant – dem Golden Unicorn –, dessen helle Beleuchtung noch den Gehweg vor dem Schaufenster sonnengelb erstrahlen ließ, und als sie durch die Eingangstür traten und das Licht auf ihre Mutter fiel, sah Robin, dass sie lächelte, ein echtes, vergnügtes Lächeln.

Es war früh, noch keine siebzehn Uhr, und das Restaurant war leer bis auf eine junge Chinesin, die an einem Tisch vor einem riesigen Haufen grüner Bohnen saß. Als die beiden Frauen hereinkamen, stand sie auf, eilte mit ausgebreiteten Armen auf Edie zu, und die beiden umarmten sich kurz.

»Wir haben dich schon so lange nicht mehr gesehen«, sagte sie. »Du hast uns gefehlt.«

»Es ging mir nicht gut«, sagte Edie.

Stimmte das? Robin wusste nicht einmal, ob es Edie vielleicht von Tag zu Tag schlechter ging.

»O nein«, sagte das Mädchen, das jung war, schlank, pun-
kig, vorn im Haar eine lila Strähne und feste schwarze, hohe
Schnürstiefel über engen schwarzen Jeans trug. »Du wirst
uns doch nicht krank werden. Ich bringe dir Tee. Setz dich,
ich bringe dir sofort welchen.«

Robin stand linkisch daneben und sah sich die beiden
Frauen an, die einander so zugewandt waren, ihre Mutter
und diese Fremde.

Schließlich machte Edie Robin mit der Frau bekannt –
Anna hieß sie –, die ein strahlendes Lächeln aufsetzte und
dann begeistert Robins Hand schüttelte, in der ihre eigene
schmale Handfläche geradezu verschwand. »Die Lehrerin!
So eine Ehre, dass du zu uns kommst. Deine Mutter redet
ständig von dir. Deine Mutter ist wundervoll. Einfach wundervoll. Sie ist unsere Heldin.«

Robin machte es sprachlos und auch ein bisschen betrof-
fen, dass sie keine Ahnung hatte, was da gerade vorging.
Wieso ist meine Mutter die Heldin eines Chinarestaurants?

Anna wies auf einen Tisch am Fenster. »Bitte setzt euch,
und ich bringe euch Tee und sage Dad, dass ihr da seid.«

Als sie Platz nahmen, hatte ihre Mutter Mühe damit. Frische rosa Teerosen schwammen in einer kleinen Glasschale
auf dem Tisch. Robin nahm sich die Speisekarte, doch Edie
sagte, sie solle sie weglegen. »Lass die mal machen«, sagte sie.
»Die bringen schon, was sie heute Abend Gutes haben.«

Robin sah sich um, betrachtete die gerahmten Schwarz-
Weiß-Fotos aus fernen Städten an den Wänden, die Tisch-
platten aus unbehandeltem Holz – es kam ihr vor wie ein
Restaurant, das sie auch in der Stadt besuchen würde, und

definitiv nicht wie eins neben einer Kneipe, die Billy Goat Tavern hieß.

»Ganz cool hier«, sagte Robin.

»Das ist alles Anna«, sagte ihre Mutter. »Wenn es nach ihrem Vater ginge, würde es hier aussehen wie in jedem anderen Chinarestaurant. Aber Anna glaubt, sie kann die Yuppies herlocken.«

»Funktioniert's?«, fragte Robin.

»Jedenfalls nicht *nicht*«, sagte ihre Mutter. »Wir werden sehen.«

Vor nicht allzu langer Zeit war ihre Mutter noch für Firmen tätig gewesen, die überall in der Vorstadt Ladenzeilen dieser Art eröffneten. Sie kannte solche Unternehmen, hatte sie kommen und gehen sehen. Auch Robins Vater, dem von seinen drei Apotheken aus den Achtzigern und Neunzigern nur noch eine geblieben war, hatte seine Ansichten darüber, was ein Geschäft zum Funktionieren brauchte. Robin hätte ihr Geld jederzeit eher auf die Einschätzung ihrer Mutter als auf die ihres Vaters gesetzt.

»Er muss mehr Werbung machen. Ein bisschen öfter ins Internet gehen«, sagte Edie. »Ich habe den beiden hier geholfen. Papierkram für sie gemacht. War kein großer Aufwand. Ich habe sowieso zu viel Zeit.«

Robin war plötzlich erleichtert: Ihre Mutter führte ein Leben außerhalb ihres Hauses und saß nicht nur am Küchentisch, wo sie im eigenen Saft schmorte unter den Schichten aus Hass und Frust und Zorn und Kummer, die sich über so lange Zeit hinweg aufgebaut hatten. Wenn sie regelmäßig hierherkam und anderen Leuten half, war sie vielleicht noch zu retten. Edie hatte immer dafür gelebt, anderen Leuten zu helfen, war ehrenamtlich für alte Leute tätig gewesen, für die

Synagoge, hatte jede Weihnachten zuverlässig die Obdachlosen gespeist. Die vielen Politikerinnen, für die sie Wahlwerbung gemacht hatte. Die vielen Familienmitglieder, die kostenlose Beratung brauchten, was sie ohne nachzudenken übernahm und dann noch lange aufblieb, wenn Robin und ihr Bruder längst ins Bett gegangen waren. Gott, wo *war* nur diese leidenschaftliche, vernetzte, engagierte Frau? Sie fehlte Robin so sehr. War sie jetzt da? Saß sie da vor ihr? War sie noch vorhanden unter all dem Gewicht? Robin gestattete sich, diesen kleinen Hoffnungskeim in sich einzupflanzen, sie goss ihn mit grünem Tee und ließ ihn von den hellen Lampen des Chinarestaurants bescheinen.

Ein Chinese in Kochjacke kam aus der Küche gehuscht, zerfurchtes Gesicht mit langgezogenen Falten auf Stirn und Wangen, gewölbte Augenbrauen, zartes Oberlippenbärtchen; er wischte sich die Hände an einem Handtuch ab und schob es dann ordentlich unter seinen Arm.

»Edith«, sagte er.

Klar, dachte Robin. Edith heißt sie auf ihrem Führerschein und ihrer Geburtsurkunde und ihrer Wahlkarte und ansonsten *nirgendwo auf der Welt*, warum also nicht hier im Chinarestaurant?

Der Mann blieb vor dem Tisch stehen, wartete gelassen ab, bis Edie ihm einen Platz anbot, rutschte dann neben sie, tätschelte ihre Hand ein einziges Mal und verschränkte die Hände vor sich auf dem Tisch.

Robin fragte sich, ob ihre Mutter wusste, dass er verliebt in sie war.

»Sie sind die berühmte Robin«, sagte er.

»Ja«, sagte sie. »Ich bin extrem berühmt.«

»Ich bin Kenneth Song«, sagte er. Er musterte sie kurz,

schien etwas in ihr zu erkennen und lächelte dann vor sich hin. »Sie sehen genauso aus wie ihre Mutter«, sagte er.

Es kostete Robin einige Mühe, daraufhin den Mund zu halten, und sie hätte am liebsten die Stirn gerunzelt, die Lippen geschürzt und verächtlich den Kopf in den Nacken geworfen, dieser »Bist du high?«-Ausdruck, an dem sie schon seit ihrer Teenagerzeit feilte und der so unbeliebt wie wirkungsvoll war. Am liebsten hätte sie zu ihm gesagt: *Wie kommen Sie auf die Idee, dass ich aussehe wie eine Hundertsechzig-Kilo-Frau?*

Doch vielleicht wusste er etwas, das sie nicht wusste. Schließlich hatten sie noch die gleichen Augen, dunkle, intensive Geschosse – die Augen kann man nicht verstecken –, und ihr Haar hatte die gleiche Farbe und Beschaffenheit, schwarze, schulterlange Wellen, und vielleicht hatten sie auch das gleiche Lächeln. Wenn sie denn lächelten.

Vielleicht konnte er durch Edie hindurchsehen, in sie hinein.

»Die gleichen Augen«, sagte Robin matt.

»Ich muss gehen«, sagte er. »Um sieben kommt eine große Gruppe.«

»Ist ja toll!«, sagte Edie.

Er schob sich aus der Nische, und bevor er ging, wandte er sich anmutig Robin zu und sagte: »Ihre Mutter ist eine Heilige.«

Edie Middlestein, Schutzheilige der Chinaläden allenthalben. *Gut*, dachte Robin, *wenn meine Mutter in dieser Ladenzeile ein Paralleluniversum bewohnt, ist es zumindest schön, dass man sie da so umwerfend findet.*

»Er hat eine heftige Geschichte hinter sich«, sagte Edie und nickte anerkennend, denn das war etwas wert. Eine Geschichte!

Anna kam aus der Küche und blinzelte zur Decke empor. »Zu hell«, sagte sie und verschwand. Wenig später gab gedämpftes Licht der herrschenden Atmosphäre den letzten Schliff, und Robin merkte, wie sich ihre Sitzhaltung etwas entspannte. Das Restaurant war hinreißend. Sie konnte nicht fassen, dass ihre Mutter noch nie mit ihr hergefahren war. Kurz stellte sie sich vor, wie ihre ganze Familie – ohne den Vater natürlich – gemeinsam hier aß, Benny und seine Frau und die Kinder. Das würde ihren wöchentlichen Weg in die Vorstadt mehr als erträglich machen. Ein Ort, den sie alle zusammen ihr Eigen nennen konnten in dieser unseligen neuen Lebensphase.

Doch dann kam das Essen. Platte um Platte mit brutzelnder, dekadenter, üppiger, salz- und zuckergetränkter Nahrung. Dampfende, lockere Pasteten mit Schweinefleischfüllung und leuchtend grüner Brokkoli in dicker Hummersoße, klebrige braune Nudeln zu süßen Garnelen und glasiertem Hühnerfleisch, salzige, kernige Venusmuscheln, die in einer feinen Soße aus schwarzen Bohnen schwammen. Mit Koriander gegarte Frühlingszwiebel-Pfannkuchen. Ein Dutzend Wan Tans mit seltsam süchtig machender scharfer Meeresfrüchtefüllung, deren Herkunft Robin nicht ausmachen konnte, aber das war nun auch egal.

Robin probierte von allem einen Bissen und beließ es dabei. Die Schutzheilige der ehemals dicken Mädchen. Es war köstlich, Robin konnte Mr Song sein Talent nicht absprechen. Aber es war einfach so viel, *zu viel*, und zusammen ganz schrecklich für ihre Mutter. Konnten sie denn nicht sehen, wer ihre Mutter war? Wussten sie denn nicht, dass jeder einzelne Bissen ihre Mutter einen Schritt näher zum Tod hinführte?

Edie schien über die Tatsache hinwegzusehen, dass ihre Tochter ihr am Tisch gegenübersaß, zumindest gelang es ihr vorzüglich, so zu tun, als wäre sie allein. Sie aß sämtliche Platten leer und nahm zu jedem Bissen eine ordentliche Gabel weißen Reis. Edie kam und siegte und brachte Verheerung für jeden Happen. Robin fragte sich, wie es ihrer Mutter wohl gehen würde, wenn sie fertig war. Ob sie triumphierte? Elf Wan Tans mit Meeresfrüchten, sechs Frühlingszwiebel-Pfannkuchen, fünf Schweinefleischpasteten, pfundweise Nudeln und Garnelen und Venusmuscheln und Brokkoli und Huhn. Nicht, dass jemand mitgezählt hätte. Ob sie wohl Schuldgefühlte hatte? Oder hoffte sie, einfach ohnmächtig zu werden und zu vergessen, was gerade geschehen war?

Ihr bringt sie um, hätte Robin am liebsten gesagt. Aber die Leute waren natürlich nicht schuld. Ihre Mutter brachte sich nämlich selbst um.

Später auf dem Parkplatz, vor der Sportsbar, wo zwei Frauen Mitte zwanzig an der Wand lehnten und gemeinsam eine Zigarette rauchten, vor dem 7-Eleven, wo ein UPS-Mann eine Zweiliterflasche Coca-Cola und zwei zerkochte, in Käsesoße ertränkte Hotdogs kaufte, vor einem Handyladen, wo eine gelangweilt jobbende Fachhochschulstudentin krumm hinter dem Tresen hing und eine SMS an ein Mädchen schrieb, das sie am Vorabend auf einer Party genervt hatte, vor einem Chinarestaurant, wo ein Mann mit Liebe Essen zubereitete, der einmal ein unaufhaltsamer, in seine Arbeit, in sein Leben verliebter Koch gewesen war, bis er seine Frau an den Krebs verlor und lange Zeit traurig war, nun aber hier wieder kochte, weil seine Tochter »Hör auf« gesagt hatte – vor all dem saßen Edie und Robin im Auto, Edie, die aus dem Fenster starrte, und Robin mit dem Kopf auf dem Lenkrad.

»Fahr los«, sagte Edie. »Du blamierst mich vor ihnen.«

»Du kannst so nicht weitermachen«, sagte Robin. »Du kannst nicht auf diese Weise essen.«

»Du bist es doch, die essen wollte«, sagte sie und begann, leise in sich hineinzuweinen.

»Ich will nicht, dass du stirbst«, sagte Robin.

»Ich wusste nicht, dass dich das interessiert«, sagte Edie.

»Hör auf«, sagte Robin. »Häng mir das nicht rein. Versuch nicht, mir ein schlechtes Gefühl zu machen, weil ich ich bin.«

Eine Weile schwiegen sie und sahen zu, was sich in der Ladenzeile tat, wie die beiden Mädchen ihre Kippen mit dem Absatz austraten und sich dann einen Kaugummi teilten, wie der UPS-Fahrer vom Grundstück fuhr und ein Hotdog schon halb aufgegessen hatte, bevor er in die Straße einbog, wie das Mädchen im Handyladen ihrer Kollegin eine SMS zeigte und dabei laut fluchte, worauf sich ein Kunde durch die Eingangstür verdrückte. Sie sahen, wie eine aus sieben Personen bestehende Gruppe, eine Geburtstagsfeier, das Restaurant betrat. Sie würden gutes Trinkgeld geben, auch wenn man es ihnen nicht ansah.

»Jetzt bin ich doch da, hm?«, fragte Robin, aber keine der beiden wusste, ob es nicht schon zu spät war.

Männliches Muster

Als Benny Middlestein eines Tages aufwachte und merkte, dass er eine Glatze bekam, dachte er: »*This is the end, beautiful friend.*« Sein Haarschopf war immer wunderbar dicht gewesen – er war sogar mit einem dunklen Wuschel auf dem rosigen Kopf zur Welt gekommen –, und es hatte keinerlei Anzeichen dafür gegeben, dass er irgendwann im Leben Anlass zur Sorge haben würde, jedenfalls nicht, was seine Haare betraf. Andere Dinge waren da vielleicht schon eher ein Problem.

Zum Beispiel diese neue pubertäre Launenhaftigkeit seiner Tochter, die finsteren, verqueren, frustrierten Blicke, die sie ihm jedes Mal zuwarf, wenn er den Mund aufmachte, als hinge ein ständiges, herablassendes *O mein Gott, Dad* zwischen ihnen in der Luft, um ihn jeden Moment zu treffen wie eine ins Gesicht geklatschte Torte. Er konnte sich erinnern, wie verdrießlich seine kleine Schwester als Teenager gewesen war. Und einmal sauer gewordene Milch war nicht mehr zur retten. Ja, seine Tochter gab Anlass zur Sorge.

Und dann war da noch die ausgewachsene Obsession seiner Frau in Bezug auf das Gewicht und den Diabetes seiner Mutter – sie sprach von nichts anderem mehr, frühmorgens schon, wenn sie im Bett lag und zur Decke starrte. Sicher, man musste darüber reden, das konnte er ihr schlecht abschlagen, nur manchmal wünschte er sich, sie würde mal Pause machen, nur einen Tag.

Aber nein, sie vergrub sich neben ihm unter das Deckbett und runzelte die Stirn, was dort allerhand neue Falten hervorrief.

»Ich mache mir Sorgen«, sagte sie.

»Ich weiß, dass du dir Sorgen machst«, sagte er. *Wenn du weiter das Gesicht verziehst, bleibt es so*, hätte er am liebsten gesagt.

»Machst du dir keine Sorgen? Wieso machst du dir nicht mehr Sorgen?«

»Ich mache mir reichlich Sorgen.«

Er legte sich ein Kissen über den Kopf und atmete Weichspüler ein, die ungefähre chemische Entsprechung einer Gebirgsbrise.

Darauf, dass es *um Leben und Tod ging*, war sie selbst abends noch fixiert, wenn die Kinder im Bett waren und sie eigentlich gemeinsam ihre Ruhe haben sollten, hinter dem Haus bei einem Joint.

»Kannst du dich nicht einfach entspannen?«, fragte er. Er massierte ihre schmalen, zerbrechlichen, vor Sorge ganz krummen Schultern. »Zieh noch mal.«

»Dieses Zeug bringt dich noch um«, sagte sie.

»Wir rauchen das seit zwanzig Jahren«, sagte er.

»Ich wollte sowieso mit dir darüber reden« sagte sie.

Die Sterblichkeit kleidete sie nicht gut, wirklich schade bei einem so hübschen Mädchen.

Und tagsüber kamen die E-Mails. Manchmal auch eine SMS, wo sie das Simsen doch eigentlich hasste, diese winzigen Buchstaben und Tastenfelder. Aber Rachelle verfolgte seine Mutter inzwischen auf Schritt und Tritt wie ein verdeckter Ermittler, beobachtete, was sie aß, und musste dieses Wissen unbedingt weitergeben.

Sie ist im Superdawg an der Milwaukee. 3 Hotdogs!!!

Er hatte seine Frau davon abbringen wollen, dass sie ihr folgte, doch als er es laut aussprach, meinte er schon, vom Himmel zu fallen, ein flaues, taumeliges Gefühl im Bauch. Er suchte nach den richtigen Worten, denn das Ganze kam ihm absurd vor, schon dass sie so ein Gespräch überhaupt führten. *Mir graut vor dir*, durfte er das sagen? *Bitte hör auf, meine Mutter zu stalken.*

»Ich weiß ja, dass du nur helfen willst«, sagte er. »Aber ich bin mir nicht sicher, wie sie das finden würde.« Sie saßen zusammen beim Lunch in einem kleinen sonnigen Lokal unweit der Synagoge, wo sie die Kinder gerade zu ihrer Haftara-Stunde beim Kantor abgesetzt hatten. Beide aßen Salat mit rohem Gemüse – sonst nahmen sie in letzter Zeit nichts mehr zu sich. Rachelle hatte für beide bestellt, ohne ihn zu fragen, was er haben wollte. Öl und Essig extra.

Er würzte seinen Salat mit Salz und Pfeffer, während sie auf der Toilette war.

»Ich finde, sie hat ein Recht auf ihre Privatsphäre«, sagte er mit gesenktem Kopf, weil ein Stückchen rohe rote Zwiebel an einem Backenzahn festsaß und sich stur den Bemühungen seiner Zunge widersetzte.

»Dann kannst du auch gleich sagen, wer vom Dach springen will, sollte zuerst die Aussicht genießen dürfen«, sagte sie. Sie schob ihren halb aufgegessenen Salat weg und warf einen angewiderten Blick darauf. »Ich habe ihr doch extra gesagt, keine Croutons«, sagte sie. »Du hast es gehört, stimmt's?«

»Ich hab's gehört«, sagte er verschüchtert, deckte den Mund mit der Hand ab und schob kurz einen Finger hinein, um die Zwiebel von seinem Zahn zu entfernen.

»Lass sie doch mal in Ruhe«, sagte er.

»Wenn sie tot ist, findest du nicht mehr, dass ich sie in Ruhe lassen soll«, sagte Rachelle, worauf er plötzlich dieses Zwiebelstückchen vermisste, ein simples Problem, das sich mit einem Handgriff lösen ließ.

Er machte sich Sorgen um seine Mutter, auch wenn ihm Rachelle das nicht glaubte. Er machte sich sehr wohl Sorgen um seine Mutter, nach zwei Operationen und einer weiteren, die ihr vielleicht bevorstand, und er machte sich Sorgen um seine Tochter und seine Frau, die beide vergessen hatten, wie man lächelte, und in geringerem Maße machte er sich Sorgen um seinen Vater, der haltlos und traurig wirkte, jetzt, wo er Bennys Mutter verlassen hatte und das Feld abgraste, das Feld der Sechzigjährigen in der Vorstadt, wo es vermutlich nicht besonders lustig zuging, und zum ersten Mal in seinem Leben machte er sich die wenigsten Sorgen um seine Schwester, denn die, so verschlossen und dauerhaft griesgrämig sie auch war, hatte womöglich jemanden kennengelernt und sich verliebt, da war er relativ sicher.

Und jetzt seine Haare! Er hatte immer diese Haare gehabt, seinen Glorienschein: dicht, pechschwarz, mit verwegenen Wellen, die es an den Spitzen leicht abstehen ließen. Er trug sie zwei Zentimeter länger als seine konservativen Kollegen und glaubte gern, dass er dadurch jugendlicher wirkte als sie. Auf dem College hatte er sie noch länger getragen und sogar buschige Koteletten gehabt, die ihm etwas von einem schmuddeligen bösen Buben verliehen, soweit das einem Zeta Beta Tau-Studenten der University of Illinois möglich war. Nicht zuletzt diese Haare hatten Rachelle für ihn eingenommen; ansonsten war er weniger übermütig als die anderen Kommilitonen seines Clubs und riss seltener billige

Witze, aber nicht aus Schüchternheit – für ziemlich lustig hielt er sich schon –, sondern weil er normalerweise total bekifft war. Doch wenn er auf Partys bei einem der Clubkameraden außerhalb des Campus in der Ecke bei der Stereoanlage saß, vor sich eine lila-grün gemaserte, gläserne Bong, die jemand von seiner Sommerreise nach Amsterdam mitgebracht hatte, stark, ruhig, gut in Form, leicht bedröhnt, mit engem T-Shirt, engen Levis, extrem lässigen Flipflops und einem Haarschopf, der so dicht war, dass er definitiv einen hammermäßigen Genpool haben musste, dann bekam Benny das schärfste Mädchen im Raum schon allein dadurch, dass er diese Bong an den Mund führte.

Immer, immer hatte er diese Haare gehabt. Sie waren das eine, das niemals Anlass zur Sorge hätte geben dürfen, aber jetzt, jetzt lösten sie sich jeden Morgen unter der Dusche von seinem Kopf wie sonnenverbrannte Haut nach einem Wochenende am Strand. Am Hinterkopf gab es bereits eine deutlich erkennbare kahle Stelle, und an den Schläfen wich der Ansatz zurück. Nun konnte er sich nur fragen, was als Nächstes passieren würde: Würde sein Körper auch schrumpfen, bis er die Gestalt eines gebrechlichen Alten annahm, und würde seine Frau ihn schließlich zurückweisen? Starb er jetzt? Oder wurde er einfach nur alt?

Obwohl die Antwort darauf direkt vor ihm lag, dass sich nämlich vielleicht die vielen Sorgen um seine Frau, seine Mutter, seine Tochter und so weiter ganz klar körperlich manifestierten, weigerte er sich zu glauben, dass es so einfach war (naja, einfach war es natürlich keineswegs), und suchte Dr. Harris auf, einen guten, ehrlichen Kerl, der außerdem selbst über einen ganz netten Haarschopf verfügte, ergrauend und kurz geschnitten, aber immer noch dicht und attraktiv.

»Das könnte alle möglichen Gründe haben«, sagte Dr. Harris. »Genetisch, das wäre mal die erste Annahme.«

»Das ist nicht genetisch«, sagte Benny, der nach einem Wochenende Haarausfall einen Notfalltermin an einem Montagmorgen um acht bekommen hatte und nun auf der Untersuchungsliege die Beine baumeln ließ. »Nicht auf der mütterlichen Seite, nicht auf der väterlichen. Da hat kein Mensch eine Glatze.«

»Es könnte auch Stress sein«, sagte der Arzt vorsichtig zu Benny. Sie gehörten derselben Synagoge an, ihre Frauen waren zusammen im Lesekreis, und kürzlich hatte er allerhand über Rachelle gehört, die beim letzten Treffen (besprochen wurde Kathryn Stocketts Roman *Gute Geister*) darauf bestanden hatte, bei den Zusammenkünften kein Gebäck mehr zu reichen. Kein Gebäck, keinen Käse, keine Cracker. Nur Rohkost, und niemand solle auch nur versuchen, Ranch Dip hineinzuschmuggeln, auf gar keinen Fall; Ranch Dip sei *der reine Zucker*. Dagegen, dass jemand einen bestimmten Essenswunsch hatte, war ja nichts einzuwenden, aber hier ging es um den Ton. Rachelle hatte so überdeutlich artikuliert – »Ich schwöre bei Gott, sie klang beinahe britisch«, hatte seine Frau gesagt –, und dann diese Selbstgerechtigkeit. Wein kam auch nicht infrage. Leere Kalorien. Als Arzt musste Roger Harris ihr natürlich recht geben, genau genommen, aber als Mensch fragte er sich, ob sie noch alle beisammen hatte. (»Was will man mit einem Lesekreis, wenn man keine Schokoladenkekse essen und keinen Wein trinken kann?«, fragte seine Frau. »Dann bleibe ich doch lieber zu Hause.«)

Benny starrte seinen Arzt an, den Weisen, den bewährten Wissensquell. Er wollte in der Lage sein, mit ihm über sein Problem zu reden, er wollte in der Lage sein, mit wem auch immer zu reden. Er war immer in der Lage gewesen, mit seiner Frau über alles zu reden. Seit ihrem letzten Studienjahr spielten sie im selben Team. Als sie unerwartet schwanger geworden waren, war es ganz selbstverständlich gewesen, dass sie heiraten würden, die Babys behalten, ihre Zwillinge, um sie doppelt zu lieben. Sie steckten gemeinsam in diesem Leben drin. Und auf einmal war sie das Problem, zumindest eins der Probleme. Benny brachte es nicht fertig, vor diesem mehr oder minder wildfremden Gegenüber laut zuzugeben, dass das Beste in seinem Leben plötzlich das Schlimmste geworden war. Aber ein Lügner war er auch nicht.

»Jeder hat doch Stress«, sagte Benny. »Ich glaube, wenn man keinen hat, stimmt was nicht. Aber so viel?« Er wies mit beiden Zeigefingern auf seinen Kopf.

»Ich kann ein paar Untersuchungen machen«, sagte der Arzt. Er rasselte eine Liste herunter, aber Benny hörte nicht zu, weil er an die Gesundheit seiner Mutter dachte. Durch den Diabetes baute sie rasch ab, und er kam sich so hilflos vor. Dass es etwas bringen würde, wenn sie sich von rohem Gemüse ernährte, glaubte er nicht. Benny kam erst wieder zu sich, als ihm der Arzt ein Rezept für Propecia hinhielt.

»Vorläufig nehmen Sie sich möglichst ein paar Tage Urlaub. Lassen Sie sich massieren. Vielleicht überlegen Sie mal, ob Sie sich jemanden suchen, mit dem Sie bereden können, was sie bewegt. Hier im Haus gibt es großartige Therapeuten, und ich gehe mal davon aus, dass Ihre Versicherung das übernimmt.« Er beugte sich vor und klopfte Benny mit seinem Klemmbrett aufs Knie. »Hey, es ist keine Schande, wenn man sich ein bisschen helfen lässt.«

Benny sah das Klemmbrett an, nicht den Arzt. Der wusste ganz offensichtlich nicht, wo er herkam, wie seine Familie funktionierte. Therapie war etwas für Leute mit einem Interesse an echten Gesprächen. Für Familie Middlestein traf das nicht zu, nicht mehr jedenfalls.

»Machen Sie mit Marnie an der Rezeption einen Termin für die Untersuchungen, und dann sehen wir mal, wie es weitergeht«, sagte Dr. Harris. Sie schüttelten sich die Hand wie Männer, fest, ernst und entschlossen.

Benny machte keinen Termin mit Marnie an der Rezeption. Stattdessen begab er sich mit dem Rezept in der Hand zur Apotheke seines Vaters. Er würde zu spät zur Arbeit kommen, aber das war ihm egal. Dieser ganze Wahnsinn hatte doch nur begonnen, weil sein Vater seine erkrankte Mutter verlassen hatte, und wenn er noch da wäre und sich um sie kümmern und sie gesund pflegen würde, dann würde das alles gar nicht passieren.

Er fuhr schnell und sah ab und zu im Rückspiegel nach seinem Kopf. An einer roten Ampel konnte er nicht widerstehen und richtete den Spiegel auf seine Haare aus: Waren sie inzwischen tatsächlich so dünn, dass das Sonnenlicht hindurchschien?

Abgesehen von seiner Familie war mit ihm doch alles in Ordnung.

In der Ecke des kleinen Einkaufszentrums befand sich gegenüber dem polnischen Haar- und Nagelstudio die letzte Apotheke seines Vaters, das verbleibende, verblassende Juwel seines Imperiums. Früher waren es drei gewesen. Jetzt gab es nur noch eine mit rissigem Linoleum und einer veralteten Grußkartenabteilung. Bei Walgreen war es billiger, und die Kosmetikabteilung war erheblich besser.

Doch die Stammkundschaft seines Vaters ließ sich nicht beirren. Er hatte sich als erster jüdischer Apotheker in der

Gegend niedergelassen und Kunden in all den anderen einsamen Juden gefunden, die während der siebziger Jahre auf der Suche nach einem bezahlbaren neuen Zuhause und einer bequemen Pendlerstrecke in den Nordwesten der Stadt und des Sees gezogen waren, aber nicht vorausschauend daran gedacht hatten, dass sie sich auch eine Gemeinschaft aufbauen mussten. Tja, so fing man eben klein an. Richard und neun andere Männer – wie hatte er es nur geschafft, einen Minjan zusammenzukriegen? –, die sich regelmäßig im Hinterzimmer der Apotheke trafen. Um zu beten und dann Zukunftspläne zu schmieden: regelmäßige Gottesdienste zunächst in der Aula der örtlichen Highschool, zu denen zahlreiche Juden aus der Versenkung erschienen und froh waren, dort nicht erklären zu müssen, warum sie einmal im Jahr ihr gesamtes Brot aus dem Haus entfernten und warum kein Weihnachtsbaum im Fenster zur Straße stand und warum sie für einen anständigen Weißfischsalat so weite Wege in Kauf nahmen. Warum der Ausdruck »Feilschen wie ein Jude« nicht akzeptabel war, unter gar keinen Umständen. Es gab einen Kantor frisch von der Ausbildung, einen Rabbi, der eine andere Synagoge in Ohio unter unklaren, letztlich aber harmlosen Umständen verlassen hatte und noch einmal von vorn anfangen wollte, Investoren, Gläubige, Narzissten – alle brachten sich ein und taten ihr Bestes, um aus dem Nichts etwas zu errichten, ein Gotteshaus auf einem leeren, von Eichen umstandenen Stück gemeindefreien Lands, das sich bis zu einem winzigen Bächlein erstreckte, an dem im Sommer ab und zu Rehe grasten. Ein schöner Ort, um man selbst zu sein.

Alle Mitglieder der Synagoge unterstützten Middlestein Drugs jahrelang und versetzten Richard so in die Lage, eine zweite und anschließend noch eine weitere Apotheke in der nordwestlichen Vorstadt zu eröffnen. Die Achtziger waren für alle eine gute Zeit. Doch dann begann der Familienbetrieb langsam zu bröckeln wie der kranke, von einem geheimnisvollen Pilz befallene Ast eines Baums. Dafür gab es mehrere Gründe: Eher konservative Mitglieder der Synagoge spalteten sich ab, um ein paar Vororte weiter ihren eigenen, konkurrierenden Tempel zu eröffnen. Menschen zogen aus der Gegend weg oder starben. Und in der Synagoge, zu deren Gründung Richard beigetragen hatte, wuchsen jüngere Mitglieder nach, die nichts von seiner Vergangenheit wussten und ihm gegenüber keine Loyalität empfanden. Sie wussten nur, dass er diese verstaubten Apotheken betrieb und sich nie die Mühe machte, zu modernisieren oder zu renovieren. Wie es schien, hatte er einen Fehler gemacht. Er hatte gedacht, wenn er seinen Beitrag zur Gemeinde leistete, wenn er ein guter Jude war, dann würde sein Geschäft schon gedeihen. Aber er lebte nicht in einer Kleinstadt – er lebte in der *Vorstadt*. Und zwar in einer amerikanischen Vorstadt. Halten Sie Schritt mit Walgreen und Target und Kmart und Walmart, oder verschwinden Sie, Mr. Middlestein. Verschwinden Sie.

Benny platzte durch die Eingangstür mit der uralten Glocke, die über seinem Kopf klingelte, und brauste dann durch die Gänge, durch den mit den Snacks, mit Make-up und Kosmetik, Monatshygiene, Zahnpflege, Shampoo, Vitaminen, rezeptfreien Medikamenten, Milchpumpen und Krücken, Klistieren, anderthalb Gänge, warum gab es so viele Klistiere? Hier musste einmal ordentlich abgestaubt werden. Scotty, ein geistig Behinderter, der schon als Bote für Bennys Vater gearbeitet hatte, als Benny noch aufs College ging, wischte konzentriert die immer gleichen Linoleumfliesen.

Scotty durfte nicht Auto fahren, hatte aber ein knallblaues Fahrrad samt Korb, mit dem er fast das ganze Jahr über Waren an die vielen ans Haus gefesselten alten Leute auslieferte, auch bei Kälte. Daran hindern ließ er sich nur durch Schnee, und dann trottete er eben meilenweit hin und zurück. »So habe ich was zu tun«, hatte Scotty Benny einmal erzählt. »Sonst kriege ich doch nur Schwierigkeiten.« War sein Vater nun ein nützliches Mitglied der Gemeinde, weil er jemanden einstellte, der ansonsten kaum einen Job gefunden hätte, oder war er ein Geizhals? Benny wusste es nicht.

Sein Vater mit dem fast vollständig erhaltenen, dichten grauen Haar saß vornübergebeugt wie ein robuster, vom Wind geneigter Baum auf einem Schemel hinter dem Tresen und hackte mit einem Stift auf sein Handy ein. Er blickte auf, als Benny näher kam, und ein Lächeln zog über sein Gesicht. *Benny!* Doch als er einen Blick auf die Haare seines Sohns warf und erkannte, was da geschehen war, runzelte er die Stirn und sein Lächeln erstarb.

»So eine Überraschung«, sagte er. Er hielt seinem Sohn über den Tresen hinweg die Hand hin, und Benny packte sie matt, ganz anders, als er es gelernt hatte. Richard starrte immer noch auf Bennys Kopf. Sie hatten einander einen Monat nicht gesehen. Innerhalb eines Monats konnte ein Mann also die Hälfte seiner Haare verlieren. Richard griff reflexartig nach den seinen, als wollte er sich davon überzeugen, dass alle noch da waren, und Benny zuckte zusammen.

»Bist du krank?«, fragte Richard. »Was ist denn da los?«

Benny zitterte plötzlich und reichte Richard das Rezept.

»Ich weiß nicht, Dad. Ich weiß nicht, was los ist.«

Richard wies mit dem Kopf auf die Tür zum Hinterzimmer. Sie war nie gestrichen worden, in all den Jahren nicht, und der Griff aus Messingimitat hing halb aus der Halterung. »Wir wollen uns da drin unterhalten«, sagte er. »Komm schon, Jungchen.«

Benny senkte den Blick, und wieder rumorte das flaue, unkontrollierte Gefühl in seinem Bauch. War er gekommen, um sich einen Rat zu holen? Er war nach wie vor zornig auf seinen Vater, der seine Mutter verlassen hatte, die doch so krank war, und er begriff nicht, wieso Richard überhaupt zugelassen hatte, dass es so weit mit ihr kam. Rachelle hatte seinen Vater vor Monaten aus ihrem Haus verbannt. »Er hat keinen guten Einfluss auf unsere Kinder«, das hatte sie gesagt. Alles zerfiel, und das lag an diesem Mann. Trotzdem stand er jetzt vor seinem Vater und war im Begriff, sein Herz auszuschütten, ein bisschen Weisheit mitzunehmen. Vielleicht wusste er ja mehr als Benny, nur vielleicht.

Richard rief nach Scotty – der daraufhin Mopp und Eimer langsam den Gang entlang hinter sich herzog – und bat ihn, den Tresen zu bewachen, worauf Scotty lange und bedeutungsschwer salutierte wie ein Soldat der Botenarmee, um anschließend in sich hineinzukichern.

Benny folgte seinem Vater ins Hinterzimmer, einen dunklen, von rostigen Regalwänden gesäumten Raum voller Spinnweben.

»Was hat der Arzt gesagt?« Richard betrachtete das Rezept. »Dr. Harris, der ist in Ordnung. Es gibt schlimmere.«

»Stress wahrscheinlich«, sagte Benny.

»Dann aber viel Stress.« Er wedelte vor Bennys Haaren herum und machte Windgeräusche.

»Ja, na ja, ich habe schon viel Stress, Dad, wo sich meine Eltern doch scheiden lassen und meine Mutter praktisch auf dem Totenbett liegt. Und du?« Benny war sauer. Würden sie einander jetzt plötzlich ausweichen? Würden sie so tun, als hätte es die letzten paar Monate gar nicht gegeben?

Sein Vater wandte sich ab und schlurfte, ohne ein Wort zu sagen, zwischen den Lagerregalen davon, es wurde frostig still, die Spinnen erstarrten in ihren Netzen, und Benny konnte Scotty draußen die Nationalhymne singen hören. Endlich kam Richard mit rotem Gesicht und einem Tablettenfläschchen zurück. Benny wartete darauf, dass er explodierte. Benny spürte, wie köstliche Vorfreude von ihm Besitz ergriff – er sehnte sich so danach, dass sein grunzender, verschlossener, enttäuschter Vater irgendeine Gefühlsregung zeigte.

Doch Richard blieb ruhig, reichte seinem Sohn das Fläschchen, trat dann zwei Schritte zurück und rieb sich die Hände, um den imaginären Staub abzustreifen.

Er sagte: »Jeder trifft seine Entscheidungen, Benny. Man kann sie nicht zurücknehmen. Ich bin nicht vollkommen.« Benny sah zu, wie sein Vater seine Worte wählte, wie er sie aus tiefstem Herzen zog. »Ich kann dir nur eines sagen: Deine Mutter hat mich verrückt gemacht. Nicht im normalen Sinne verrückt. Sondern richtig verrückt. Als würde ich daran sterben.«

»Wie schlimm wäre es denn gewesen, den Rest deines Lebens mit der Mutter deiner Kinder zu verbringen?«, fragte Benny und staunte über seine eigene Ruhe. »Sie war dir gegenüber loyal. Und das will schon was heißen.«

»Es war innerlich nichts mehr da«, sagte Richard. Er trat noch ein paar Schritte zurück und lehnte sich Halt suchend an die Wand. »Ich war nur noch eine Hülle mit Knochen drin. Sonst nichts mehr. Wenn mich etwas aufrecht gehalten hat, dann das, sonst war nichts mehr da.«

»Du hast dich nicht zur Wehr gesetzt«, sagte Benny.

»Ich will ja nicht respektlos sein, aber kennst du deine Mutter denn nicht?«, fragte Richard. »Man kann sich nicht gegen sie wehren. Das solltest du mittlerweile wissen.«

Benny kam das nicht richtig vor. Wenn man sich nicht wehren konnte, sollte man es doch zumindest versuchen. Er wusste selbst nicht, ob er sich erfolgreich gegen seine Frau hätte wehren können. Sie waren immer gut miteinander ausgekommen, und er begann gerade erst zu begreifen, was für ein Orkan an Kraft und Aggression in ihr schlummerte. Kurz fragte er sich, ob er eine Frau geheiratet hatte, die wie seine Mutter war, denn sein Vater hatte schon recht – die war eine ziemlich harte Nuss. Doch dann fiel ihm wieder ein, dass Rachelle schließlich seine zierliche kleine Prinzessin war, und normalerweise so ruhig, geradezu hoheitsvoll, meistens jedenfalls, im Gegensatz zu seiner wilden, überschäumenden Mutter, und klar, Rachelle wusste schon, wie sie bekam, was sie wollte, genau wie seine Mutter, aber das war es dann auch schon mit der Ähnlichkeit.

Benny war erleichtert. Dieses Selbstgespräch hatte er durchaus schon öfter geführt, aber hin und wieder war es ganz schön, sich vor Augen zu führen, dass man sich nicht in seinen schlimmsten Albtraum verwandelt hatte, in diesen Mann, der da vor ihm stand und ihm gerade ein Fläschchen Tabletten zur Rettung seiner Haare übergeben hatte. Erst jetzt begriff er, dass es inzwischen der schlimmste Albtraum wäre, sein Vater zu sein, denn so war sein Vater erst, seit er beschlossen hatte, mit sechzig Single und einsam zu sein und allein mit Scotty in der neonbeleuchteten Apotheke herumzuhängen, wo Scotty ihm patriotische Lieder vorsang und beide darauf warteten, dass der nächste alte Jude durch die

Tür geschlurft kam und Blutdrucksenker oder Handcreme oder ein Klistier haben wollte. Benny und sein Vater waren fertig miteinander – und nun war es an Benny, aus alldem schlau zu werden, aus Liebe, Ehe, Leben, Universum, und zwar allein.

Die beiden spazierten planlos in die Apotheke zurück. Benny sollte erst nach dem Tod seines Vaters zehn Jahre später wieder einen Fuß in dieses Hinterzimmer setzen, als schon außer Frage stand, dass das Geschäft geschlossen werden würde (was wahrscheinlich schon fünf Jahre früher hätte passieren sollen, aber Richard hatte nicht gewollt und gesagt, er erweise der Gemeinschaft einen Dienst, während Benny wusste, dass er einfach einen Ort brauchte, an dem er sich den ganzen Tag aufhalten konnte), dass man die verstaubten Regale leerräumen und dann zur Hintertür hinauswerfen musste, eine schmerzliche, geräuschvolle, deprimierende Aktion, die der inzwischen glatzköpfige Benny still und traurig allein erledigte.

Doch vorläufig ging die Packung Propecia aufs Haus, und Richard brachte Benny zur Eingangstür.

»Vielleicht kann ich ja mal vorbeikommen?«, fragte Richard.

»Ich glaube nicht«, sagte Benny. »Noch nicht. Ich arbeite dran.«

Während sie innehielten und einander anstarrten, standen Millionen konfliktbehafteter Fragen im Raum, doch als Benny überlegte, ob ein Kampf sich lohnte, kam er zu dem Schluss, dass dem nicht so war oder vielmehr, dass es sich bei seinem Vater nicht lohnte, und damit, wie traurig ihn das machte, würde er sich ein andermal befassen.

Also sagte er lieber: »Eins habe ich mich immer gefragt.

Warum führst du so viele unterschiedliche Klistiere? Würde eine Sorte nicht reichen?«

»Du würdest dich wundern«, sagte sein Vater.

*

Zum Abendessen gab es so etwas wie Grünkohl und Rüben. Benny wäre am liebsten wieder auf die Schnellstraße und zurück ins Büro gefahren, um dort die Nacht durchzuarbeiten. Es hatte etwas extrem Befriedigendes, mit Zahlen zu jonglieren – er konnte geradezu spüren, wie die zarten kleinen Ziffern in seiner Hand zerstoben und niederrieselten, wie sie auf dem Schreibtisch immer größer werdende Haufen bildeten und über Nacht wie von Zauberhand verschwanden, sodass täglich die Herausforderung bestand, für einen noch höheren Zahlenhaufen zu sorgen als am Tag zuvor. Er sah darin keine sinnlose Aufgabe, sondern ein Spiel, das er jeden einzelnen Tag spielen musste und bei dem er auf jeden Fall immer gewann.

Doch er würde seinen Kindern nicht zumuten, allein mit diesem Wahnsinn fertig zu werden. Sie steckten gemeinsam drin, Benny und die Kinder. Josh hatte verstohlen sechs geschmacksneutrale, dick mit Sojabutter bestrichene Scheiben Mehrkornbrot verputzt. Er hätte sich nie beklagt, er passte sich einfach an, bis es zu spät war: der Fluch der Middlestein-Männer. Emily saß dunkeläugig und bedrohlich und finster am anderen Ende des Tischs, suchte beharrlich den Augenkontakt mit ihrem Vater und starrte ihn irgendwann sogar unverhohlen an, während sie ihre Gabel so rachsüchtig wie geräuschvoll in das Essen auf dem Teller stieß. Rachelle schenkte ihr keine Beachtung und konzentrierte sich lieber darauf, ihr Essen in winzige Vierecke zu schneiden, die sie dann langsam und bedächtig kaute, als würde sie jedes Vitamin einzeln genießen, als könnte sie *spüren*, wie jeder Bissen ihre Lebenszeit verlängerte. Rachelle aß als Einzige ihren Teller leer.

Er dachte, dass es herrlich sein musste, sich die ganze Zeit so im Recht zu fühlen. Er würde sie später danach fragen. Was für ein Gefühl das war.

Als Benny nach dem Essen abgewaschen hatte (und die lila verfärbten matschigen Reste trotzig in den Müll geworfen, denn *nein*, er würde sie morgen *nicht* mit zur Arbeit nehmen), als sich die Kinder irgendeine miese Reality-Sendung im Fernsehen angesehen hatten, der sie diese Woche verfallen waren, als sie ihre Haftara-Lesung für die bevorstehende B'nei-Mizwa mit lieblich aus dem Wohnzimmer schallenden Stimmen geübt hatten, als Rachelle Josh gezwungen hatte, für seinen Vater den neuen Anzug anzuprobieren, worauf Josh eine glanzvolle Drehung wie auf dem Laufsteg vollführte – der Junge konnte sich wirklich bewegen –, dann aber plötzlich verlegen kehrtmachte und wieder nach oben rannte, und als die Kinder schließlich früh ins Bett gegangen waren, was es in ihrem Haus noch nie gegeben hatte, da standen Benny und Rachelle hinten im Garten am Pool mit der Plane darauf und teilten sich einen Joint, wobei Rachelle nur einen Zug nahm und dann verkündete: »Das ist das letzte Mal, dass ich dieses Zeug rauche.« (Das war nicht gelogen, sie meinte es absolut ernst, aber es stimmte trotzdem nicht.)

»Von mir aus«, sagte Benny.

»Sag nicht von mir aus zu mir«, sagte Rachelle.

Benny spazierte um den Pool, blieb am entgegengesetzten Ende stehen, trat dann einen Schritt zurück und betrachtete eingehend das Haus, das er fast ganz allein abbezahlt hatte, nur die Anzahlung hatten Rachelles Eltern übernommen, gewissermaßen als Mitgift, wie er annahm, oder zumindest als eine Art panischer Geste gegenüber dem damals noch jungen Paar, das schon vor dem College-Abschluss Nachwuchs erwartete. Dies war einem schlichten Versehen in seinem Clubhaus geschuldet gewesen, wo er eigentlich vorgehabt hatte, sie auf das Waschbecken zu hieven und es ihr mit der Zunge zu machen, aber das schmeckte so gut, zu gut, also war er aufgestanden und ohne Schutz in sie eingetaucht, sie sahen einander tief in die Augen, es sollte nur für eine Minute sein, nur noch eine Minute, dann würde er sich wieder seinen Pflichten im Erdgeschoss widmen, aber keiner von beiden konnte sich beherrschen, sie gaben unsinnige Laute von sich, sie hatten unsinnige Gedanken, und er, der geschickte, mathematisch begabte, präzise Benny verrechnete sich schwer.

»O weia«, hatte er gesagt.

»O weia?«, hatte sie gesagt.

Und jetzt dieses Haus, Backstein, Kolonialstil mit zwei stämmigen Säulen vorn, die Benny ein Gefühl der Sicherheit gaben, als wäre seine Familie durch sie geschützt, zwei Etagen, drei Schlafzimmer, zweieinhalb Bäder, sonnige Küche, schattiges Wohnzimmer, Bar mit Spüle im Keller, Garten mit ausreichend Platz für einen Pool, luxuriöse Terrasse und im Sommer ein Badminton-Netz. (Es war vom Bau einer Gartenlaube die Rede, aber dazu musste er erst einmal wissen, wie der diesjährige Bonus ausfiel.) Eine Garage mit zwei kostspieligen Lexus darin. Ein Schuppen mit so einem Rasenmäher zum Herumfahren. Nicht, dass er je den Rasen gemäht hätte. Da gab es so einen Typen, der das machte. Er wusste nicht, wer der Typ war, um diesen Kram kümmerte sich seine Frau. Rachelle kümmerte sich um ihn, ja, richtig, ermahnte er sich. Er vertraute schon so lange darauf, dass sie das tat. Aber er musste essen. Seine Kinder mussten essen.

»Wir haben Hunger«, sagte er zu Rachelle.

»Heute Abend stand jede Menge Essen auf dem Tisch«, sagte sie.

»Die Kinder wachsen noch. Sie brauchen mehr als nur Gemüse«, sagte er. »Und ich kriege auf einmal eine Glatze, falls dir das noch nicht aufgefallen ist.«

»Es gibt keinen wissenschaftlichen Beweis für einen Zusammenhang zwischen Haarausfall und dem gesteigerten Verzehr von Gemüse«, sagte sie.

Er hob verzweifelt die Hände, wies auf den Himmel, dann auf seinen Kopf und dann wieder nach oben.

»Es stimmt«, sagte sie. »Ich habe im Internet nachgesehen.«

Er nahm noch einen Zug von seinem Joint und merkte dann, dass er high war, und hungriger denn je, und im ganzen Haus gab es nichts Anständiges zu essen. Er fragte sich, ob sie es merken würde, wenn er einen Spaziergang zum nächsten Fast-Food-Laden unternahm, dem ungefähr eine halbe Meile entfernten McDonald's. Vielleicht würde er ein paar Pommes für die Kinder einschmuggeln. Doch das würde sie wahrscheinlich riechen. Er käme nie am Erdgeschoss vorbei.

Dann ertönte ein Schrei in der kühlen Frühlingsluft, Benny warf ohne nachzudenken seinen Joint weg (den schließlich der Typ finden würde, der den Rasen mähte, in diesem Fall ein Student von der Illinois State, der Sommerferien hatte und ihn rasch einstecken und später während der Mittagspause selig in seinem Pick-up rauchen würde) und rannte zwei Schritte hinter Rachelle zur Vorderseite des Hauses, während der Schrei ihm Schauder über Arme und Nacken jagte. Es war der Schrei eines Kindes, da war er sicher. *Bleib bloß nicht stehen, Middlestein.* Als Benny um die Ecke bog, sah er Emily auf dem Boden liegen, mit einer Platzwunde am Kopf und einem seltsam verdrehten Arm, der aussah, als wollte er vor ihrem Körper fliehen. Benny blickte am Haus empor: Emilys Fenster im ersten Stock stand offen, und Josh, dessen Mund ein O bildete, sah hinaus. Dann war Rachelle schon an Emilys Seite und er auch, beide beugten sich über sie, beide panisch wie nie zuvor, und ihre Angst ließ erst nach, als die Wunde genäht und die vierundzwanzigstündige Wartezeit auf eine mögliche Gehirnerschütterung vorüber war und man den Gips angelegt hatte. (»Das war ein glatter Bruch«, versicherte ihnen der Arzt, ein Satz, den sie immer wieder jedem sagten, der ihn hören wollte, als würde die Konzentration auf diesen einen positiven Aspekt ein Plus vor die ganze Geschichte setzen.) Und als sich der Herzschlag aller normalisiert und Rachelle mit ihren Weinkrämpfen aufgehört hatte und Emily nicht länger die schlimmsten Schmerzen ihres Lebens litt und die Großeltern mit Büchern und Ballons und Pralinen gekommen und wieder gegangen waren (getrennt natürlich) und Benny seine Tochter schließlich fragte: »Was hast du nur gemacht?« und Emily sagte: »Ich musste einfach da raus«, da drehte sich Benny gar nicht nach dem Gesichtsausdruck seiner Frau um, er wusste nämlich bereits, was sie dachte, was sie zwangsläufig denken *musste*, sonst wäre sie nicht die Frau gewesen, die er geheiratet hatte, und hätte ihn die ganze Zeit zum Narren gehalten: »Jetzt ist aber wirklich Schluss.«

Edie, 151 Kilo

Die Anwaltskanzlei, für die Edie dreiunddreißig Jahre gearbeitet hatte, gewährte ihr als Bestandteil der Vorruhestandsregelung weiterhin einen extrem günstigen Krankenversicherungstarif, bis der Tod oder etwas Besseres eintrat. Außerdem erhielt sie die volle Rente und obendrein eine erkleckliche Abfindung, damit sie nicht durchsickern ließ, dass sie vor allem gehen musste, weil ihr Gewicht den drei neuen Partner-Inhabern der Kanzlei Kummer machte, allesamt Kinder der Leute, die Edie ursprünglich gleich nach dem Jurastudium eingestellt hatten, als sie frisch verheiratet, noch nicht schwanger und eine erheblich schlankere Version ihrer selbst gewesen war. Früher hatte sie mehr auf Gerechtigkeit gepocht und stärker zu moralischer Entrüstung geneigt, eine echte Kämpfernatur, und als solche hätte sie damals wohl die Ansicht vertreten, dass dieses Geld die Diskriminierung nicht annähernd aufwog, dass selbst für alles Geld der Welt niemand sagen durfte – obwohl natürlich nie jemand direkt gesagt hatte: *Sie sind zu fett, würden Sie jetzt bitte gehen?*

Doch Edie war erschöpft, die ganze Welt laugte sie aus, also nahm sie das Angebot in einem schmachvollen Augenblick an und lächelte sogar, als man ihr die Hand schüttelte. Vielleicht war das die Chance für einen Neubeginn. Sie wollte mehr Zeit mit ihren Enkeln verbringen. Einen Monat später teilte der Arzt ihr mit, der Diabetes habe sich verschlimmert und er müsse einen Stent in ihr Bein einsetzen, gegen den schrecklichen krampfartigen Schmerz, zu dem sie sich (meist) nicht einmal bekannte. Eines Tages werde sie vielleicht sogar einen Bypass brauchen. Ihre Gesundheit könne weiteren Schaden nehmen, erklärte er ihr. Sie könne sterben. Da war sie auf einmal dankbar für die Krankenversicherung und das Geld auf der Bank, und nicht zuletzt für die Zeit, sich von all ihren Wunden zu erholen.

Die erste Operation sollte am nächsten Morgen stattfinden. Am anderen Ende des Flurs schlief Edies Sohn Benny in seinem alten Zimmer – er würde sie um sechs Uhr früh nach Evanston fahren, damit sich ihr Mann etwas später am Morgen in seine Apotheke begeben und dort ein paar Lieferungen in Empfang nehmen konnte, wozu anscheinend kein anderer Mensch auf dem ganzen Planeten in der Lage war. Sie wäre gar nicht auf die Idee gekommen, ihre Tochter Robin, die in der Stadt wohnte, darum zu bitten, dass sie bei ihr übernachtete. Man konnte sie kaum dazu bringen, dass sie zum Abendessen kam.

Nun lag Edie wach, und ihr Gehirn lief wie immer auf Hochtouren, während sie sich ansonsten so langsam bewegte, dass es ihr manchmal wie Stillstand vorkam. Sie dachte an Lebensmittel, die sie am Nachmittag bei Jewel gekauft hatte, genauer gesagt an eine Großpackung Meersalz-Ofenchips und einen Plastikbecher Delikatess-Zwiebeldip, die nun unten in der Küche auf sie warteten wie zwei Freundinnen auf Besuch zum Kaffeeklatsch.

Aber es war schon nach Mitternacht, man hatte sie angewiesen, zwölf bis spätestens acht Stunden vor dem Eingriff nichts mehr zu essen, und der Schnitt in ihr Bein war auf acht Uhr morgens angesetzt. Sie befand sich also am Rand des akzeptablen Zeitraums und fragte sich nun, wie sehr sie sich wirklich schaden würde, wenn sie ein paar Kartoffelchips aß, nur eine Handvoll, und ein bisschen was von diesem kühlen, salzigen Dip, dieser Dip war nämlich alles andere als feste Nahrung, er war wie ein Glas Milch, und diese Kartoffelchips waren so luftig, ein Haps und weg waren sie. Puff. Was sie zu essen gedachte, würde nicht einmal ihren kleinen Finger ausfüllen. Sie musste nur aufstehen und nach unten gehen, und schon wäre sie wieder mit ihren beiden neuen besten Freundinnen vereint.

Neben ihr schnarchte ihr nichtsnutziger Mann scheinbar unschuldig vor sich hin. Er hatte in letzter Zeit kaum etwas anderes für sie getan, als Medikamente mit nach Hause zu bringen, aber schließlich war er Apotheker! Er brachte schon ihr ganzes gemeinsames Leben lang Medikamente für sie mit nach Hause. Entschuldige, Middlestein. Null Punkte. Er drehte sich im Schlaf niemals um, sondern nahm eine Stellung ein und verharrte die ganze Nacht darin. Dieser Mann focht keine Kämpfe mit dem Universum aus, der nicht, dachte sie.

Edie wusste allerdings nicht, dass er den ganzen Tag darüber nachgedacht hatte, wann und wie er sie verlassen würde, und dass er in einem halben Jahr, ein paar Wochen vor ihrer zweiten Operation, an einem Freitagnachmittag verkünden würde, er liebe sie nicht mehr, schon lange nicht mehr, und er glaube, dass sie dasselbe empfinde, und er werde nun in ihrem und seinem Interesse, um ihres und seines Lebens willen den Schritt tun, zur Tür hinauszugehen und nie mehr wiederzukommen. Das Ganze mit dem nicht übermäßig subtilen Subtext, er wolle in diesem Leben noch einmal mit jemandem schlafen, allerdings offenbar nicht mit Edie. Er war so schnell gegangen, der gottverdammte *Feigling* – und zwar nur mit seinen Kleidern, die er, während sie bei Costco war, in die für diese schreckliche Italienreise angeschafften Koffer gepackt hatte –, dass sie nicht mal mit ihm hatte streiten können, aber was hätte sie dazu auch sagen sollen? Wahrscheinlich hatte er recht.

Trotzdem wird sie traurig sein, wenn es schließlich zur Trennung kommt. Sie wird sich bei Sohn und Tochter ausweinen und dabei zumindest einen kleinen Teil dieser Ausbrüche kalkulieren, damit sie ihren Vater hassen. Nach einer Weile wird sie nicht mehr traurig sein, dass er fort ist, weil ihr klar werden wird, dass sie ihn nicht vermisst, aber dann wird sie traurig sein, weil sie so viel Zeit mit jemandem verbracht hat, den sie nicht mal vermisst, und danach wird sie noch trauriger sein, weil ihr klar werden wird, dass sie ihn *doch* vermisst, oder zumindest seine Gesellschaft, auch wenn sie nicht viel miteinander gesprochen hatten. Letztlich war es einfach gut zu wissen gewesen, dass noch jemand im Zimmer war, wird sie Benny erklären, auch wenn es etwas verkorkst ist, einem Sohn so etwas über den Vater zu sagen. (Tja, Selbstbeherrschung war noch nie Edies Ding.) Und nun war das Zimmer leer. Nur sie. Nur Edie. Sie wusste, dass es mehr Gründe gab, traurig zu sein, viele noch aufzudeckende Schichten der Traurigkeit. Sie hatte bereits ein ganzes Leben gelebt und musste nun noch eins ganz von vorn neu beginnen.

Doch in diesem Augenblick, in der Nacht vor ihrer ersten Operation, kreisten ihre Gedanken ausschließlich um Kartoffelchips und Zwiebeldip, einen Party-Snack als bloßen Appetithappen, nur ohne Party. Am nächsten Morgen würde man ein winziges Metallröhrchen in ihr Bein einsetzen. Der Eingriff an sich war nichts Besonderes, obwohl die Vorstellung, dass man sie aufschnitt, für niemanden erfreulich war. Aber sie würde laufen können wie immer, noch am selben Tag. Sie würde Schmerzen bekommen und Schmerzmittel nehmen. Das würde sie schon schaffen. Sie war aus stabilem russischem Holz geschnitzt, sagte sie sich immer wieder, obwohl ihr Vater keine sechzig geworden war. Wenn er nur nicht geraucht hätte, wenn er nur nicht getrunken hätte. Wenn sie nur nicht essen würde.

Als Edie aus dem Bett stieg, trat sie auf dieselben Dielen wie immer seit fünfunddreißig Jahren, auf die einzigen, die nicht unter ihr knarrten, die einzigen, die ihren Mann nicht weckten. Auf dem Teppichboden zeigte sich schon ein ausgetretener Pfad, doch niemand hatte sich je die Mühe gemacht, ihn auszuwechseln. In diesem Zimmer verbrachten sie wenig Zeit, Licht aus, gute Nacht, das war's. Der Teppichboden war blau und genoppt und hatte undefinierbare Flecken. Die Tapete mit dem Rautenmuster wellte sich an den Rändern. Die Vorhänge hatte seit Jahrzehnten niemand aufgezogen. Das Zimmer war gegen die Außenwelt abgeschirmt.

Edie fand mit geschlossenen Augen den Weg vom Bett durch den Flur, vorbei an Bennys und Robins alten Zimmern, wo noch Fotos vom Highschool-Abschluss an der Wand hingen, vorbei am Badezimmer der Kinder, das nun ihres war und in dem sie ihre Nacktheit versteckte, die Treppe mit den ausnahmslos knarrenden Stufen hinunter, wo nun allerdings nichts mehr passieren konnte – Richard würde nie etwas hören; dann durch das Wohnzimmer mit dem etwas neueren, wenn auch nicht neuen Teppichboden aus hellgrauem, flauschigem Plüschmaterial, den sie gekauft hatten, damit die kleinen Enkel auf weichem Untergrund spielen konnten, und der sich bei ihren nächtlichen Ausflügen in die Küche immer so angenehm unter den Füßen angefühlt hatte, die letzte Station vor dem Linoleum, ausgeblichene Gänseblümchen auf abgewetzten gelb-braunen Fliesen. Vor fünfunddreißig Jahren hatten sie diese Fliesen allmorgendlich aufgeheitert, aber jetzt waren sie wie alles andere bloß eine Fläche, die es zu überqueren galt, um an das gewünschte Essen zu kommen.

Als Edie sich durch die Schwingtür in die Küche schob, stieß sie einen erstickten Schrei aus: Dort saß Benny mit einem Buch vor einer Tasse Kaffee und einem Teller Schokoladenkekse und machte ein ausgelaugtes, gequältes Gesicht. Er wartete schon eine Weile auf sie. Er konnte nicht ruhen, solange sie es nicht tat.

»Was ist los, Mom?«, fragte er. »Hast du Durst?«

»Ich hatte … ja, Durst.« Benommen nahm sie ein Glas aus der Vitrine, ging zum Kühlschrank, drückte das Glas an den eingebauten Eisspender und lehnte sich dann an den Kühlschrank. »Soll ich wieder ins Bett gehen?«

»Es ist dein Haus, du kannst machen, was du willst«, sagte er. Er klappte das Buch zu, das vor ihm lag, ein Harry-Potter-Band. Er zeigte ein bisschen verlegen darauf. »Die Kinder mögen das gern, ich wollte mal sehen, worum es da geht.«

»Taugt es was?«, fragte sie. Sie schenkte sich Wasser aus einem Brita-Filter auf dem Tresen ein und setzte sich dann zu ihm an den Tisch.

Benny, der kleiner, aber hübscher war als sein Vater, glattere Haut, zahmere Augenbrauen, wärmeres Herz, *er hat sich ja so gut gemacht*, wiegte beim Gedanken an das Buch den Kopf. »Geht schnell«, sagte er. »Sie mögen, was Tempo hat, die zwei.«

»Sie sind beide so intelligent«, sagte Edie. »Und hübsch. Und witzig.«

»Schon gut, schon gut, Oma, wir wissen, dass du verrückt nach ihnen bist. Pass auf, dass sie nicht eingebildet werden.« Benny war ein lustiges, liebes Kind gewesen, und jetzt war er ein lustiger, lieber Mann.

Edie trank einen großen Schluck Wasser und musste sich beherrschen, um ihre Lüge nicht zu übertreiben und ein zufriedenes *Ahhh* auszustoßen. Als sie mit den Fingern auf den Tisch klopfte, funkelte ihr schäbiger Ehering kaum. »Wieso bist du denn noch auf? Kannst du nicht schlafen?«

»Ich reiße mich wirklich nicht darum, hier unten zu sitzen«, sagte er. »Aber der Arzt hat gesagt, es ist aus mehreren Gründen wichtig, dass du mit leerem Magen zu dem Eingriff erscheinst.« *Dein Gewicht*, sagte er nicht. *Dein Herz*, sagte er nicht. *Deine Gesundheit, dein Leben, dein Tod.* »Ich wollte dich lediglich daran erinnern. Für den Fall, dass du es vergessen hast.«

»Ich hole mir nur Wasser«, sagte sie.

»Und ich lese nur ein Buch«, sagte er.

Ein halbes Jahr später saß er wieder vor einer Operation in ihrer Küche. Und sie stand wieder auf in der Hoffnung, dass er nicht da war, und wieder hielt er sie vom Essen ab. So konnte er diesem Menschen immerhin etwas Gutes tun, auch wenn es ihm schwerfiel, weil es ihm ein Gefühl der Macht verschaffte, das er nie hatte haben wollen. Er respektierte seine Mutter, denn sie hatte ihn mit Liebe aufgezogen und war eine kluge Frau, wenn auch gleichzeitig unfassbar dumm. Außerdem respektierte er die Menschheit, generell. Er respektierte das allgemeine Recht auf Schwäche. Und aus all diesen Gründen erzählte er niemandem, dass er aufgeblieben war und auf seine Mutter gewartet hatte, nicht einmal seiner Frau. Was in dieser Küche geschah, ging nur Benny und Edie etwas an. Taktvoll bot er ihr Liebe und Schutz, und sie nahm halbherzig und argwöhnisch an. Es brachte sie einander nicht näher, aber es entzweite sie auch nicht.

Das wandelnde Elend

Emily marschierte mit ihrer Großmutter Edie so langsam und widerwillig über die Aschenbahn der Highschool, die sie im nächsten Herbst besuchen würde, dass es im Grunde gar nicht als Training zählte. Konnte man mit Abscheu walken gehen? Die beiden konnten es.

Die scharfsichtige, wunderbar herangereifte Emily mit dem goldbraunen Haar ihrer Mutter war noch geschwächt von ihrem Sturz aus dem ersten Stock in der Woche zuvor, trug den Arm in Gips und hatte ein paar Stiche an der Schläfe. Ihre adipöse, schwitzende, humpelnde Großmutter hatte man im vergangenen Jahr zweimal operiert. Und dazu konnte es jederzeit wieder kommen, sagten jedenfalls Emilys Eltern. Zu einer Operation, die viel größer und schlimmer war als die beiden zuvor. Ein Bypass.

»Ach, ihr zwei, das wandelnde Elend«, hatte ihr Vater eine Stunde zuvor im Scherz gesagt, während er leicht an seinem Lexus lehnte und zusah, wie sie in Richtung Highschool davonschlurften.

»Pah«, hatte ihre Großmutter gesagt und hinter sich abfällig mit der Hand gewedelt, ohne ihn auch nur anzusehen.

»Genau«, hatte Emily gesagt. »Recht hat sie.«

»Was kann ich dafür, wenn ihr zwei so bezaubernd seid«, brüllte er. »Großmutter und Enkelin. Zwei Generationen!«

»So ein Trottel«, sagte Edie.

Sie hatten es *gerade so* bis zur Aschenbahn geschafft, und nun schafften sie *gerade so* die geforderte Meile um die

Aschenbahn herum – gefordert von Emilys Mutter, die seit Neustem entschlossen war, Edie das Leben zu retten.

»Ist dir aufgefallen, dass dein Vater eine Glatze kriegt?«, fragte Edie.

»Krass, oder?«, fragte Emily.

Den Haarausfall hatte er ganz plötzlich bekommen, ihr Vater – zunächst hatte er noch gut ausgesehen mit seinem vollen Haarschopf, jünger als alle anderen Väter in der Schule, war lebhaft gewesen und in ihre Mutter verliebt, und Emily hatte sich zu Hause und in der Welt geborgen gefühlt.

Doch dann war plötzlich alles auf einmal passiert: Bei ihrer Großmutter diagnostizierte man Diabetes und einen ganzen Haufen andere damit einhergehende Gebrechen, dann verließ ihr Großvater ihre Großmutter, um sich mit krassen Frauen zu treffen, die er aus dem Internet kannte (sie hatte gehört, wie ihr Vater das ihrer Mutter erzählte), und ihre Mutter rastete völlig aus. Heilige Scheiße, so durchgeknallt hatte sie ihre Mutter noch nie erlebt, und die war definitiv eher der zwanghafte Typ, ihre Frisur, das Haus, die Möbel, der Teppichboden, der Rasen, Emilys Frisur, Joshs Frisur, ihre Noten, ihre B'nei-Mizwa, die Frisuren aller anderen Leute und so weiter und so weiter, alles musste perfekt sein. Wenn ihre Mutter die Farbe des Himmels passend zu ihren eigenen Augen hätte verändern können, dann hätte sie das gemacht, garantiert – nur, damit alles seine Ordnung hatte.

In dieser Situation stellte Emily fest, dass sie einen sehr intensiven, aber zutiefst befriedigenden Hass empfand, und zwar in erstaunlichem Ausmaß. Auf einmal konnte sie *hassen*. Sie hatte Negatives über ihren Zwillingsbruder Josh zu sagen (dämlich, Schwächling, manchmal geradezu erbärmlich), über ihre Schulfreundinnen (redeten dermaßen oft über

Jungs, *zu* oft, gab's denn keine anderen Themen? Zum Beispiel Musik oder Fernsehen oder Filme oder Bücher oder ver-
rückte Großeltern, alles außer Jungs?), über ihre Hausaufgaben (Zeitverschwendung, langweilig, monoton und fünfzig
andere Worte, die alle für ausufernde Ödnis standen).

Von ihrer Mutter gar nicht zu reden, denn deren bloße
Existenz brachte Emilys Emotionen so in Wallung, dass es sie
eine Woche zuvor spätabends aus dem Fenster über das Dach
bis zu den hohen Säulen im Kolonialstil geschleudert hatte,
die über die vordere Veranda wachten und an denen sie sich
festzuklammern versuchte, um herunterzurutschen, worauf
sie allerdings auf die Zufahrt geplumpst und mit dem Kopf
auf den Boden geknallt war und sich glatt den linken Arm gebrochen hatte, und zwar so glatt, dass sich der Arzt zu der
Bemerkung: »Du hast Glück gehabt«, veranlasst fühlte, was
sie zum Lachen brachte und ihre Eltern auch, weil natürlich
keiner der Anwesenden gerade besonders glücklich war.

Eigentlich war es gar nicht verwunderlich, dass ihr Vater
eine Glatze bekam, dass jeden Tag büschelweise Haare verschwanden, als würde sich ein böser Haartroll allnächtlich in
sein Zimmer schleichen, sie ihm im Schlaf vom Kopf reißen
und damit in die Nacht verschwinden. Es passierte eben
schon wieder was mit jemandem, den sie kannte und liebte.
Es stimmte eben schon wieder was nicht mit der Welt. Ab
damit auf die Liste für »Alles, was nervt«, eine richtige, na-
gelneu angelegte Liste in einem Tagebuch, das sie in ihrem
Spind in der Schule aufbewahrte, weil sonst anscheinend
kein Ort im Universum sicher vor ihrer Mutter war, und vor
der Putzfrau Galenka, die sich schon ewig um ihr Haus
kümmerte und somit absolut berechtigt fühlte, jede Ecke
von Emilys Zimmer zu durchwühlen, was bei einer Fünfjäh-

rigen ja kein Problem war, aber bei einer knapp Dreizehnjährigen schon.

»Sterblichkeit« – das war ein Wort, das sie kürzlich gelernt hatte, es war im jüdischen Bildungszentrum Thema gewesen. Sie hatte das Wort natürlich schon vorher hin und wieder gehört, sie wusste, was es bedeutete, aber es hatte noch nie auf etwas gepasst. In der Bibel stand das Leben immer auf der Kippe. Alle hatten unentwegt Angst vor dem Tod. Alles war so monumental, ständig drohten Katastrophen, Stürme, Überschwemmungen, Pestilenz. Diabetes (inzwischen ebenfalls auf der »Alles, was nervt«-Liste) kam ihr biblisch vor. Und Glatzen auch. Emily hatte gar nicht gewusst, dass die Welt so schwer wog, schwer wie das Fleisch ihrer Großmutter, das neben ihr auf der Highschool-Aschenbahn wogte, so schwer, dass sie spürte, wie sie ihr auf Nacken und Rücken drückte. Sie glaubte, dass ihr Bruder diese Last nicht so sehr spürte wie sie. Sie bedauerte ihn für seine Blindheit und beneidete ihn um seine Freiheit, und wenn sie ein paar Monate zuvor, in unschuldigeren Zeiten, bereits gewusst hätte, dass sie für den Rest ihres Lebens so empfinden würde, und zwar nicht nur, was Josh betraf, sondern was viele Leute auf der Welt betraf, nämlich (höflich ausgedrückt) *widersprüchlich*, dann hätte sie diese unbewussten, unvoreingenommenen, vorpubertären Augenblicke höher geschätzt. (Ach, noch einmal elf sein!) Denn wenn man einmal weiß, wenn man einmal wirklich weiß, wie die Welt funktioniert, dann lässt sich das nicht mehr rückgängig machen.

Und dieses Wissen regte sich allmählich in Emily.

»In unserer Familie hat niemand eine Glatze«, schnaufte ihre Großmutter. »Das ist doch alles lächerlich. Wir sind aus starkem Holz geschnitzt.«

Am anderen Ende des Highschool-Parkplatzes lag ein Base-ballfeld; eine Gastmannschaft wärmte sich auf, während der Trainer steile Bälle schlug. Selbst aus der Entfernung sahen die Baseballspieler groß aus. Die Vorstellung, älter und grö-ßer zu sein, war prickelnd für Emily. Sie konnte es kaum er-warten, auf die Highschool zu gehen. Sie war fest davon überzeugt, dass auf der Highschool alles besser sein würde: der Unterricht, die Leute, die Lebensqualität.

»Ich glaube, die Leute verstehen gar nicht, wie stark unser Genpool ist«, sagte ihre Großmutter. »Du hast jede Menge russisches Blut in dir. Russen sind dafür gebaut, dem Winter zu trotzen.«

Emily gab durchaus zu, dass ihr Leben im Augenblick gar nicht so schlecht war und dass mehr Risiken bestanden, wenn man älter und größer wurde. Sie wollte es nur einfach besser nutzen. Konnte sie sich nicht steigern? Konnten sich denn nicht alle ein bisschen steigern?

»Dein Urgroßvater ist aus der Ukraine hierher geflohen. Er ist zu Fuß durch *Schnee* und *Eis* und über *Berge* gelau-fen, nur um einen Zug nach Deutschland zu erwischen, und saß dann *wochenlang* in diesem Zug. Und er hatte nichts. Alte Brotkrusten und Käse. Er hatte eine einzige Kartof-fel, die er jeden zweiten Tag ein bisschen schälte, und die Schale hat er dann *stundenlang* im Mund behalten, um noch das letzte Vitamin herauszusaugen. Kannst du dir das vor-stellen?«

Emily war ziemlich sicher, dass ihre Großmutter log, aber es war so toll, wie sie die Geschichte erzählte, wie ihre Stimme schwindelerregend anstieg und wieder sank, fast wie betrun-ken, und trotzdem klang sie so frisch und sprach die Worte so schön aus.

»Würde dir das gefallen, Kindchen? Eine rohe Kartoffel-schale zum Abendessen?« Ihre Großmutter piekte sie in ihren empfindlichen Bauch, sodass Emily auswich und lachte.

»Für mich keine Kartoffelschalen, danke«, sagte Emily.

»Und als er es dann bis nach Deutschland geschafft hatte, warf er einen Blick auf die ganzen Meschuggenen da, ging auf ein Schiff und hockte dort vier weitere Wochen zusammen-gedrängt zwischen lauter anderen Juden, die sich schleunigst verdrücken wollten, und die ganze Zeit *schälte er immer noch diese eine Kartoffel.*«

»War die Kartoffel eigentlich groß?«, fragte Emily und un-terdrückte ein Lachen.

»Sie war ziemlich groß, das muss ich zugeben«, sagte ihre Großmutter. »Aber trotzdem! Wenn man sich so lange nur von Kartoffel ernährt, macht das keinen besonderen Spaß, hm?«

Emily nickte düster.

»Und als er dann in Amerika ankam, war er nur noch Haut und Knochen. Er hatte es gerade so lebend geschafft.« Die Stimme der Großmutter begann zu beben. »Und er hat un-terwegs viele Freunde und Familienmitglieder verloren. Du hättest mal hören sollen, wie er darüber sprach. Schade, dass du ihn nicht so kennengelernt hast wie ich. Er war ein wirk-lich netter Mensch. Er hat so schöne Briefe geschrieben.«

Emily hakte sich mit ihrem guten Arm bei der Großmutter unter. Sie hatten noch eine Runde vor sich.

»Aber jetzt kommt die Pointe, Emily. Bist du bereit für die Pointe?«

»Ja«, sagte Emily.

»Obwohl er so weit gereist war und obwohl er sich fast ausschließlich von Kartoffelschalen ernährte, viele Monate lang, kam dein Urgroßvater mit einem vollen Haarschopf nach Amerika«, sagte sie triumphierend. »Also habe ich keine Ahnung, was zum Teufel mit deinem Vater los ist.«

»Ich auch nicht«, sagte Emily.

»Ich habe Hunger. Hast du Hunger?«, fragte ihre Großmutter.

»Wie ein Wolf«, sagte Emily.

»Du bist sicher völlig ausgehungert nach dem ganzen Training«, sagte ihre Großmutter.

»Lass uns was essen«, sagte Emily.

»Was meinst du zu chinesischem Essen?«, fragte ihre Großmutter.

Emily meinte, dass chinesisches Essen meist fettig war, dass sie aber gern Wan Tans mit Garnelen aß und dass alles besser war als das, was es in letzter Zeit bei ihr zu Hause gab, nämlich hauptsächlich (beziehungsweise ausschließlich) Gemüse, mal roh, mal gedämpft, und manchmal, wenn sie richtig Glück hatten, auch kurz angebraten mit einem Hauch Öl, und dieses ganze eklige Tofuzeug, das im Mund aufquoll wie Hüttenkäse (Hüttenkäse zum Frühstück: auch eklig), lauter Mahlzeiten, die sie schlank und fit halten und ihren Gesundheitszustand verbessern sollten, und den Diabetesbazillus abwehren, als könnte man sich so was irgendwo einfangen, statt es sich zu verdienen, indem man jahrelang tonnenweise Junkfood aß, denn genau das hatte ihre Großmutter getan. Doch an diesem Tag fand Emily, dass eine Frühlingsrolle nicht schaden konnte, und außerdem schämte sich etwas in ihr dafür, dass sie über die Aschenbahn der Highschool lief wie eine Angeberin, die so tat, als ginge sie schon auf diese Schule.

So kam es, dass Emily und ihre Großmutter schleunigst nach Hause marschierten – plötzlich konnten sich beide extrem schnell bewegen –, ins Auto sprangen und eine Weile fuhren, vorbei an der Highschool, wo eine riesige Digitalanzeige verlockend vom Schülerball, dem Baseball-Entscheidungsspiel, dem Kuchenbasar des Matheclubs und von der Zukunft blinkte, von Emilys Zukunft, größer, älter, weiser, stärker, klüger, strahlender, du hast es fast schon geschafft, dann über Straßen, die sie ohne ihre Eltern nie befahren hatte, nur auf Klassenfahrten in die Stadt, vorbei am Chuck E. Cheese, wo sie und ihr Bruder ein Jahr zuvor Geburtstag gefeiert hatten, vorbei an Geschäften, wo sie manchmal mit ihrer Mutter einkaufen ging (am Jewel-Lebensmittelladen, den ihre Mutter nur im Notfall besuchte, wenn sie keine Zeit für die Fahrt bis zum Biosupermarkt hatte, an einem Grußkartenladen, denn *Es ist immer wichtig, sich mit einem Gruß zu bedanken*, einem Parfümeriegroßhandel, wo ihre Mutter teure Shampoos und Gesichtscremes günstig kaufte, an dem Sportgeschäft, wo sie sich im Frühling mit Fußballschuhen und Shorts eindeckten, an diesem megagroßen Target für Schulsachen, aber keinesfalls für Kleidung, ihre Mutter würde nie zulassen, dass man sie in Kleidung von Target erwischte), vorbei an Straßen, die für Emilys Begriffe ins Nichts führten, obwohl da wohl irgendwo Leute wohnten, auch wenn sie nicht wusste, *wer* genau, bis ihre Großmutter auf eine schmutzige kleine Ladenzeile zuhielt und das Auto vor einem Chinarestaurant zum Stehen brachte.

Durchs Fenster konnte Emily sehen, dass ihre Tante Robin schon da war und mit verkniffenem Gesicht an einem Tisch vor mehreren braunen Aktenmappen und einem Glas Wein saß (Tante Robin trank gern ein Weinchen, das war in der Familie wohlbekannt). Diese Tante war ihr Lieblingsmensch auf der ganzen Welt, nach ihrem Vater (dem vernünftigsten

Mann auf dem ganzen Planeten), ihrem Bruder (erbärmlich oder nicht, er war nun mal die andere Hälfte) und der einen oder anderen Schulfreundin, die sich nicht als komplette Niete erwiesen hatte. Vermutlich wäre die Tante sogar Nummer Eins auf der Liste gewesen, wenn Emily sie öfter gesehen hätte, doch Robin machte sich meist ziemlich rar dort in der Stadt, die ihr ebenfalls einen gewissen Reiz verlieh, so was Geheimnisvolles und Cooles, obwohl Emily im Innersten wusste, dass es streng genommen viel coolere Leute im Universum gab. Aber trotzdem, Robin sprach auf Augenhöhe mit ihr, nicht wie mit einem Kind, und zwar, solange Emily denken konnte, und sie wusste das (inzwischen mehr denn je) wirklich zu schätzen, ohne es ihrer Tante jedoch ausdrücklich zu sagen.

Im Restaurant schenkte Robin ihr ein echtes Lächeln und sah dann ihre Großmutter verdrießlich an.

»Hast dir wohl deinen persönlichen menschlichen Schutzschild mitgebracht, was, altes Haus?«, fragte Robin. Dann stand sie auf und umarmte ihre Nichte, und sie küssten einander auf beide Wangen wie die Frauen im Film, wie Französinnen oder schicke ältere Damen aus New York.

»Ich weiß nicht, wovon du redest«, sagte Emilys Großmutter, die sich gerade mit Robins leichter Unterstützung niederließ. »Wo ist das Problem, wenn ich Zeit mit meinen beiden Lieblingsmädchen verbringe?«

»Es gibt kein Problem«, sagte Robin. »Ich dachte nur, wir besprechen hier mal ein paar Sachen.« Sie strich über die braunen Mappen, die vor ihr lagen.

»Ihr könnt reden, worüber ihr wollt«, sagte Emily kühn. »Ich weiß wahrscheinlich schon, worüber ihr reden werdet.« Eigentlich hatte sie gar eine Ahnung, was los war, aber sie konnte sich vorstellen, dass es um die Krankheiten ihrer Großmutter ging, denn es ging ständig nur um die Krankheiten ihrer Großmutter, seit Monaten schon. Oder sogar länger? Länger.

Robin tauschte finstere Blicke mit Edie und sagte schließlich: »Willst du das dann ihrer Mutter erklären?«

»Wieso gehst du dir nicht vor dem Essen die Hände waschen?«, fragte Edie.

Emily gab einen zickigen kleinen Laut von sich, einen, den sie erst seit Kurzem übte und der mit dem Alter noch viel, viel besser werden würde, stand dann aber resigniert auf und spazierte durch das leere Restaurant, das, wie ihr nun auffiel, irgendwie klasse war mit den verwitterten Holztischen und den rosa Blumen in süßen Glasschälchen, und als sie weiter hinten Richtung Toiletten an der Tür zur Küche vorbeikam, aus der wilde Jazzklänge drangen, fragte sie sich, wo sie hier eigentlich war, denn irgendwie kannte sie so was noch nicht.

In der schwach rötlich beleuchteten, nach Lavendel duftenden Toilette nahm sie ihren guten Arm zur Hilfe, um sich Handflächen und Finger mit heißem Wasser zu waschen, dann Stirn, Wangen, Kinn, Hals und hinter den Ohren, wobei sie ihr Hemd bespritzte. Dann hob sie es an, machte sich unter den Armen nass und schrubbte mit Seife. Manchmal hatte sie, ohne zu wissen, warum, das Gefühl, sie würde nie richtig sauber werden.

Es sollte sich zeigen, dass sie so empfand, weil ihre Mutter ihr beigebracht hatte, so zu empfinden, das wird sie schließlich erkennen, auf dem College, in New York, wo ihre Zimmergenossin im ersten Semester, die auch Film studiert, eine Spanierin aus Barcelona namens Agnes, irgendwann fragt, warum sie sich eigentlich so oft wäscht, worauf Emily ohne nachzudenken sagt: »Männer mögen saubere Frauen«, um dann rasch zu ergänzen: »O Gott, ich klinge schon wie meine Mutter, schrecklich«, worauf die Spanierin sagt: »Und vielleicht irrt sich deine Mutter sogar.« Später wird Agnes sie mit auf eine Party in einem Loftgebäude in Brooklyn nehmen, am Wasser, und dort werden sie Hand in Hand zwischen lauter anderen jungen, aufgeregten Leuten auf dem Dach stehen und schwitzen, rauchen, trinken, lächeln und sich extrem sexy vorkommen, und sie werden die prachtvoll erleuchtete, atemberaubend ausgedehnte Stadt in der Ferne betrachten. Sie werden überlegen, welche Brücke welche ist, und die Manhattan Bridge mit der Brooklyn Bridge verwechseln. Ein junger, bärtiger Mann wird Coversongs auf einem Akkordeon spielen, und alle Mädchen werden mit ihm schlafen wollen, bis auf die Mädchen, die lieber mit den anderen Mädchen schlafen. Und dann wird Emily an eine Geschichte denken, die ihre Tante einmal erzählt hat, wie sie vor langer Zeit in Brooklyn wohnte und es dort schrecklich fand, den Lärm, den Dreck, die Aggression, und aus der Stadt zurück nach Hause floh, nach Chicago, ohne jemals zurückzublicken, und Emily wird nur eines denken: *Da muss sie wohl im falschen Brooklyn gewesen sein. Ich will nämlich nie wieder nach Hause.*

Aber in diesem Augenblick, mit zwölf, war ihr am wichtigsten, was sie direkt vor der Nase hatte, in diesem Fall sich selbst, ihre Augen, die gleichen Augen, die auch Großmutter und Tante hatten, süße genetische Bande, die sie durch die Toilettentür zurück zu ihrer Familie zogen. Großmutter und Tante besprachen wahrscheinlich gerade große, bedeutende Wahrheiten, die für Emilys Erfolg als ältere (wenn auch nicht alte) und klügere Person entscheidend sein würden. Als sie an den Tisch kam, schob Robin gerade eine Mappe zurück in ihre Tasche.

»Was war das?«, fragte Emily atemlos.

»Papierkram«, sagte ihre Großmutter, die sich von eventuellen Erschütterungen rasch wieder erholt hatte.

»Habt ihr jetzt so was wie ein Familiengeheimnis?«, fragte Emily. »O, gruselig.« Zwei Mappen lagen noch da.

»Klugscheißerin«, sagte Robin.

»Ich frage mich, woher sie das hat«, sagte ihre Großmutter vergnügt. »Möchtest du was Bestimmtes?« Sie reichte Emily die Speisekarte.

»Ich mag nur Wan Tans mit Garnelen«, sagte Emily.

»Das Restaurant ist ziemlich gut«, sagte ihre Großmutter. »Du solltest noch was anderes versuchen, nur um des Versuchs willen.«

»Wieso sollte ich was essen, wenn ich nicht will?«, fragte Emily.

»Der Erfahrung halber«, sagte ihre Großmutter energisch.

Und wie geht's dir mit dieser Erfahrung?, dachte Emily und errötete über ihre eigene Grausamkeit, auch wenn sie nur innerlich war.

Ihre Tante hatte diesen Gedanken anscheinend durch familiäre Kurzwellenübertragung abgefangen, denn sie blaffte: »Sie muss nichts essen, wenn sie nicht will.« Robin trank den restlichen Wein in einem Zug aus und strich mit den Händen über die Mappen. Dann sagte sie leiser: »Bestell ihr einfach die Wan Tans.«

»Ist doch kein Thema«, sagte Emily. »Ich esse irgendwas.«

»Bestell dir, was du willst«, sagte Robin.

Emily sah sie dankbar an. Sie war froh darüber, in Schutz genommen zu werden, obwohl sie das bis zu diesem Moment

nie für nötig gehalten hatte, jedenfalls nicht vor ihrer Großmutter. Ein paar Jahre später sollte ihre Tante sie noch einmal
beschützen, als wirklich die Kacke am Dampfen war zwischen Emily und ihrer Mutter – es wurde geschrien und ge-
brüllt und einmal tatsächlich an den Haaren gezogen, sodass
man beschloss, Emily an bestimmten Wochenenden zu ihrer
Tante, der Lehrerin, und deren Freund in die Stadt zu schicken, denn Emily, so *intelligent* und *kreativ* wie sie war (und
trotzdem so gut in Mathe, was aber nie jemand zur Kenntnis
nahm), brauchte eindeutig ein größeres kulturelles Angebot,
brauchte Besuche in Galerien und Museen und Vintage-Läden
und Buchhandlungen und Independent-Kinos und so weiter,
und diese Besuche einmal im Monat halfen allen, einen klaren
Kopf zu kriegen, ihrer Mutter, ihrem Vater, Emily selbst, und
es wäre auch weitergegangen damit, hätte ihre Tante nicht
eines Nachts einen Zusammenbruch gehabt, zu viel Alkohol,
zu traurig, ein verlorenes Baby im Bauch, von dem niemand
außer ihrem Freund etwas gewusst hatte, das war zu viel für
ihre Tante gewesen, die Trauer um dieses Etwas, das sie erst
seit ein paar Wochen kannte, das noch gar kein Baby war, nur
die Vorstellung von einem Baby, das hatte sie einfach umge-
hauen, komplett, und es hatte Emily Angst gemacht, jemanden zu sehen, der bis spät in die Nacht und den ganzen nächsten Vormittag nicht aufhören konnte zu weinen, bis ihr Vater
sie abholen kam, was nur einen dringlichen Anruf brauchte.
»Du kannst gern jederzeit wieder herkommen, sobald es ihr
besser geht«, sagte Robins Freund Daniel, der selbst ganz rot
im Gesicht und traurig war, doch als Robin sich gefangen
hatte, nach kurzem Krankenhausaufenthalt und vielen Therapiesitzungen und mehreren Anläufen, das Trinken aufzugeben, besuchte Emily längst das College.

»Die Wan Tans sind köstlich«, sagte ihre Großmutter verlegen und starrte eindringlich in die Speisekarte. »Mit Wan Tans kann man nichts falsch machen.« Ihre Großmutter bestellte ein paar Gerichte bei einer cool aussehenden Kellnerin, die vielleicht so alt war wie ihre Tante, aber jünger wirkte mit dem lila gesträhnten Haar und den hohen Schnürstiefeln aus Leder und dem punkigen Minirock. »Und was du sonst noch lecker findest«, sagte sie. »Ich wollte bloß, dass meine Enkelin diese Gerichte probiert.«

»Deine Enkelin«, quietschte die Kellnerin und eilte dann mit ausgestreckter Hand zu Emily hinüber, die sich fragte, warum die Kellnerin so entzückt war, sie zu sehen. »Natürlich, schaut euch doch an, ihr seid ja wie Drillinge. Die gleichen Augen«, sagte sie. Es stimmte: Sie hatten alle die gleichen dunklen Augen, doch Emilys waren noch unversehrt, es brannten noch keine Wunden tief in ihr wie bei den beiden erwachsenen Frauen.

»Emily, das ist Anna«, sagte ihre Großmutter.

Emily sah noch immer die Hand der Kellnerin an, besonders die Nägel mit dem lila Glitzerlack.

»Sie ist eine Freundin von mir«, sagte ihre Großmutter. »Na los, sei nicht so unhöflich. Gib ihr die Hand.«

Emily nahm die Hand der Kellnerin und schüttelte sie.

»Schöner Nagellack«, sagte sie und kam sich dabei total uncool vor, aber sie hatte schließlich noch nie die Bekanntschaft einer Kellnerin gemacht. Sie kannte ihre Familie und ihre Schulfreundinnen und die Leute aus der Synagoge und ein paar Nachbarn und die Freunde ihrer Eltern und irgendwelche entfernten Verwandten, aber mit Leuten, die draußen in der Welt arbeiteten, mit Leuten, die einen in allerhand Läden und Restaurants bedienten, mit denen schloss man keine

Freundschaft, nicht etwa, weil man besser war (oder sie schlechter waren), sondern weil … sie wusste nicht, warum. Weil die für sie im Grunde noch gar nicht existierten. Vielleicht fingen sie ja in diesem Moment damit an.

»Ich habe das Fläschchen hinten«, sagte Anna. »Ich kann es dir rasch holen, kein Problem.«

»Ach, was bist du nett«, sagte ihre Großmutter. »Nach dem Essen, gern.«

Wenig später kamen sieben Platten und dazu drei Schüsseln Reis, doch Emily achtete so gut wie gar nicht darauf, sondern behielt die Mappen und ihre Tante im Auge, die ihrer Großmutter beim Essen zusah, während die Großmutter ihrerseits darauf nicht achtete und Essen auf ihren Teller häufte und aß und aß und aß, sie hörte gar nicht mehr auf, mit gesenktem Kopf, Stäbchen in der einen, Löffel in der anderen Hand, wie bei einem Wettkampf, als ginge es um ein Rennen, obwohl es nie aussah, als käme sie jemals ans Ziel, denn es war, als könnte ihre Großmutter ewig essen, ohne satt zu werden. *Dadurch bist du so geworden*, dachte Emily, die nur drei Wan Tans aß, obwohl sie köstlich waren, frisch und rund und ein bisschen süßlich, denn allmählich wurde ihr schlecht vom Anblick der Großmutter. Als sie wieder in das Gesicht ihrer Tante blickte, merkte sie, dass ihr auch schlecht war. Nur der Kellnerin Anna war nicht schlecht. Sie war fröhlich und räumte sämtliche Teller ab, die ihre Großmutter so effizient leerte. Sie war die Einzige, die es nicht wusste. Emily fragte sich, ob jemand die Absicht hatte, es ihr zu sagen. Anna würde es ganz bestimmt wissen wollen.

Mit dem Grünen Tee nach dem Essen (und *nur noch einem Glas Wein für ihre Tante, das sie wahrscheinlich nicht mal austrinken* würde) kam das Fläschchen lila Nagellack, worauf sich Emily still ihren Nägeln widmete, tupfte und vorsichtig pustete und Mühe mit ihrem Gips hatte, während ihre Tante die erste Mappe aufschlug.

»Jetzt reden wir mal ein bisschen über die Gesundheit deiner Großmutter«, sagte Robin.

»Vielleicht tun wir das lieber nicht vor ihr«, sagte die Großmutter.

»Zieht dich das runter?«, fragte Robin.

»Die ganze Sache zieht einen doch sowieso runter«, sagte Emily. Ihre Großmutter fing an zu weinen. »Nicht weinen«, sagte Emily, doch dann fing sie selbst an zu weinen und Robin auch. Anna kam mit drei Portionen Eiscreme, spitzte entsetzt ein bisschen den Mund und trug die silbernen Schälchen wieder davon.

»Jetzt hört aber auf«, sagte Robin schließlich und tupfte sich die Augen mit der Serviette ab.

»Alles wird gut, Schätzchen«, sagte die Großmutter und ließ den Tränen weiter freien Lauf. »Komm her, Bobbele.« Sie streckte die Arme nach Emily aus, die ihren guten Arm um den Oberkörper ihrer Großmutter schlang und sie fest an sich drückte.

»Atmen«, sagte Robin. Sie atmeten. Sie atmeten einzeln. Sie atmeten gemeinsam. »Und jetzt zur Sache.«

Robin schlug die obere Mappe auf. Lauter Broschüren lagen darin. *Spa-Hotels, Kurkliniken, Resorts.*

»Abspeckcamps«, murmelte ihre Großmutter.

»Irgendwo muss man anfangen«, sagte Robin.

»Ich fahre nirgendwohin«, sagte die ältere Frau. »Ich will meine Familie jetzt nicht alleinlassen.«

»Ich habe auch Material über Ernährungsberater«, sagte Robin. Sie zog ein einzelnes Blatt Hochglanzpapier mit dem

Bild eines durchtrainierten, lächelnden Mannes hervor, dessen riesige Zähne irgendwie weißer wirkten als das Druckpapier. »Der Typ hier soll einer der besten Trainer in Chicago sein, und er ist auf Fälle wie dich spezialisiert. Dienstags und freitags kommt er in die Vorstadt.«

»Ich drehe schon fast täglich auf der Aschenbahn meine Runden«, sagte ihre Großmutter.

»Die Aschenbahn wird dir nicht reichen«, sagte Robin.

»Ich gebe mein Bestes«, sagte ihre Großmutter.

»*Das* da ist dein Bestes?«, fragte Robin wütend und wies auf den inzwischen abgeräumten Tisch.

»Es gefällt mir hier«, flüsterte ihre Großmutter. »Das sind meine Freunde. Du kannst mich nicht zwingen, meine Freunde aufzugeben.«

Emily war plötzlich nervös – dieses Menschliche, die unverstellten Emotionen derer, die sie liebte und verehrte, das war schon ziemlich heftig. All das wollte sie noch nicht wissen. Auf einmal sagte sie: »Was ist in der anderen Mappe?«

Die beiden Frauen sahen sie an. Robin strich nervös mit der Hand über den Tisch. »Das ist jetzt vielleicht zu viel«, sagte sie. Doch Emily streckte die gute Hand aus, zog die Mappe rasch zu sich hin und schlug sie auf. Adipositaschirurgie. Klammern und Schläuche. »Wahrscheinlich ist das jetzt gar kein Thema«, sagte ihre Tante. »Vielleicht später in diesem Jahr.« Robin wurde blass und rieb sich mit beiden Händen die Wangen. »Das ist nicht die ideale Lösung. Es gibt keine uneingeschränkte Garantie, und ein Risiko geht man immer ein, wenn man sich operieren lässt.« Robin konnte inzwischen weder Mutter noch Nichte ansehen. »Es ist eine Option. Es ist nicht die Option, auf die ich zugehen würde. Aber es ist eine Option. Man kann darüber nachdenken.« Sie beugte sich ruckartig vor und klammerte sich an ihre Mutter. »Kannst du bitte einfach aufhören, Mom, bitte?«

»Ja, bitte«, sagte Emily.

Die Großmutter drückte die Hände ihrer Tochter und ließ sie dann los. Sie klappte beide Mappen zu, nickte leise und legte sie neben sich auf den Sitz. »Ich verspreche, ich werde das heute Abend alles lesen«, sagte sie.

»Ich rufe dich morgen an«, sagte Robin. »Gleich als Erstes.«

»Gut«, sagte ihre Mutter. »Ich freue mich immer, von dir zu hören.« Sie wischte sich die Augen endlich mit der Serviette ab, wandte sich dann Emily zu und sagte: »Hast du schon mal eine richtige Restaurantküche gesehen? Na komm, komm mit zum Koch.«

Die beiden gingen nach hinten zur Küche, ihre Großmutter klopfte an die Flügeltür und steckte dann den Kopf hindurch. »Huhu«, sagte sie. »Können wir reinkommen?« Auch Emily schob den Kopf in die gleißend helle Küche, wo Anna in einer Ecke dicht neben einem älteren, großen, gebeugten Chinesen mit zerfurchtem, sorgenvollem Gesicht stand.

»Ja, natürlich«, sagte der Mann. »Natürlich, natürlich.« Er winkte sie herein. »Alles in Ordnung?«, fragte er ihre Großmutter.

»Ja, wir sind bloß ein Haufen emotionale Weiber«, sagte sie. »Das liegt in der Familie.«

»Die Drillinge«, sagte Anna.

»Die rührseligen Drillinge«, sagte die Großmutter. »Emily, das ist Annas Vater, Kenneth. Das Restaurant gehört ihm. Er ist der Koch.«

Der Mann, dieser Fremde, der vielleicht gar nicht so fremd, aber definitiv auch nicht ihr Großvater war, kam auf ihre

Großmutter zu, nahm ihre Hand, drückte die Hand, strich sich damit über die Wange, küsste sie sanft, ließ sie sinken, beugte sich vor, küsste die Großmutter auf die Wange, küsste sie noch mal auf die Wange, küsste sie dann auf den Mundwinkel, hätte sie beinahe auch voll auf den Mund geküsst, was aber gar nicht nötig war, er hatte seine Absichten hinsichtlich ihrer Großmutter bereits deutlich zum Ausdruck gebracht, und als Emily dann in das pfirsichweiche, gerötete und so offensichtlich entzückte Gesicht ihrer Großmutter blickte und anschließend zusah, wie sich die Großmutter diesem Mann entgegenreckte und ihn voll und unverhohlen auf den Mund küsste, als wäre ihr völlig egal, dass Emily danebenstand (und *so viele Fragen hatte*), da wusste Emily, dass ihre Großmutter ganz bestimmt nicht in irgendein Abspeckcamp fahren oder aufhören würde, all diese chinesischen Gerichte zu essen, und Emily konnte ihr nicht einmal einen Vorwurf machen, denn wenn sie einen Mann gehabt hätte, der sie ansah wie Kenneth ihre Großmutter ansah und für sie kochen und ihre Hände und Wangen und Lippen mit Küssen bedecken wollte, dann wäre sie für alle Ewigkeit bei ihm geblieben, bis zu ihrem Tod.

Middlestein und die Liebe

O Beverly, dachte Richard Middlestein, als er erneut offenen Auges von seinem Schwarm träumte, dem ersten seit Ende der Sechziger, kurz bevor er seine Frau (oder genauer gesagt seine ihm *entfremdete* Frau) kennengelernt und sein Leben vollständig (oder, wie er kürzlich einmal dachte, unvollständig) einem Menschen geopfert hatte, den er inzwischen nicht mehr liebte. Aber hier und jetzt, das empfand er, so aufrichtig er empfinden konnte, hatte er eine zweite Chance in der Liebe, mit Beverly, die ursprünglich aus Großbritannien stammte, aber zwanzig Jahre zuvor von einem Mann nach Chicago entführt worden war, rothaarig (nach wie vor echt, mit Ende fünfzig – einfach umwerfend), volle Wangen, frech, aber nicht dreist, praktisch veranlagt, klug, geistreich, clever sogar, Halbjüdin, aber auf der richtigen Seite, große, schöne, grüne Klimperaugen, die wundervolle Beverly, die alle Sinne jederzeit beisammen hatte und in deren Leben eine gewisse Ordnung herrschte, die er gern auf sein eigenes anwenden wollte.

Beverly! Die ihn nur einmal wöchentlich empfing, wenn er Glück hatte, die seine E-Mails nicht beantwortete und nicht zurückrief, bis er es schließlich kapierte: Sie war nicht die Frau, die sich bedrängen oder hetzen ließ, sie tat alles in ihrem Rhythmus und auf ihre Art, sie schritt mit Würde durchs Leben, und davon wollte er ein wenig abhaben. Was immer sie wusste, wollte er auch wissen.

Beverly! Die wundervolle Witwe eines großartigen Mannes, irgendeines Ophthalmologen, durch den sie fürs Leben versorgt war. (Jedenfalls hatte sie erheblich mehr auf der Bank als Middlestein, so viel wusste er.) Beverly, die kinderlos war (kein Ballast, überhaupt keiner!), aber Kinder trotzdem liebte. Beverly, die gern etwas *unternahm*, viel unternahm, Kino, Theater, am Wochenende morgens Fußball sehen, Spritztouren am See, Rad fahren, schön essen gehen, elegante Dinnerpartys, Unternehmungen, bei denen man nicht so viel laufen musste und meistens saß, was Richard und seinen angeschlagenen Knien sehr entgegenkam.

Beverly! Dieser Schatz, mit ihrem britischen Akzent, mit ihren Fußballtrikots, und wie sie in diesem alten, rauchgeschwärzten Pub bei einem schrecklichen Frühstück (verschrumpelte, rötliche Würstchen, Middlestein hatte keinen Bissen heruntergebracht) mit ihren Expat-Freundinnen für Tottenham jubelte, obwohl (oder weil) das lauter Versager waren. Einmal hatte er früh an einem Samstagmorgen mitkommen und während des Spiels neben ihr sitzen dürfen, und alle hatten gejubelt, gegrölt (dieses Jahr gewann Tottenham endlich) und getrunken, Guinness (sie und ihre Freundinnen) und Bloody Marys (er), und hinterher hatte sie sich seine Probleme angehört und, Wunder über Wunder, tatsächlich *gelöst*, ein paar jedenfalls, vielleicht, weil ihr der frühmorgendliche Alkohol eine bestürzende Klarheit verschaffte, und er war im Nachhinein überzeugt, dass sie in seine Seele blicken konnte. Nun wartete er jede Woche darauf, dass sie ihn wieder einlud – er wusste, dass er dort nicht einfach aufkreuzen konnte, dass sie dann mit Sicherheit jedes Interesse an ihm verlieren würde –, aber sie hatte ihn seither nicht mehr gefragt und sich stattdessen auf ruhige kleine Abendessen verlegt, die auf ihre Art auch ganz befriedigend waren, aber es war schon ein ganz besonderer Moment gewesen während dieser frühmorgendlichen Trunkenheit, als ihre Hand ganz kurz seine Hände und einmal sogar seine Wange gestreift hatte, ihr offener Blick, der mit seinem zu verschmelzen schien in den staubigen, flirrenden Streifen aus Sonnenlicht in ihrer Nische – diese Verbundenheit mit ihr hatte er seither nicht mehr verspürt, und er wusste, wenn er noch einen Morgen mit ihr verbringen könnte, wenn sie ihm noch einmal die Gnade dieser Energie erweisen würde, dann kämen sie auch über die sanften Wangenküsschen hinaus, die sie ihm zum Abschied auf dem Parkplatz gab, wenn sie in irgendeinem Restaurant – viel zu kurz! – miteinander zu Abend gegessen hatten.

Beverly hatte ihm auch vorgeschlagen, seiner Schwiegertochter Rachelle einen Brief zu schreiben und sie zu bitten, ihn wieder am Leben seiner Enkelkinder teilhaben zu lassen. »Dein Sohn kann dir nicht helfen«, sagte sie. »Er kann nicht für dich sprechen. Die Entscheidung kam von ihr. Du musst direkt an die Quelle gehen.« Stäubchen funkelte um ihren Kopf herum. »Und da wird ein Anruf nicht reichen, auch keine E-Mail. Sei nicht so ein fauler Kerl. Schreib ihr einen richtigen Brief.« Sie zog »fauler Kerl« zu einem Wort zusammen, als gäbe es das als Begriff, als hätte sie den Ausdruck erfunden, Beverly vermochte es nämlich, neue Worte zu finden. »Schütte ihr dein Herz aus, auf ein Stück Papier, schreib auf, wie sehr du die Kinder liebst und vermisst, und dann steckst du das in einen Umschlag, klebst eine Marke drauf und schickst es weg.«

Zeit mit Josh und Emily zu verbringen ist mein Herzenswunsch, schrieb er. Allmählich klang er schon wie Beverly, und das war gar nicht schlecht.

»Und dann?«

»Gib ihr eine Woche.«

Natürlich stand Rachelle eine Woche später mit einem Rezept in der Hand vor ihm in der Apotheke und kniff leicht verächtlich ein Auge zusammen.

»Ich weiß nicht so recht, was ich damit anfangen soll«, sagte sie. Sie reichte ihm das Rezept; es ging um Lopresor, ein Herzmedikament für seine zukünftige Exfrau. Wenn ihm diese Aktion einen Stich versetzen sollte, dann war sie gelungen.

»Inwiefern?«, fragte er.

Sag du nur einmal, was du zu sagen hast, und dann lass sie reden, hatte Beverly gesagt. Doch das wusste er schon – er hatte vor Augen, was es hieß, wenn man es mit einer zornigen Frau zu tun bekam.

»Die beiden sollen nicht denken, dass dein Verhalten verziehen ist, das, was du getan hast. Ist es nämlich nicht.«

»Natürlich nicht«, sagte er. Er würde nicht einmal im Ansatz versuchen, vor ihr zu rechtfertigen, was er getan hatte, warum er seine kranke, labile, von Diabetes und Herzkrankheit und wer weiß was noch geplagte Ehefrau verlassen hatte, er wusste nämlich, dass sie das nicht hören wollte. Auch wenn es für seine Begriffe nachvollziehbar war.

Beverly verstand das! Beverly war die erste ihm bekannte Person, die das einfach kapierte, Beverly mit ihrem gemeinen Säufer von einem Vater, einem durch Kriegsgefangenschaft im Zweiten Weltkrieg zerrütteten Militär. »Ich hatte durchaus Mitleid mit dem Mann«, sagte sie. »Hatten wir alle.« Richard nickte. In ihrer Generation, Beverlys und seiner, hatten alle Familie, und alle hatten als Heranwachsende Geschichten vom Krieg gehört.

Und dann sagte Beverly noch – verlor er in diesem Moment sein Herz an sie? – mit belegter Stimme, aber trotzdem verträumt: *Man weiß nie, was schlimmer ist bei den Zornigen, sie leben zu sehen oder sie sterben zu sehen.*

»Jetzt, so kurz vor der B'nei-Mizwa«, fuhr Rachelle fort, »und wo die ganze Verwandtschaft hier ist, wollen Benny und ich dich natürlich dabeihaben. Und selbstverständlich hätten wir trotzdem gern, dass du den Kiddusch sprichst.« Seine Schwiegertochter besaß so eine unerschütterliche Förmlichkeit, dieses kerzengerade Rückgrat, jedes Haar an seinem Platz, perlmuttrosa Nägel, geschniegelt, gebügelt, absolut kontrolliert. Sie erinnerte ihn an die durchschnittliche Zoloft- oder Prozac-Konsumentin. (Da er kein Arzt war, hätte er so etwas nie zu seinem Sohn gesagt, aber sie machte den Anschein, als könnte sie das *gebrauchen.*)

»Ich werde kommen«, sagte Richard. »Mit Pauken und Trompeten.«

»Bitte ohne Pauken und Trompeten«, sagte Rachelle.

»Natürlich«, sagte Richard. »Das ist eine Redewendung.«

»Ich weiß, dass das eine Redewendung ist«, sagte sie und glühte plötzlich ganz aufgeregt, mit leicht gerötetem Hals. *Das hier fällt ihr schwer,* dachte er. *Warum?* Und ergriff in diesem Moment der Schwäche seine Chance.

»Ich würde sie gern vor der B'nei-Mizwa sehen«, sagte er. »Ich könnte doch am Freitagabend mit ihnen in den Gottesdienst gehen? Oder nächste Woche?«

Beverly hatte ihm nämlich den Tipp gegeben, diesen freitäglichen Gottesdienstbesuch mit den Kindern vorzuschlagen. Wenn ihm seine Enkel so wichtig seien – allerdings, brüllte Richard förmlich –, dann müsse er eben mal *über den Tellerrand blicken,* diese letzte Formulierung kostete sie dramatisch aus. Klar machte es mehr Spaß, ins Kino zu gehen oder Shoppen oder Pizza essen, aber Spaß mit seinen beiden umwerfenden Enkeln stand ihm jetzt wahrscheinlich noch nicht zu, jedenfalls nicht aus der Sicht seiner Schwiegertochter. Und beim Gottesdienst am Freitagabend ging es nicht um Spaß, da ging es um Besinnlichkeit. Besonders spitzfindig daran war (sie hatte recht, Richard konnte es nicht leugnen), dass er gewöhnlich nie über den Tellerrand blickte. Er starrte immer nur den Teller an. (Was war eigentlich das Problem mit diesem Teller? So ging er schon sein Leben lang vor.) Doch nun hatte er mit sechzig seine Frau verlassen und sich dadurch selbst hinauskatapultiert, hinaus ins Universum, weg von seinem gottverdammten Teller. Und wenn er das nicht getan hätte, hätte er Beverly niemals kennengelernt. Also war es an ihm, alles zu tun, um zu bleiben wo er war.

»Lass mich mit Benny reden«, sagte Rachelle, deren Haut allmählich wieder ihre normale (wenn auch womöglich mit Selbstbräuner fabrizierte) goldene Farbe annahm. Er hatte noch einmal die Macht in ihre Hände gelegt, ihr etwas zu entscheiden gegeben. *Das hat sie gern*, dachte er. *Obenauf sein.* Kurz schweiften seine Gedanken ab zu einer sexuellen Situation, natürlich nicht mit der Schwiegertochter (obwohl sie vielleicht ganz in der Nähe war und zusah, am Ende des Flurs oder irgendwo im Türrahmen), sondern mit der strahleäugigen Beverly, vernünftig und doch magisch, unerreichbar und doch irgendwie für ihn da, Beverly, seine Hände, die sich ihr entgegenreckten, und wie sie sich auf ihm wiegte, eine Begrüßung, zwei Körper, die einander kennenlernten, explosiver Austausch einer bestimmten Form von Information. Beverly, mahlend auf seinem Schwanz, Beverly, rittlings auf seinem Gesicht, nichts als Beverly den ganzen Tag und die ganze Nacht.

Beverly!

*

Eine Woche später in der Schul – Rachelle hatte Richards Bitte natürlich entsprochen, die konnte sie einem Großvater, der ernsthaft mit seinen Enkeln in die Synagoge gehen wollte, schließlich nicht abschlagen, da gab es sicherlich irgendwo Regeln in einem Handbuch für Schwiegertöchter – schlängelte Richard sich lässig durch den Mittelgang der Synagoge, während seine beiden seit dem Einsteigen ins Auto mit Stummheit geschlagenen Enkel hinter ihm herschlurften. Er winkte den Cohns und den Grodsteins und den Weinmans und den Frankens zu, all den Paaren, mit denen er in den letzten zwanzig, dreißig, beinahe vierzig Jahren verbunden gewesen war. Alle hatten immer an den Bar-Mizwa-Feiern der Kinder und an allen Hochzeiten und Partys zum Hochzeitstag teilgenommen, an Beerdigungen Gott sei Dank noch nicht, aber er ging davon aus, dass da auch alle hingehen würden, bis keiner mehr übrig war.

Was das wohl für ein Gefühl sein würde? Der letzte der Aufrechten zu sein? Wer würde wohl bis zum Ende durchhalten? Vielleicht Albert Weinman, der jeden Morgen schwimmen ging und jedes Wochenende Golf spielte und niemals Eigelb aß? Oder Lauren Franken, die bereits eine doppelte Mastektomie hinter sich hatte und scherzte, nun seien ja frühzeitig alle Hindernisse aus dem Weg geräumt und es könne ungehindert weitergehen? Bobby Grodstein sicherlich nicht, wo er doch nach dem Essen immer diese Zigarren rauchte.

Er gestattete sich auch den Gedanken an seine So-gut-wie-Exfrau, an ihr Riesenformat, an die heimlichen Mahlzeiten spätnachts (jede Nacht konnte er hören, wie sie Schränke und Verpackungen aufriss und mampfte mampfte mampfte, dass es durch ihr stilles Haus, ihre Straße, ihren Vorort, ihre Welt hallte, während er es aufgegeben hatte, sie daran hindern zu wollen), an ihre Fahrten zu Costco zweimal die Woche (er wusste, was mit den ganzen Lebensmitteln passiert war, konnte aber nicht umhin, sich jedes Mal, wenn sie losfuhr, laut zu wundern: »Was brauchst du denn noch?«), an ihre beständig wachsenden Fettschichten. Nein, die würde ihn nicht überleben.

Ob es Richard selbst sein würde? Er trainierte mehrmals die Woche, sicherlich nicht so hart, wie es möglich gewesen wäre, aber diese Knie… Sein Blutdruck war in Ordnung, sein Cholesterin ein bisschen hoch, aber das bekam man mit Lipitor gut in den Griff. Er nahm Vitamine. Er aß die empfohlene Tagesdosis an Obst und Gemüse, manchmal sogar viel, viel mehr als die empfohlene Tagesdosis. Bei seinem letzten Gesundheitscheck hatte ihm der Arzt einen freundlichen Klaps auf den Arm versetzt, bevor er mit dem Klemmbrett in der Hand aus dem Zimmer ging, und ihm ein langes Leben versprochen. »Sie können ohne Weiteres hundert werden«, das hatte er gesagt.

Wollte er es überhaupt so lange machen? Wollte er, dass niemand mehr da war, den er kannte? Abgesehen von seiner Familie, denn die würde ihn wahrscheinlich überleben: Benny, der ihm sicher irgendwann vergeben würde, auch wenn er jeden Respekt vor ihm verloren hatte, seine mürrische Tochter Robin, die schon jetzt, während er noch ein voll funktionstüchtiges menschliches Wesen war, zu viel zu tun hatte, um ihn zu besuchen – was sollte das erst werden, wenn er alt und klapprig im Altersheim saß? Er würde sich umbringen, bevor es so weit kam. Er würde sich umbringen, bevor er Windeln tragen musste. Mit Sicherheit. Er konnte sich selbst genau die Mixtur zusammenstellen, die nötig war, um ihn in ein fernes Traumland ohne Wiederkehr zu befördern. Jahrzehntelang hatte er in seiner Apotheke die Inkontinenzhosenabteilung vor sich gehabt, und wenn er die Leute beobachtete, die dort einkauften, wie sie langsam und missmutig umherschlurften, glaubte er, durch ihre Kleidung das Darunter sehen zu können. Die Bedürfnisse zu Beginn des Lebens und an dessen Ende unterschieden sich nicht. Doch Richard Middlestein war kein Baby, er war ein Mann. (Am liebsten hätte er sich mitten im Tempel auf die Brust getrommelt. Beverly!) Er würde leben bis zu dem Tag, an dem er zum Sterben bereit war.

Wenn ihn seine Enkelkinder nicht vorher umbrachten.

Denn er hatte Josh und Emily dabei, saß inzwischen mit ihnen an exponierter Stelle, dicht am Gang und ziemlich weit vorn, nur vier Reihen von der Bima entfernt, und obwohl sich die beiden ein bisschen vorbeugten war klar, dass sie mit ihren Handys zu tun hatten und *simsten*. (Middlestein glaubte, dass simsen dasselbe wie morsen war, und je mehr die Leute simsten, desto näher rückte Amerika an eine Nation im Kriegszustand heran. »Denk mal darüber nach«, hatte er zu Beverly gesagt und den Zeigefinger in seine Schläfe gebohrt.) Er beugte sich über Josh hinweg, drückte Emilys Hand – diejenige, die gerade tippte – und ließ den Arm dann quer über Joshs Schoß liegen, und weil er die Cohns und die Grodsteins und die Weinmans und die Frankens, die alle zwei Reihen hinter ihm saßen, nicht darauf aufmerksam machen wollte, dass seine Enkel offenbar *unter Wölfen aufgewachsen* waren, sagte er so beherrscht wie möglich: »Steckt diese Dinger weg.« Der schlichte, dürre Josh mit dem lieben Gesicht schaute sofort entsetzt und schob sein Telefon in die hintere Hosentasche, doch Emily ging diese Sache ganz anders an. Denn Emily war ihrer Großmutter und ihrer Tante so ähnlich – auf jeden Fall äußerlich, wobei Middlestein annahm, dass es wesentlich tiefer ging –, dass sie praktisch das Zeichen des Teufels trug. Gerade warf sie ihm einen fiesen Blick zu und war gefährlich kurz davor, den Mund aufzumachen, und was sie gleich sagen würde und vor allem in welcher Lautstärke, das wagte er sich kaum vorzustellen. Wenn sie wirklich wie ihre Großmutter war, dann würde es laut genug sein, dass alle Umsitzenden es hören konnten, aber nicht so laut, dass es irgendwie unpassend gewesen wäre. Nicht so, dass es irgendjemandes Ruf beschädigt hätte. Außerdem hatte doch jeder schon mal bei einem Streit unter Familienmitgliedern die Beherrschung verloren.

Aber die junge Emily brüllte nicht. Sie flüsterte nur: »Ich bin noch nicht fertig«, um dann ihre vielleicht unverschämteste Tat des Abends zu begehen (es sollten noch einige kommen) und seine Hand energisch abzuschütteln. Fassungslos über ihre Aggressivität zog Middlestein die Hand zurück. Josh wandte sich mit offenem Mund zu ihr um, ohne allerdings etwas zu sagen, machte den Mund zu, wandte sich ab, blickte nach vorn, machte den Mund wieder auf, wandte sich wieder zu ihr um, die beiden starrten einander an, und dann – das machte Middlestein endgültig fertig, hier wurde ihm klar, dass es in der Familie womöglich keinen mehr gab, zu dem er eine vernünftige Beziehung hatte (Doch war das seine Schuld? Er hatte sich fast schon vom Gegenteil überzeugt.) –

stieß Josh ein kurzes, abgehacktes Lachen aus, das klang, als hätte er vergeblich versucht, es zu kontrollieren.

Früher als Babys hatte er sie gebadet. Früher hatte er sie auf den Knien geschaukelt und mit den Fingern durch ihre weichen Locken gestrichen. Er hatte vorgehabt, niemals mit diesen Kindern zu streiten, sie nie zu bestrafen, sich nie Gedanken zu machen, ob sie ins Bett mussten. Nie würde er ihnen den Hintern versohlen müssen. Nie würde er sie enttäuschen müssen. Er musste sie einfach nur maßlos verwöhnen, bei jedem Geburtstag und vor Chanukka viel zu viel Geld ausgeben, um ihr begeistertes Lächeln zu sehen. Und jetzt schätzten diese Kinder ihre iPhones höher als den religiösen Anstand und hielten ihn für einen Schmock, weil er seine Frau verlassen hatte. Und jetzt war es ihnen scheißegal, was er dachte.

Middlestein war den ganzen Gottesdienst über verzweifelt. Er brachte es kaum fertig, das Sch'ma Jisrael zu singen, das ihm als Gebet immer so tröstlich gewesen war, als Bekenntnis zu seinem Glauben. Es hatte immer so gutgetan, an etwas zu glauben. Und nun war er abgelenkt durch dieses kleine Fräulein in seiner Reihe, das die Augen verdrehte und seufzte und geräuschvoller umblätterte als sonst jemand diesseits des Mississippi, während ihr Bruder vor Lachen keine Luft mehr bekam und die Cohns und die Grodsteins und die Weinmans und die Frankens ihm betrübte Blicke zuwarfen. Nicht genug, dass er seine Frau verlassen hatte, nun hatte er auch noch Enkelkinder, die sich nicht benehmen konnten? Eine Schande. Er war beschämt.

Früher hatte er ihre Finger und Zehen gezählt, nur um sicherzugehen, dass auch alle da waren. Die Nägel hatten wie Tautropfen ausgesehen. *Das ist der Daumen, der schüttelt die Pflaumen.*

Er seufzte und schloss die Augen und versuchte, Glück-
seligkeit zu erlangen: Beverly! Wie ihre Zehen wohl aussahen? Er wusste, dass sie einmal wöchentlich zur Maniküre
(und Pediküre) ging, zu den Polinnen im selben kleinen Ein-
kaufszentrum, wo auch seine Apotheke lag. Anschließend
kam sie eines Tages mit korallenrot leuchtenden Nägeln hereinspaziert und hatte Angst, ihr Portemonnaie aus der
Handtasche zu fischen. »Irgendwann splittert er mir immer
ab«, sagte sie mit diesem hinreißenden britischen Akzent und
hielt Middlestein ihre Handtasche hin. Während er so herumkramte zwischen Sonnenbrille und Handy und Lippenstift
und Scheckbuch und einem Taschenbuchroman, auf dessen
Umschlag ein dunkelhäutiger Mann mit leuchtend blauen
Augen vor irgendeinem nahöstlichem Hintergrund prangte
(sah *schick* aus), einem Päckchen Wrigley's mit Pfefferminz-
geschmack (eine klassische und elegante Wahl, wenn man
denn unbedingt Kaugummi brauchte) und einem Dutzend
Stifte (Werbegeschenke von Geschäften aus der Gegend, er
hatte selbst eine Schachtel davon, die er an Kunden verteilte,
alle mit dem Logo von Middlestein Drugs), rührte ihn die
Intimität dieses Moments, wo sie sich doch gar nicht kannten.
Ganz unten in der Tasche lagen drei Vierteldollarmünzen und
ein ChapStick-Lippenbalsam. Ein Plastikkamm, auch mit dem
Logo eines Geschäfts aus der Gegend. Ob sie einfach jedes
Mal Ja sagte, wenn ihr jemand etwas hinhielt? War sie zu nett,
um Nein zu sagen? So viele Stifte brauchte kein Mensch.

Sie kaufte eine Grußkarte zum College-Abschluss, auf der
ein junger Mann mit Doktorhut in einem Heißluftballon ab-
gebildet war, und innen stand gegenüber von einem Schlitz
für den Scheck: »Glückwunsch zum Aufstieg in der Welt!«
Das war dumm und sentimental, aber er hatte nur fünf ver-

schiedene Karten zum College-Abschluss im Sortiment. (Seit 1998 versuchte er, das alles auslaufen zu lassen, brachte es aber nicht fertig, die Karten einfach wegzuwerfen.) Auf einmal wünschte er sich nichts mehr, als dieser britischen Schönheit zu imponieren, und hatte außer zehn Jahre alten Grußkarten nichts zu bieten.

Er wedelte mit der Karte. »Massel tov«, sagte er. »Ihr Sohn?«

»Neffe. Michigan State.« Sie pustete auf ihre Nägel.

»Tolle Farbe, da auf den Nägeln«, sagte er.

Sie streckte die Hände aus, legte den Kopf schief und starrte sie an. »Ein bisschen knallig, nicht?«

»Aber nein, sie ist perfekt«, sagte er. »Die Farbe sollten Sie immer tragen.«

Er nahm einen Fünfdollarschein aus ihrem Portemonnaie.

»Ich falle nicht gern so auf«, sagte sie.

»Man kann doch seinem Tag ein bisschen Glanz verleihen, das ist völlig in Ordnung«, sagte er.

Sie richtete sich auf und starrte ihn vielsagend an. »Das ist wirklich mal ein wahres Wort«, sagte sie. Und sackte dann etwas zusammen. »Das Leben ist manchmal so öde.« Wie sie ihn anlächelte, wehmütig, aber (er war beinahe sicher) kokett. »Es ist, als könnte ich es ticken hören, wenn die Minuten des Tages vergehen.«

»Ich kann mir gar nicht vorstellen, dass sich eine Frau wie sie, mit solchen Nägeln, jemals langweilt.«

»Ich kann mich beschäftigen«, sagte sie. »Ich habe Hobbys.« »Hobbys« klang ein klein wenig boshaft. So sehr er den Grimm und die Gehässigkeit seiner Frau auch verabscheut hatte – Frauen mit Ecken und Kanten fand er extrem attraktiv, sie waren so furchtlos. »Aber neulich habe ich mich dabei ertappt, wie ich einfach darauf gewartet habe, dass etwas passiert.«

Kam diese wunderbare, geistreiche, belesene, gepflegte, altersmäßig passende, überaus organisierte Frau tatsächlich einfach in seine Apotheke spaziert und legte ihm eine Einladung zum Flirten hin? Was hatte er an diesem Tag Gutes getan, um so einen Augenblick zu verdienen?

»Mir ist aufgefallen, dass da kein Ring am Finger steckt«, sagte Middlestein.

»Mir ist aufgefallen, dass an Ihrem auch keiner steckt«, sagte sie.

Dein Einsatz, Middlestein.

Während sich Emily Richtung Mittelgang einem Hustenanfall hingab und der grimassierende Josh ihr dabei auf den Rücken klopfte, wich Beverlys Lächeln einer Vision seiner alsbaldigen Exfrau. Sie hatte irgendwo in seinem Hinterkopf gelauert, dann einen Vorstoß unternommen und Beverly überrannt, die sich daraufhin scheu in eine dunkle Ecke außerhalb des Bildes zurückzog. Edie sagte nichts, stand nur mit geballten Fäusten und ungeheurer Präsenz im Raum. Alle im Tempel sangen, auch Richard, und als er seine Enkel ansah, sang Josh mit und Emily starrte mit verschränkten Armen vor sich hin. Ein zorniges junges Mädchen. Sie sah ihren Großvater an, grinste höhnisch und wandte sich dann wieder nichts Besonderem zu. Richard drehte sich nach vorn, faltete die Hände, legte die Stirn darauf und begann zu beten, und zwar (da er ja schließlich mit Gott im Gespräch war und insofern ehrlich zu sich sein musste) für seinen ausgedehnten Rechtsstreit, dessen Ergebnis die Exfrau sein würde. Denn sie war krank, sie war sehr, sehr krank, im Kopf, im Herzen, im Fleische, und auch wenn es nun nicht mehr an ihm war, über sie zu wachen, konnte es doch nicht schaden, Gott um ein bisschen Hilfe zu bitten. Also bat er nun in diesem Gotteshaus um Hilfe für sie. Ehrlich, wie er in diesem Augenblick war, hätte er Beverly sofort aufgegeben, wenn er gewusst hätte, dass Edie dadurch gesund werden würde. Aber er wusste, dass es keine Besserung für sie gab. Dieses Wissen hatte er allen anderen voraus, seiner Tochter, seinem Sohn, diesem kleinen grimassierenden Affen zwei Plätze weiter. Dass es Edie nämlich egal war, ob sie lebte oder starb.

Middlestein war zum Weinen zumute, wo auch, wenn nicht hier unter dem wachsamen Auge Gottes? Im Lauf der Jahre hatte er so viele Menschen in der Synagoge weinen sehen, in seinem langen Leben, vor allem beim Kaddisch. Er selbst war einige Jahre nach dem Ende des Holocaust geboren, der sich jedoch über Jahre hinweg weiter hinzuziehen schien, dieses Klagen und Trauern, das allmählich versiegte, bis nur noch zarte, von erstickten Lauten begleitete Tränenströme flossen und sich die in Herz und Brust und Hals sitzende Traurigkeit Jahre nach dem Geschehen an sich auflöste in einen Seufzer für eine ferne Seele. (Ob sich die Menschen überhaupt noch an das Aussehen ihrer verlorenen Liebsten erinnerten?) Dann kam Vietnam. Es gab Krebs. Herzinfarkte und Hirnschläge und Autounfälle. Erstaunlich viele Unfälle beim Klippenspringen. (Sechs.) Selbstmorde, die man verschwieg. Hohes Alter. Insolvenzen. Davongelaufene Kinder. Hände, die sich um Herzen krallten, als könnte die Weißglut zwischen den Handflächen Wunder vollbringen. Wenn man an Wunder glaubte. So viele Kriege im Lauf der Jahre, Söhne und Töchter, die kamen und gingen. Betet für sie, und wenn ihr schon dabei seid, betet auch für Israel. (Für Israel sollten immer alle beten.) Haltet fest an der Hoffnung. Haltet fest an der Liebe. Haltet fest an der Familie, denn sie wird nicht immer um euch sein.

Wo sonst sollte man weinen?

Aber doch keinesfalls unter den wachsamen Augen der Cohns und der Grodsteins und der Weinmans und der Frankens! Die brauchten gar nicht zu wissen, wie schlimm es stand. Er wollte nicht, dass sie später im Wohnzimmer über ihn sprachen, wenn sie vor dem Zubettgehen noch einen fettfreien Snack zu sich nahmen. Ob sie sich Sorgen machen oder ihn verurteilen würden, das wusste er nicht und es war auch egal; in jedem Fall würde er sich schwach und hilflos fühlen, und selbst wenn man so viele Jahre miteinander zu tun gehabt hatte, was wussten die schon? *Die wussten gar nichts über ihn.*

Oder weinen vor Emily, die mittlerweile an die Schulter ihres Bruders gesunken war und im Profil ein bisschen verträumt wirkte, nicht so sehr wie die Middlestein-Frauen, sondern eher wie ihre Mutter, das zierliche Kinn, die sanft geschwungene Stirn, der volle rosige Mund, die Augen, denen das wütende Funkeln vorübergehend abhandengekommen war, als wäre sie tief unter Wasser getaucht und hielte den Atem an, bis sie blau anlief. Offenbar spürte sie, dass er sie ansah: Sie schüttelte nämlich plötzlich den Kopf und die Augen leuchteten auf. Ihr war wieder eingefallen, dass sie eigentlich sauer auf ihn war. Nein, vor Emily würde er auch nicht weinen.

Als der Gottesdienst beendet war, packte er beide Kinder ausgesprochen fest im Nacken und schob sie zur Tür, an der Wand mit den auf goldenen Blättern prangenden Spendernamen entlang – seiner stand fast ganz oben, denn er hatte zu den Ersten gehört, nun aber schon länger keine größere

Summe mehr gegeben, *bei der Wirtschaftslage* –, die sich zusammengenommen wie lange Baumäste in alle Richtungen erstreckten, als würden sie die Synagoge stützen. Er blieb nicht stehen, um mit jemandem zu plaudern, sondern nickte nur, wünschte »Gut Schabbes« und wies dann mit missglücktem Hundeblick auf die Kinder, als wollte er sagen: *Es liegt nicht an mir, es liegt an denen.*

Sie traten hinaus in einen Spätfrühlingsabend, der die Hitze des Sommers schon ahnen ließ, und während sie den Autos auswichen, die am Straßenrand ältere Leute abholten, und sich unter die vielen andächtigen, vergnügten Menschen mischten, Frauen mit hohen Absätzen, Männer im Jackett (auf Krawatten wurde wegen des warmen Wetters verzichtet), rennende, kichernde, endlich vom Stillsitzen erlöste Kinder, alle gebadet im Glanz des Synagogenbesuchs – da hätte er am liebsten gar nicht mehr an das subversive Verhalten gedacht, das seine Enkel an den Tag gelegt hatten. Er war sogar schon bereit, ihnen vollends zu verzeihen, als Emily lauthals sagte: »Bin ich froh, dass *das* vorbei ist.«

»Es ist vorbei, wenn ich dir mitteile, dass es vorbei ist«, sagte Middlestein. »Sei froh, dass ich dich nicht wieder reinschicke, damit du mit dem Rabbi klärst, wie Gott es findet, wenn du hier in der Schul durch die Gegend simst. Er hätte bestimmt das eine oder andere dazu zu sagen.«

»Wir wollten nicht mitkommen, das müsstest du eigentlich wissen«, sagte Emily.

»Halt die Klappe, Emily«, sagte Josh.

»Halt selber die Klappe«, sagte Emily.

»Ich glaub schon, dass er das weiß«, sagte Josh.

Middlestein ließ die beiden Nacken los, die bereits schwitzten, zog seine Schlüssel aus der Jacketttasche und drückte auf den Türöffner, obwohl das Auto noch mindestens ein Dutzend Reihen weit weg war. Er marschierte an Emily vorbei, an Josh, an den Weinmans, die sich wie jede Woche am Sabbat auf den Weg zum Abendessen bei Als alter Mutter in deren Pflegeheim in Oak Park machten. Er ging einfach weiter durch die strömenden Massen bis zu seinem Auto, setzte sich hinein und wartete darauf, dass diese kleinen Mistkröten kamen.

Josh stieg sofort ein, aber Emily hielt mit der Hand an der Tür inne und setzte zu einem Anstarr-Kampf mit ihrem Großvater an, den sie, wie sie beinahe sofort begriff – er konnte sehen, dass sie sich auf die Lippen biss –, nicht gewinnen konnte. *Begreifst du denn nicht*, hätte er gern gesagt, *dass ich das Anstarren erfunden habe? Begreifst du nicht, dass ich, was dich angeht, alles erfunden habe?*

Schließlich schob sie sich auf den Beifahrersitz, rückte aber so weit wie irgend möglich von ihm ab.

Viele Jahre zuvor, siebzehn, vielleicht auch schon achtzehn, hatte Middlestein mit seiner Tochter Robin auf genau diesem Parkplatz gesessen, allerdings in einem anderen Auto – in dem Honda Accord? –, und damals war er so wütend auf sie gewesen wie jetzt auf Emily. Es war nur noch ein Monat bis zu Robins Bat-Mizwa, und sie konnte ihre Haftara noch immer nicht auswendig. Der Kantor hatte sie beide zu einer Dringlichkeitssitzung einbestellt, nur dass Robin den Ernst der Lage offenbar nicht begriff, vielleicht war es ihr auch egal, denn damals war sie – falls möglich – noch mürrischer gewesen als Emily zurzeit. Mittlerweile war Robin eine selbstsichere, wenn auch immer noch schwierige Frau, aber mit dreizehn war sie linkisch und pummelig gewesen, hatte eine atompilzartige Frisur getragen und aus all diesen Gründen ständig schlechte Laune gehabt. Middlestein hatte sie trotzdem abgöttisch geliebt. Sie war seine Jüngste. Sie war komplizierter als Benny. Sie zog sich zurück und griff dann schnell an wie ein beweglicher Boxer. Als sie einmal gelernt hatte, Widerworte zu geben, kam er nicht mehr gegen sie an. Und nun galten die Widerworte dem damals noch jungen, bärtigen Kantor Rubin mit der breiten Brust, der gerade neu in der Synagoge war (Middlestein hatte ihm Rabatt in der Apotheke angeboten, aber Rubin war nie aufgetaucht, in all den Jahren nicht, schon etwas beleidigend, musste er sagen) und pampige Antworten bekam, als er ganz ruhig zu erklären versuchte, dass sie ihre Haftara bis zur Bat-Mizwa bestimmt intus haben würde, wenn sie nur jeden Abend mit dem Tonband arbeitete, eine Stunde pro Abend. Dazu sagte Robin nur trocken: »Können wir nicht einfach das Band abspielen, und ich bewege die Lippen dazu? Es achtet doch sowieso keiner darauf.« Wenn das ein Witz sein sollte, war er misslungen. Und wenn sie das ernst meinte, wieso blätterte Middlestein dann zwanzigtausend Dollar für diese Party hin? Wenn sie das ernst meinte, dann war es einfach unverschämt, so mit einem Erwachsenen zu reden, und zwar nicht nur mit einem Erwachsenen, sondern mit einer religiösen Leitfigur (und einem potenziellen Kunden) aus der Gemeinde! Wenn sie das ernst meinte, dann war Middlestein als Vater gewissermaßen gescheitert, wo er doch relativ sicher war, sonst nie in seinem Leben gescheitert zu sein, auch wenn er sich vielleicht generell nicht besonders erfolgreich geschlagen hatte.

Nach diesem Termin, auf dem Parkplatz, in dem Vorgängerauto (nein, das war definitiv kein Honda gewesen), hatte Robin die Tür zugemacht und sofort die nächste klugscheißerische Bemerkung von sich gegeben, die er mit der flachen

Hand quittierte. Und zwar fest, er hatte sie fest geschlagen, mittlerweile gab er das zu. Vielleicht zu fest. Vielleicht gerade fest genug. Robin drückte sich daraufhin an die Autotür und hielt sich die Hände vors Gesicht, und dann heulte sie lautstark los. Er ließ den Motor an. Es war ihm egal. Sollte sie heulen. Und das tat sie, den ganzen Nachhauseweg über. Er hatte gedacht, er würde sich besser fühlen, wenn er sie schlug, aber es heizte seinen Zorn nur noch an – er spürte, wie er in seiner Brust wühlte, glühend heiß. »Hör jetzt auf, Robin«, sagte er. Aber sie flennte und flennte.

Als er in der Einfahrt hielt, stürmte sie aus dem Auto und ins Haus, als würde sie gejagt, dramatisch wie immer. Er hatte sie doch nur geschlagen, sein Kind, einmal, was war schon dabei? Trotzdem hatte Middlestein das Gefühl, sein Innerstes würde ihm ausgesaugt und durch Angst ersetzt. Er selbst war von seinem Vater mit dem Gürtel geschlagen worden und hatte dasselbe einige Male (wenn auch definitiv seltener als sein Vater) mit den eigenen Kindern gemacht. Meistens nahm er nur seinen Gürtel, legte ihn zur Schlaufe zusammen und ließ ihn schnalzen, als Warnsignal. Das hatte immer funktioniert – oft brachen die Kinder schon bei diesem Anblick in Tränen aus, ganz zu schweigen vom Knall. Aber das hier war offenbar anders. Das hier gehörte nicht in ein geregeltes Strafsystem (bück dich und ertrage, was kommt), sondern war eher ein Akt spontaner Gewalt gewesen. Er hatte gespürt, dass bei dem Schlag ins Gesicht seiner Tochter Energie als gezackte Linie aus seiner Hand entwichen war, als wäre ein Blitz herausgefahren. O ja, das hier war aus vielerlei Gründen anders, und der wichtigste war vielleicht, dass er es nicht im Vorfeld mit seiner Frau besprochen hatte.

»Was ist passiert?« Eine jüngere, dünnere, wenn auch nicht

dünne Edie kam aus ihrem Arbeitszimmer (immer bei der Arbeit, unermüdlich, unaufhörlich, sie liebte ihre Arbeit mehr als ihn, das war immer klar gewesen) in die Diele, wo Middlestein hilflos stehengeblieben war.

»Unsere Tochter …« Ja, das ist clever, Middlestein, so macht man das, stell gleich klar, dass ihr beide gemeinsam drinsteckt. »Hat beschlossen, beim Kantor den Mund aufzureißen.«

»Was genau hat sie gesagt?«

»Was hat sie nicht gesagt?«

»Muss ich sie selbst fragen, was sie gesagt hat? Wieso fällt es dir so schwer, die Frage zu beantworten? Wieso, Richard, fällt es dir immer so schwer, die gottverdammte Frage zu beantworten?« Robins Geheul erstarb in einem erstickten Laut, formierte sich neu und schwoll dann noch lauter als zuvor wieder an. Edie kam näher, bis er plötzlich mit dem Rücken an der Haustür stand. »Wieso verliert mein Kind da oben den Verstand?«

»Sie war absolut respektlos zum Kantor«, sagte er. Er richtete sich auf. Er war größer als Edie. Er war ihr Mann. Es stand ihm zu, Entscheidungen zu treffen.

»Was hast du gemacht?«, fragte sie.

»Ich habe sie geschlagen«, sagte er. »Eine Ohrfeige.«

Edie warf ihm einen finsteren Blick zu – manchmal lag in diesen Augen der Abgrund der Hölle – und ging dann auf ihn los, nun fuhr der Blitz aus ihren Händen, während sie ihn auf Schultern und Hals und Kopf schlug, so hoch sie reichen konnte. »Du schlägst mein Kind nicht«, sagte sie. Sobald Richard sich irgendwo schützte, zielte sie auf andere Stellen. »Es steht dir nicht zu, sie zu schlagen, verstehst du mich?« Ihre Schläge taten ihm weh. Spucke schimmerte auf ihren

Lippen. »Du lässt mein Kind in Ruhe.« Sie schlug ihn noch einmal, diesmal ins Gesicht. »Ich habe morgen eine Frist einzuhalten und heute Abend ein verängstigtes Kind. Irgendwie willst du anscheinend nicht, dass dieser Haushalt funktioniert, Richard.« Sie stieß ihn mit der Hand vor die Brust. »Du bist eine Witzfigur.«

Sie schüttelte den Kopf und eilte die Treppe hinauf zum Zimmer ihrer Tochter, wo das Geheul nach einer Minute abrupt verstummte.

Middlestein sah Emily an, wie sie sich ans Fenster drückte, diese dunklen, ängstlichen Augen. Sie wusste, sie hatte es versaut.

»Wenn ich dein Vater wäre, würde ich dir jetzt eine knallen, die du greifen kannst«, sagte er.

Emily sah ihn groß an, fing aber nicht an zu weinen.

»Aber der bin ich nicht. Ich bin dein Großvater. Also kann ich dir nur sagen, dass du dich heute ganz, ganz schrecklich aufgeführt hast. Du auch, Josh. Du warst zwar das kleinere von zwei Übeln, aber trotzdem schlimm genug.«

»Tut mir echt leid«, sagte Josh.

»Du kannst nichts dafür, dass wir nicht mitkommen wollten«, sagte Emily schließlich zerknirscht. »Ich war heute Abend auf einen Geburtstag eingeladen. Wir beide. Jemand aus der Schule.«

»Die waren im Laser-Park«, sagte Josh.

»Ich weiß nicht mal, was ein Laser-Park ist«, sagte Middlestein.

»Das ist ziemlich cool«, sagte Josh.

»Ich bin es leid, in die Synagoge zu gehen«, sagte Emily. »Dieses Jahr müssen wir dauernd ins jüdische Bildungszentrum.«

Middlestein seufzte tief. »Emily, es gibt so vieles, was wir in diesem unserem Leben nicht wollen. Du machst dir keine Vorstellung davon. Eines Tages wirst du die Zeit vermissen, in der es das Schlimmste an deinem Tag war, dich ein, zwei Stunden mit Gottes Wort zu befassen.«

»Unwahrscheinlich«, murmelte Emily, doch er hatte es gehört, die Hand rutschte ihm aus, sie warf den Kopf zurück und er traf nichts, nur die Luft, die Luft zwischen ihm und seiner Enkelin. Er ließ seine Hand ganz kurz dort und tätschelte dann ihre Schulter, als hätte er die ganze Zeit nichts anderes vorgehabt.

»Du wirst schon sehen«, sagte er. »Eines Tages wirst du schon sehen.«

Die Heimfahrt verlief still, beide Kinder ließen die Telefone klugerweise in den Taschen, sodass nur ihr Atem zu hören war, der Motor, ein ganz leise eingestellter Softrocksender. In der Einfahrt stiegen sie schon aus, als der Motor noch lief, und flitzten ins Haus. Wieso rannten diese Kinder ständig vor ihm davon? Wussten sie denn nicht, dass er sie von ganzem Herzen liebte?

Sein Sohn Benny kam mit fest verschränkten Armen nach draußen, doch Rachelle reckte nur kurz den Kopf aus der Tür, winkte zum Gruß und verschwand gleich wieder, wahrscheinlich, um die Kinder über den Abend auszufragen.

»Wie war's?«, fragte Benny.

»Der Rabbi hat heute Abend viel zu lange über Israel gesprochen«, sagte Middlestein. »Ich bin ja durchaus seiner Meinung, aber manchmal klingt er wie eine Schallplatte mit Sprung.«

»Alles okay mit den Kindern?«, fragte Benny.

»Alles bestens mit den Kindern«, sagte Richard. »Ich glaube, sie fanden es nicht so toll, aber sie sind nun mal Kinder. Sie treiben sich lieber mit ihren Freunden rum.«

»Es gab einen Riesenaufstand«, sagte Benny. »Da war so eine Party –«

»Ich weiß Bescheid«, sagte Middlestein. »Im Laser-Park. Was immer das ist.«

»Da spielen sie eben mit Lasern«, sagte Benny. Er ließ die Arme sinken. Middlestein hatte genug Informationen geliefert, die bewiesen, dass er sich mit den Kindern verstand. »Es gibt einen drüben in Wheeling. Schon eine ganze Weile.«

Middlestein zuckte mit den Schultern. »Warum nicht, wenn es sie glücklich macht, stimmt's?«

»Stimmt. Tja, sie konnten nicht mit, das hat sie nicht besonders glücklich gemacht.«

»Es sind gute Kinder«, sagte Middlestein.

Benny nickte, sah sich nach dem Haus um und legte seinem Vater dann den Arm um die Schulter. »Wollen wir ein bisschen nach hinten gehen?«, fragte er. Die beiden spazierten über den Rasen vor dem Haus durch die Dunkelheit zur hinteren Veranda, wo Benny prompt einen Joint hervorzog.

»Du rauchst das Zeug immer noch?«, fragte Middlestein.

»In Einzelfällen.« Benny sah zum Haus. »Heute ist doch ein Einzelfall.«

»Ich würde mal ziehen. Aber nur einmal, ich muss noch fahren.«

»Einmal reicht dir sowieso«, sagte Benny. Er steckte den Joint an, nahm ein paar Züge, dann noch ein paar – *In Einzelfällen, du liebe Scheiße*, dachte Middlestein –, und reichte ihn schließlich seinem Vater. Der entspannte sich sofort, die quälende Spannung in Herz und Rücken fiel augenblicklich von ihm ab.

»Nicht schlecht, das Zeug«, sagte Middlestein.

»Ist legal angebaut«, sagte Benny. »Angeblich kein Kater, aber morgens bin ich manchmal etwas langsam.« Benny setzte sich auf einen Terrassenstuhl und bot Middlestein mit einer Geste auch einen Platz an. Beide legten die Füße auf den Tisch. Als Benny ihm den Joint reichte, nahm er einen raschen, letzten Zug. »Mir reicht's«, sagte er.

»Gut, *no más*«, sagte Benny.

Niemand weinte oben, das fiel Middlestein auf. Rachelle lief an einem Fenster vorbei, dann ging ein Licht aus, dann noch eins.

»Also. Dad«, sagte Benny.

»Sohn«, sagte Middlestein.

»Ich wollte dir etwas mitteilen, was die B'nei-Mizwa betrifft«, sagte Benny.

»So offiziell«, sagte Middlestein, und er lachte. »Was ist los? Ich kann doch kommen, oder?«

»Natürlich«, sagte Benny. »Ich wollte dich nur im Voraus vor etwas warnen.« Er drückte den Joint aus, sah seinen Vater an und lächelte matt. »Mom hat einen Freund, und sie bringt ihn mit.«

»Wie zum Teufel kommt deine Mutter zu einem Freund?« *Wer will schon was von deiner Mutter*, dachte er in Wirklichkeit.

»Dad!«, sagte Benny. »Bitte sprich nicht so über meine Mutter.«

»Ich meinte nur, jetzt schon? Nur das habe ich gemeint. Ich meine, wir haben uns doch gerade erst getrennt.«

»Keine Ahnung. Sie hat mit Rachelle darüber gesprochen, und Robin hat ihn kennengelernt und meinte, er ist toll, und Emily mochte ihn auch sehr gern.«

»*Emily* hat ihn kennengelernt?«, fragte er.

»Ich habe nichts damit zu tun!«, sagte Benny. »Ich kann nicht ständig auf alle aufpassen.«

Middlestein schüttelte den Kopf. Leider musste er fahren, sonst hätte er auf der Stelle den ganzen Joint geraucht, und nicht einmal das hätte ausgereicht, um ihn zu beruhigen. Ein anderer Mann lag bei Edie. Das würde er erst glauben, wenn er es sah, und nicht einmal dann würde er es glauben.

»Ich wollte es dir vorher sagen, um Überraschungen zu vermeiden«, sagte Benny. »Ich bin immer nur auf der Seite der Kinder. Wir wollen, dass sie Spaß haben und sich von der Familie geliebt fühlen. Und wenn es dir damit besser geht und du eine Freundin mitbringen willst, dann kannst du das gerne tun.«

Beverly!

»Ich muss gehen«, sagte Middlestein, stand linkisch auf und warf dabei den Terrassenstuhl um.

»Willst du nicht bleiben? Rachelle hat Obst geschnitten.«

»Ich bin verabredet«, sagte er.

»Kannst du noch fahren?«, fragte Benny.

»Besser denn je«, sagte Middlestein.

Auf dem Fahrersitz seines Autos, nicht in dem alten, nicht in dem zukünftigen, einfach in dem Auto, das ihm zur gegebenen Zeit seines Lebens auf diesem Planeten Erde gehörte – Scheiße, irgendwie war er ziemlich bekifft –, rief er vom Handy aus Beverly an.

»Ich bin's«, sagte er.

»Ich weiß, wer da ist«, sagte sie. »Etwas spät für einen Anruf.« O Beverly, deren Stimme sich langsam in seinem Ohr ausbreitete, genüsslich, seidenweich, so wie sich seiner Vorstellung nach auch ihre Haut anfühlen musste.

»So spät ist es noch nicht. Kann ich vorbeikommen?«

Beverly lachte. »Tja, ich hätte nie damit gerechnet, in meinem Alter noch so einen Anruf zu kriegen.«

»Ich will nur reden«, sagte Middlestein.

»Wenn du reden willst, können wir uns irgendwo treffen«, sagte sie.

»Wo du willst!«, sagte Middlestein.

Als sie kurz schwieg, stellte er sich vor, dass süßer Atem aus ihrem Mund strömte wie eine rosa Girlande aus winzigen Blümchen. »Dann treffen wir uns unten im Pub«, sagte sie.

Durch diesen Vorort und den nächsten und den übernächsten – *Langsam, Middlestein, das Letzte, was du jetzt brauchst, ist ein Bulle, der dich anhält, versuch mal, das deiner Schwiegertochter zu erklären, du wirst die Kinder nie wiedersehen* –, für ihn sahen sie alle vollkommen gleich aus. Er gehörte in diese Gegend wie seine Geschäfte oder vielmehr sein Geschäft, das letzte, da die anderen beiden geschlossen waren (nicht, weil er gescheitert wäre, er hatte nur eben keinen Erfolg gehabt), doch dieses letzte, sein Vermächtnis, das letzte verbleibende, das hielt er für etwas Besonderes. War es denn nicht einzigartig und wichtig, einer der ersten jüdischen Geschäftsleute in diesem Vorort gewesen zu sein? Hatte er Nachbarn und Freunden denn keinen Dienst erwiesen? War das denn kein Erfolg? Hatte er denn keine Bewunderung verdient? Hatte er Beverlys Liebe denn nicht verdient?

Beverly, ich komme zu dir.

Der Parkplatz vor dem Pub war fast ganz voll; gerade fand der beste Fiddle-Abend im Großraum Chicago statt, wie auf einem Schild zu lesen stand. Er schlängelte sich über den Platz, Schritte im Kies, Staubwölkchen im Licht der Autoscheinwerfer. Die Fiddler fiddelten. Middlestein strich sein Jackett glatt und verwuschelte sein Haar, sein schönes, dichtes graues Haar. Richard Middlestein, Jude, unabhängiger Geschäftsmann, Vater, Großvater, ein Mann – wie er glaubte – unter Männern, betrat eine dreckige, proppenvolle Bar, in der er an einem Freitagabend gar nichts zu suchen hatte, und war im Begriff, die Frau seiner Träume für sich zu gewinnen.

Er schob sich zwischen lauter knietief in Guinness, verschüttetem Popcorn und leeren, zerknüllten Chipstüten watenden Betrunkenen mittleren Alters hindurch. Kein Mensch hörte den Fiddlern zu. Suchten die Leute hier alle nach Liebe, genau wie er? Wo war sie, wo war die Liebe? Was war sie? Das, was auf einmal im Dunkeln erschien?

Beverly, auf einem Barhocker an der Ecke der Bar, Pferdeschwanz und ein Hauch Make-up, dunkle Wimperntusche um diese bildhübschen Scheinwerfer herum. Offenbar hatte er angerufen, als sie sich gerade bettfertig machte. So sah sie also vor dem Schlafengehen aus. Ohne zu wissen, warum, verbeugte er sich formell vor ihr, und sie lachte ihn aus. Er küsste sie auf die Wange, setzte sich neben sie und nahm ihre Hand.

»Genug gewartet, Beverly«, sagte er.

»Du bist verheiratet, Richard«, sagte sie.

»Die Papiere werden gerade eingereicht«, sagte er. »Ich würde ja sagen, in genau diesem Moment, aber der Anwalt muss schließlich auch mal schlafen.« Das entsprach nicht ganz der Wahrheit, aber ungefähr.

»Das meine ich gar nicht«, sagte sie. »Du redest nur von nichts anderem als von ihr. Ich habe mir stundenlang angehört, wie du über deine Frau, deine Familie, deine Enkel geredet hast.«

»Aber wir reden doch über so vieles, Beverly! Das gefällt mir an unserer Beziehung. So viele Themen.«

»Das habe ich alles schon mal erlebt. Ich dringe einfach nicht zu dir vor.«

»Und wie du zu mir vordringst. Du machst dir gar keinen Begriff davon«, sagte Richard.

Sie schüttelte den Kopf, dass der reizende rote Pferdeschwanz wippte, und Richard verlor sich kurz in dessen Schwung.

»Es ist mir ernst mit meinen Vorstellungen von einem Lebenspartner. Ich bin an diesem Tag in deine Apotheke gekommen, weil ich von meiner Maniküre gehört hatte, dass es da einen guten, alleinstehenden Mann gibt.«

»Du wusstest, wer ich bin, bevor du reinkamst?«

»Ich bin achtundfünfzig Jahre alt«, sagte Beverly. »Ich habe keine Zeit zu verlieren.«

»Das finde ich irgendwie schmeichelhaft.«

»Bilde dir bloß nichts ein. Ich habe mich offenbar getäuscht. Du bist so vernagelt, dass du gar keinen Ausweg mehr siehst.«

Er hielt nach wie vor ihre Hand, und sie ließ es nach wie vor zu.

»Ich mag dich«, sagte sie etwas weicher. »Das kannst du mir glauben.«

Die Fiddler kündigten eine Pause an. Sie ließen den Hut herumgehen, und die Betrunkenen fingen an, in ihren Taschen zu wühlen.

»Wir sind doch jetzt schon gute Gefährten«, sagte Richard. »Es wäre ganz leicht, einen Schritt weiter zu gehen. Wenn du mich an dich ranlassen würdest.« Er beugte sich zu ihr hin, ganz nah und voller Verlangen. »Ich versuche doch nur, über den Tellerrand zu blicken. Beverly.« Er küsste sie auf den

Mund, auf unwiderstehliche, weiche Lippen, die Lippen einer jungen Frau – genau so hatte er sich den Mund einer jungen Frau vorgestellt. Er dachte an den Balsam, der am Tag ihrer ersten Begegnung unten in ihrer Handtasche gelegen hatte und ihren Mund ewig weich machen würde. »Beverly, Beverly, Beverly.« Er küsste sie jedes Mal, wenn er ihren Namen aussprach, bis sie seinen Kuss erwiderte und das Zucken in seinen Lenden so heftig wurde, dass er fürchtete, vor ihr in Ohnmacht zu fallen. »Ich bin ein guter Mann«, sagte er. Sie küssten sich noch eine Weile, bis er hörte, dass ihr Atem irgendwie komisch klang, so fremd und vertraut zugleich. »Ich verspreche es dir.« Die Absicht war da. Die Absicht war echt.

Middlestein und Beverly, die gar nicht mehr aufhörten, einander zu küssen, bis jemand in der Bar brüllte: »Nehmt euch ein Zimmer.« Middlestein und Beverly, die in getrennten Autos gut fünfzehn Meilen schneller als erlaubt zu Beverly in den nächsten Vorort fuhren. Middlestein und Beverly, die auf Beverlys prallem Sofa Hüften und Oberkörper aneinanderpressten. Middlestein und Beverly, die sich schließlich nach oben begaben, wo sie drückten und zerrten und keuchten und schnauften und sich dann zum Schlafen so vollkommen und fest umschlangen, dass kaum vorstellbar war, wie sie je getrennt voneinander geschlafen hatten. Middlestein und Beverly, zwei einsame Menschen, die Erfolge gehabt hatten und auch gescheitert waren, eine Witwe und ein Ehemann, versunken in etwas, das wie Liebe aussah.

Sitzordnung

Die B'nei-Mizwa-Feier der Middlesteins, soll das ein Scherz sein? Die hätten wir unter gar keinen Umständen verpasst. Das waren praktisch unsere ältesten Freunde auf der Welt, oder zumindest die ältesten aus der Synagoge. Wir standen alle miteinander in Verbindung, die stolzen Großeltern Edie und Richard und wir, die Cohns, die Grodsteins, die Weinmans und die Frankens. Wir waren alle zu den Bar-Mizwa-Feiern und Hochzeiten sämtlicher Kinder gegangen, wir hatten Geburtstage zusammen gefeiert, Hochzeitstage auch, manchmal Pessach und ab und zu Thanksgiving, und das Fasten hatten wir jedes Jahr zuverlässig gemeinsam gebrochen. Wenn also nun die erste B'nei-Mizwa der dritten Generation anstand, war es dann eine Frage, ob wir dabei sein würden? Wenn wir dann noch lebten! In diesem Leben ist schließlich nichts sicher.

Die Damen unter uns kauften sich neue Kleider bei Nordy's im Old Orchard, ließen sich mani- und pediküren, bei den Polinnen in dem neuen Nagelstudio, wo vorher der Blockbuster war, und die Haare von Lonnie föhnen, zu dem wir schon seit Jahren gingen und den wir schwer vermissen werden, wenn er irgendwann in Rente ist. Die Männer ließen ihre Anzüge reinigen und vergaben ihre Startzeitreservierungen an ein paar Neue im Club, denen noch nicht klar war, dass man sich dafür Monate im Voraus anmelden musste. Wir alle hielten in der Woche davor ein bisschen Diät, um auf der Party essen zu können, so viel wir wollten. Manche von uns nahmen ihre Entwässerungstabletten sogar an Tagen ein, an denen es gar nicht nötig war.

Wir alle saßen den ganzen Tag und den ganzen Abend zusammen, zuerst in der Schul, wo wir unsere Plätze in der vierten Reihe einnahmen, weil die erste den Middlesteins vorbehalten war: Edie mit ihrem Begleiter, dem Chinesen, dessen Namen wir nicht kannten, und die stolzen Eltern Benny und Rachelle mit den Zwillingen auf der einen Seite. Und auf der anderen die stolze Tante Robin mit ihrem Freund, diesem charmanten Schlub Daniel, Richard mit seiner neuen Freundin (ebenfalls unbekannt, uns stellte man ja niemanden vor), die noch über drei Reihen hinweg britisch klang, was eigentlich nicht sein konnte (aber stimmte, wie wir später erfuhren), Rachelles Eltern, kerzengerade und seelenruhig, und daneben eine Handvoll freier Plätze, als wollte sich niemand in die Nähe dieses Verkehrsstaus begeben. In den nächsten beiden Reihen saßen lauter Leute, die wir nicht kannten, das waren aber hauptsächlich Kinder, und Auswärtige, wie wir annahmen, auch Carly entdeckten wir dort – nicht zu übersehen! So glamourös, noch mit sechzig! – sowie Freunde von Benny und Rachelle. Wir hätten uns sicher durch die Auswärtigen kämpfen und weiter nach vorn setzen können, aber wir haben in unserem Leben oft genug in der ersten Reihe gesessen. Manchmal hält man sich besser im Hintergrund und beobachtet. Beobachten, zuhören und lernen, das sagen wir immer.

Die kleine Emily und Josh sangen sehr schön ihre Haftara, obwohl Joshs Stimme zum verhohlenen Gelächter der Anwesenden während eines hohen Tons brach und die mürrische, brünette, bereits vollbusige Schönheit Emily nicht das kleinste Lächeln zeigte, was wohl weniger daran lag, dass sie ganz in der Erhabenheit des Moments aufging, wie wir gern angenommen hätten, als vielmehr daran, dass sie in Sachen Heftigkeit nach ihrer Großmutter Edie kam. (Wir alle hatten Edie irgendwann einmal gefürchtet. Diese Frau wusste sich durchzusetzen.) Emily schmetterte ihren Teil heraus, als würde sie Ausrufezeichen setzen, wo keine hingehörten. Niemand wusste, was sie da sang, aber alle bekamen die Botschaft mit: Welches Ziel sie auch ins Auge fassen würde – sie hatte die erklärte Absicht, es alsbald zu erreichen. Viel Glück mit diesem Kind, dachten wir alle. Sie würde einen sicher ordentlich auf Trab halten.

Dann fuhren wir gemeinsam mit mehreren Autos von der Schul zur Party im (na ja, mehr oder weniger) neuen Hilton. Es stand seit zwei Jahren und wir waren auf dem Weg ins Fitnesscenter hundertmal daran vorbeigefahren, aber nie hineingegangen, warum auch? Wir haben schließlich ein Zuhause, warum also woanders schlafen? Entsprechend aufgeregt waren wir, als die Einladung kam. Hui, sagten wir. Im Hilton. Wir hatten nur Gutes gehört. Viele Bar-Mizwa-Feiern und Hochzeiten hatten dort stattgefunden, zu denen man uns allerdings nicht eingeladen hatte, denn wir waren inzwischen in einem Alter, wo wir fast schon in Vergessenheit gerieten, wenn auch nicht so alt, dass man uns für die Leistung gewürdigt hätte, nach so vielen Jahren noch am Leben zu sein.

Natürlich hatte man uns beim Empfang zusammen platziert, uns acht. Wir warfen kaum einen Blick auf unsere Platzkarten, die wir am Eingang zum Ballsaal von einem mit Tanzschuhen dekorierten Tisch genommen hatten: schwarzglänzende Steppschuhe, Ballettschuhe aus rosa Satin, leuchtend rote hochhackige Flamencoschuhe und ein Paar abgewetzte Capezio-Schläppchen. Den Tisch flankierten zwei lebensgroße, auf Pappe aufgezogene Fotos von Emily und Josh in Tanzkleidung, und auf einem Schild in der Mitte stand: WE *KNOW* WE CAN DANCE. Reizend, sagten wir. Ist das nicht entzückend? Manche von uns kannten die Fernsehsendung, auf die sich das bezog, und sahen sie zweimal die Woche vor dem Schlafengehen – manche wussten mit ihrer Zeit aber auch Besseres anzufangen, als herumzusitzen und sich das Hirn mit diesem Müll verkleistern zu lassen, zumal man schließlich auch ein Buch lesen konnte. Höflich und gelassen – man brachte Ehepartner mit einem Händedruck zum Schweigen – waren wir uns einig, dass wir das anders sahen.

Der Festsaal war atemberaubend, mit riesiger Fensterfront zu einem gepflegten Rosengarten hin, den ein Spalier begrenzte, damit man den Highway in der Ferne nicht so sah, und einem Atrium voller funkelnder Lichterketten. Jeder Tisch hatte ein anderes Tanzmotto und war entsprechend dekoriert. Hip-Hop! Broadway! Bollywood, Salsa und Krump. (Was es mit Krumping auf sich hatte, verstanden wir nicht so recht.) Wir saßen an Tisch 8 – dem Walzertisch. Hier waren ihnen anscheinend die Ideen ausgegangen, denn auf dem Tisch standen nur zwei Paar hochhackige Schuhe und eine Schachtel Kekse aus Wien. Einer der Ehemänner nahm zuerst Platz, machte die Keksschachtel auf und hielt sie uns anderen hin, aber wir lehnten alle ab. *Nicht vor dem Essen*, erklärten wir.

Dann schwiegen wir alle für einen Moment. Der Tisch war mit glitzernden Sternen und Teelichten geschmückt. Irgendetwas störte, obwohl der Saal so romantisch wirkte. Wir dachten alle dasselbe: Es wäre wirklich rundum perfekt, wenn da nicht zwei Paar Schuhe vor uns stünden. Schuhe waren so unappetitlich. Ob es jemand merken würde, wenn wir die Schuhe wegstellten? Zwei der Ehefrauen tauschten Blicke, und dann waren die Schuhe auf einmal verschwunden, ab damit unter den Tisch. Es spricht schließlich nichts dagegen, wenn man es sich ein bisschen netter machen will.

Überall im Saal nahmen die anderen Gäste ihre Plätze ein, und wieder fiel uns die neue Situation bei den Middlesteins auf – die traditionelle Lösung mit einem Haupttisch für die Familie war leider kapores, denn die Kinder saßen bei ihren Schulfreunden und Rachelle und Benny bei Rachelles Eltern und Edie, deren Begleiter inzwischen verschwunden war, während Robin an einem anderen Tisch niedergeschlagen neben ihrem Vater saß und ihr Freund munter mit dieser Britin plauderte, die etwas benommen wirkte, vielleicht sogar ein bisschen zornig, obwohl sie Richard nach wie vor ganz fest an der Hand hielt. Wir hätten nirgendwo anders sitzen wollen, aber es wäre auch ganz schön gewesen, als Fliege zwischen Edie und Richard hin und her zu schweben.

Wir überlegten, ob wir zur Begrüßung hinübergehen sollten, aber an welchen Tisch? Wir hatten uns bei dieser Trennung nie offiziell auf eine Seite geschlagen. Wir sahen Richard nach wie vor im Fitnesscenter und grüßten ihn, wir sprachen nach wie vor mit Edie, die sich nicht unberechenbarer verhielt als sonst und uns mit Zuneigung und Aufmerksamkeit bedachte oder es bleiben ließ – wir liebten sie, wenn wir sie sahen, hatten aber jahrelang nicht darauf zählen können, dass sie gefühlsmäßig irgendwie bei uns war. Obwohl wir in unserem Leben reichlich Scheidungen miterlebt hatten, unsere Kinder, unsere Geschwister, andere Leute in unserem Alter, glaubten wir doch daran, dass man ab einem bestimmten Alter fürs Leben zusammenblieb. Als Richard

Edie verließ, nachdem sie erkrankt war, *obwohl* sie erkrankt war, gab es so viele Interpretationsmöglichkeiten, dass wir uns dazu nicht verhalten konnten. Alle waren sich einig, dass es schwer war, eine Frau wie Edie zu lieben, obwohl sie Liebe verdiente. Wollte Richard damit nun sagen, dass diese unausgesprochenen Regeln für ihn nicht galten? Erkühnte er sich als Einzelner, ein letztes Mal nach dem Glück zu greifen? Oder war er ein Feigling, den es überforderte, um das Leben seiner Frau zu kämpfen? War er vielleicht einfach seelenlos?

Kannten wir diese beiden Menschen überhaupt?

Gern teilen wir mit, dass uns das Essen nicht enttäuschte. Der Lachs – natürlich wählten wir alle Lachs statt Huhn, denn (a) wussten wir schon, dass das Huhn in Sahnesoße schwimmen würde, genau so war es dann auch, und (b) kann man doch heute gar nicht genug Omega-3 zu sich nehmen – war köstlich. Und der Sauvignon Blanc war so balsamisch, dass man ihn geradezu überragend nennen konnte, die Frauen tranken alle drei Gläser davon, in die sie anfangs noch mit dem Löffel Eiswürfel aus ihren Wassergläsern gaben, während die Männer mit Ausnahme der beiden designierten Fahrer Heineken tranken und sich den ganzen Abend unablässig nachschenkten.

Zumindest einige Middlesteins feierten mit uns: Robin zum Beispiel ließ irgendwann den Kopf sanft an die Schulter ihres Freundes sinken und bekam kaum noch die Augen auf. Außerdem waren wir relativ sicher, ein Brötchen gesehen zu haben, das von Edies Tisch auf Richard zuflog, aber von seinem Stuhl abprallte. Richards Freundin, die, wie wir festgestellt hatten, ein süßes Figürchen besaß, mindestens, allermindestens fünf Jahre jünger war als er, angeblich in der

Toilette jemandem einen Streifen Kaugummi angeboten hatte, definitiv Britin oder zumindest irgendwann in ihrem Leben Britin gewesen war *und* die wir gar nicht kennenlernten, weil wir offenbar *unwichtig* waren, die jedenfalls machte nach diesem Vorfall einen eher undramatischen Abgang mit kaum mehr als einem flüchtigen Kuss auf seine Wange. Wir beobachteten, wie Edie das beobachtete, und beobachteten Edie beim Lächeln. Als sie dann sah, dass wir sie beobachteten, hievte sie sich mit Hilfe ihres Sohns aus ihrem Stuhl und kam auf uns zu, langsam, aber überraschend beweglich, gemessen an ihrem Gewicht und natürlich an diesen Operationen.

Wir mussten zugeben, dass sie fabelhaft aussah, unsere Edie Middlestein, obwohl sie bei so schlechter Gesundheit war. Ihre Haut war bläulichgrau verfärbt und seit unserem letzten Zusammentreffen hatte sie noch einmal zehn Kilo zulegt – ob sie inzwischen hundertvierzig wog? Hundertfünfzig? Wir konnten es nicht mehr sagen –, aber ihr schimmerndes, tiefschwarz gefärbtes Haar lockte sich prachtvoll, sie war in einen mit glänzenden Goldfäden durchzogenen, leuchtend pflaumenlila Kaftan gehüllt und mit unglaublich viel Goldschmuck behängt, darunter als Kernstück eine lange, betresste Halskette mit zahllosen Anhängern, die auf ihrer Brust tanzten, während sie auf uns zukam und sich schließlich lässig über uns beugte. Wir konnten nur annehmen, dass sie von höheren spirituellen Mächten (oder dunklen dämonischen Kräften) durchdrungen war, die dafür sorgten, dass sie den Abend überstand.

»Meine lieben Freunde«, sagte sie.

Unsere Beste!, schrien wir. Wir boten ihr unsere Stühle an, aber sie lehnte ab und hielt sich stattdessen an Bobby Grodsteins Lehne fest.

»Tut mir leid, dass ich es nicht eher zu euch geschafft habe. Es ist einfach so viel Aufregung heute Abend.«

Du siehst großartig aus. Was macht die Gesundheit?

»Reden wir nicht von mir. Ist das zu fassen mit diesen Kindern?«

Da kann man doch stolz sein!

»Ja, allerdings.«

Aber im Ernst, Edie, wie fühlst du dich?

»Munter und fidel«, sagte sie und breitete die Arme weit aus, wankte dann aber ein bisschen, worauf Al Weinman, der ja noch so fit ist, aufsprang und sie stützte. »Alles bestens«, sagte sie. »Zu viel Aufregung.«

Wir sagten: Setz dich doch, Edie! Aber eigentlich dachten wir: *Eine Schande, dass ihr Mann nicht da ist und sie auffängt.*

Als sie sich endlich setzte, konnten wir alle sämtliche Körperteile, die angespannt gewesen waren, entspannen. »Die Kinder tanzen uns gleich was vor«, sagte sie. Sie spreizte die Finger und schüttelte die ausgestreckten Hände. »Eine kleine Show für die Gäste. Hey, habt ihr das Motto kapiert?«

Ja, wir sitzen am Walzertisch. Das ist ein uralter Tanz für uralte Leute.

Das fand Edie zum Schreien, und sie lachte so laut, dass die Leute sich umdrehten und starrten, aber wir liebten dieses Lachen, wir liebten sie so sehr, wie wir sie manchmal fürchteten. Sie empfand einfach so tief, in vielerlei Hinsicht, und wenn sie bei uns und gerade aufgeschlossen gewesen war, hatte sie uns immer mit ihrem Feuer verblüfft. Sie hatte uns zu Arztterminen gefahren und reizende Briefchen zur Hochzeit unserer Kinder geschrieben und Platten vom Deli vorbeigebracht, wenn wir Schiv'a für unsere Eltern saßen. Sie hatte uns überredet, zum ersten Mal Sushi zu probieren, und dazu, Geld für Planned Parenthood zu spenden, obwohl es Abtreibungen bei uns natürlich nie gegeben hatte. Wenn sie sich für etwas einsetzte, konnte sie alles erreichen. Wenn sie traurig war, wie es in letzter Zeit öfter vorkam, konnte sie nur noch essen.

Wir haben die Schuhe unter dem Tisch versteckt, flüsterten wir ihr zu. Wer will schon beim Essen Schuhe sehen?

Edie lachte noch lauter. »Bin ich froh, dass ihr da seid«, sagte sie. »Meine Freunde.«

Dieses breite Lächeln, das charmante Gegacker. Kaum zu glauben, dass sie seit Jahren dabei war, sich umzubringen.

Die Beleuchtung blinkte mehrmals auf, alle Gespräche im Raum wurden kurz lauter, dann machte es hier und da Pst, und schließlich wurde es still. Edie erhob sich, warf uns allen Kusshändchen zu und ging gebückt zu ihrem Platz zurück. In der Ecke neben der DJ-Kabine sahen wir einen Ständer mit vierzehn Kerzen, die darauf warteten, angezündet zu werden, aber das war noch nicht dran, so wenig wie das Dessert oder dass wir die Mäntel holten und uns auf den Nachhauseweg machten, obwohl wir den Wein spürten und das Heineken auch. Es blieb uns nichts anderes übrig, als sitzen zu bleiben und darauf zu warten, dass Emily und Josh Middlestein um ihr Leben tanzten.

Die Beleuchtung erlosch komplett, dann hörte man ein Keyboard, *bomp-bomp-bomp*, plötzlich fiel ein Spot auf die Tanzfläche – Gott, wo kam nur dieser Spot her? In diesem Hilton gab es wirklich alles! –, und Josh und Emily traten auf, beide in kleinen Kapuzensweatshirts, sackartigen Jeans und hochgeschnürten Schuhen. Dann kam der Text von so einem Song, den wir ständig überall hörten, jedenfalls die von uns, die ohnehin fernsahen und noch gesund und munter waren und jung bleiben wollten. *I gotta feeling that tonight's gonna be a good night.* Und dann tanzten Josh und Emily! Sie pumpten mit den Armen und marschierten mit hoch gezogenen Knien, dann kreuzten sie die Beine, dann pumpten sie mit dem Becken, alles immer beinahe synchron, und dann hielten sie sich an den Händen und machten einen Sprung, bei dem die Knie nur so flogen, und alles applaudierte, am lautesten Edie, die regelrecht johlte. Und als der Sänger dann »Massel tov« sang – gefolgt von einem sonderbaren, elektronisch erzeugten *»LeChaim!«* –, brüllten das alle auch, während Emily und Josh plötzlich durch den ganzen Saal rannten und hüpften und mit den Armen wedelten, weil die Gäste mittanzen sollten, und alle standen auf, junge wie alte Leute, und klatschten mit Josh und Emily an ihrem Ehrentag. Es lag sicher weniger an dem Song als vielmehr an der Energie und Begeisterung dieser Kinder, dass sich alle im Saal zur Musik bewegten, aber er war schon ziemlich eingängig, das mussten wir sagen.

Dann senkten sich gleichzeitig drei Videoleinwände von der Decke herab – nahm das Staunen im Hilton denn gar kein Ende? –, auf denen der Vorspann zu *So You Think You Can Dance* lief, nur dass der Titel durch die Wunder der Technik nun lautete: *So You Think You Can Hora*. Darüber mussten alle ordentlich lachen, doch auf das Lachen folgten Oohs und Aahs, als eine Collage aus Babybildern von Emily und Josh begann, die beiden im Brutkasten, noch ganz winzig, und dann ein Foto von Rachelle und Benny in jungen Jahren (wir alle hatten vergessen, dass es gewissermaßen eine Muss-Ehe gewesen war), gerade mal einundzwanzig und schon Eltern geworden. Man sah eine ausgelassene Tante Robin, die Emily hielt und das Glas auf sie hob, auf dieses Baby, das ihr inzwischen ziemlich ähnlich war, zumindest, was den Charakter betraf. Dann flimmerten zwei stolze Großelternpaare über die Leinwand, und die Gäste wurden kurz still, als ein Bild von Edie und Richard mit den kleinen Zwillingen erschien. Edie war damals schon schwer gewesen, aber locker fünfzig Kilo leichter als im Moment. Ihr Gesicht sah ganz anders aus: Mit der Person auf dem Bild konnte man etwas anfangen, es gab eine Kieferpartie, ein Lächeln, etwas Klares in den Augen. Es hing kein Fleisch von Wangen und Kinn herab, so wie jetzt. Sie war scharf gestellt, und wir konnten sie sehen, wir konnten sehen, wer sie war – oder zumindest für wen wir sie hielten. Was war mit dieser Edie passiert? Und was war mit Edie und Richard passiert, unseren Freunden, unserem fünften Paar? Wir brachten es nicht fertig, sie anzusehen, sie, die ganz in unserer Nähe saß. Wir wollten uns nicht einmal vorstellen, dass unsere Ehepartner jemals so werden könnten wie Edie, die aufgehört hatte, auf sich zu achten, oder Richard, der aufgehört hatte, auf Edie zu achten. Plötzlich war es eiskalt im Saal, eine abscheuliche Mischung aus Leid und Sterblichkeit hing darin.

Wir winkten den Kellner heran. Wir bestellten sofort eine weitere Runde. Die Lage im Saal beruhigte sich, und man beglückte uns mit Emily und Josh in der Badewanne, Emily und Josh an ihrem ersten Schultag, Emily als Ballerina, Josh in Tenniskluft, dreizehn Jahre Halloweenkostüme, dreizehn Jahre Grimassen, Zahnspangen, Eisbecher, Sommerferien, Windpocken, Schulaufführungen, die pummelige Phase, die dürre Phase, kurze Haare und lange, wachsen, wachsen, gewachsen; dreizehn Jahre, und es sollten noch so viele kommen. Oj, jedes Mal ein anderes Ponim. Als die Collage zu

Ende war, applaudierten wir heftig und tupften uns die Augenwinkel mit den Zipfeln unserer Servietten ab. Die beiden waren zwar nicht unsere Enkelkinder, aber doch fast.

Als zwischen Videovorführung und der Zeremonie des Kerzenanzündens eine Pause entstand, nutzten wir die Gelegenheit und tranken. Wir ließen das Eis weg, wir tranken direkt aus der Flasche. Wir sahen auf die Uhr und wir dachten daran, was wir am nächsten Tag zu erledigen hatten, an den Spaziergang in der Sonne, die Anrufe bei unseren Kindern, die teils in anderen Staaten lebten, mit den Enkelkindern, die wir furchtbar vermissten. Wir waren erst zwei Stunden da, aber es kam uns allmählich spät vor.

In unserem träumerischen Zustand waren wir gar nicht darauf vorbereitet, dass Carly an unseren Tisch kam, jene berühmte Carly, die inzwischen im Weißen Haus arbeitete und mit Michelle Obama befreundet war. (Es gab im ganzen Saal keinen, der nicht von dieser Beziehung wusste, denn Monate vor der Wahl war ein Bild auf der Titelseite der *Tribune* gewesen, die zwei beim Lunch, wie sie die Gläser klingen ließen und sich dabei wissend angrinsten – wir alle hatten eines Sonntagmorgens daraufgestarrt und uns gefragt, was Carly so richtig gemacht hatte und wir so falsch.) Ihre strahlende Haut war ganz glatt (zu glatt? Jedenfalls glatter als unsere Gesichter), die Föhnfrisur makellos, goldglänzend und gepflegt, und selbstverständlich übertrumpfte ihr Schmuck jeden anderen, den wir an diesem Abend entdeckt hatten. Wir konnten Carly kaum ansehen. Wir konnten sie aber auch nicht ignorieren. Sie schwebte herbei, verharrte und wartete darauf, dass man ihr einen Platz anbot, wie sie es ihr Leben lang gewohnt gewesen war.

»Meine Damen«, sagte sie. »Und Herren.«

Carly.

»Wir müssen reden.«

Müssen wir?

»Machen wir uns keine Sorgen um Edie? Ihr seht sie doch die ganze Zeit. Könnt ihr mich bitte aufklären, *was hier eigentlich vorgeht.*«

Wo?

»Mit ihrer Gesundheit! Mit ihrem Gewicht! Ihr seid ihre engsten Freunde. Wie konnte es so weit kommen? Und noch wichtiger, was machen wir dagegen?«

Wie sollten wir Carly die Wahrheit sagen? Dass es uns entsetzte, Edie essen zu sehen, und wir deswegen aufgehört hatten, mit ihr zu speisen? Dass man gegen ihren Ingrimm und ihren Willen unmöglich ankam. Und dass wir selbst zu kämpfen hatten, es gab Fälle von Krebs, einen Schrittmacher, ganz zu schweigen vom üblichen Kleinkram: hoher Cholesterinspiegel, hoher Blutdruck, zu niedriger Blutdruck, Eisenmangel, Kalziummangel, Bandscheibenvorfall, schlimme Knie, Gallensteine, Hormonersatztherapie und so weiter und so fort. Wir konnten für Edie nichts tun, was wir nicht schon für uns selbst tun mussten.

Sprich doch mal mit ihrem Ehemann, waren wir im Begriff zu sagen, konnten uns aber gerade noch beherrschen. Sprich mit Rachelle, sagten wir stattdessen. Sprich mit Benny. Wir sind für Edie nicht zuständig.

Wir tranken unseren Wein aus. Für wen hielt sich Carly überhaupt? Wir sahen ein letztes Mal zu ihr auf, zu ihrem funkelnden Zorn.

Tja, sagten wir. Schon schrecklich, nicht?

Die Kerzen wurden angezündet, allerhand Familienmitglieder und Freunde latschten nach vorn, doch wir achteten nicht mehr darauf. Es gab Dessert: Windbeutel und Eclairs auf einem Tablett. In der Ferne erschien ein Schokoladenbrunnen. Wir wussten genau, dass wir keinen Bissen mehr herunterbringen würden, aber es wäre unhöflich gewesen, die Produkte des schwer arbeitenden Hilton-Konditors zu verschmähen. Und so ein Schokoladenbrunnen war ja nicht billig. Wir aßen und aßen und schauten niemanden an, nur uns gegenseitig, bis wir fertig waren.

Rachelle, die entzückend aussah in dem roten Seidenkleid mit Herzausschnitt und zahllosen Diamanten, die sie sich ums Handgelenk geschlungen und um den Hals gehängt und als große, strahlende Stecker durch die Ohrläppchen gebohrt hatte – *Netter Versuch*, dachten wir, *aber hast du Carly gesehen?* –, kam mit strahlendem Lächeln an unseren Tisch. Gegen Rachelle war absolut nichts zu sagen; sie war genau der Typ, den man sich für seinen Sohn als Ehefrau wünschte, gesprächig, attraktiv, so schlank, und gut beisammen. Massel tov, sagten wir. *Massel, massel.*

»Es war ein wunderbarer Tag«, sagte sie. »Haben die Kinder das nicht toll gemacht?«

Sie waren fantastisch. Aber wie geht es *dir*?

Rachelle knickte sofort ein und beugte sich dicht zu uns herab. »Es war alles ein bisschen hektisch, das könnt ihr sicher verstehen. Ein paar Änderungen an den Tischen in letzter Minute. Ich war bis Mitternacht auf und habe die Platzkarten neu gemacht.«

Alles kann sich ganz plötzlich ändern. Im Nu.

»Ich habe mein Bestes getan mit den Plätzen. Euch ist das doch recht hier, oder?«

So ein schöner Tisch, und eine schöne Party. Wir fühlen uns so geehrt, dass wir dabei sein dürfen.

Sie betrachtete eingehend den Tisch und überschlug irgendetwas im Kopf.

»Eigentlich müssten hier auf dem Tisch Schuhe stehen. Standen Schuhe auf dem Tisch, als ihr euch hingesetzt habt?«

Wir lächelten sie unverwandt an. Wir tranken unsere Gläser aus. Wir brachten es nicht über uns, ihr zu antworten.

»Da standen keine Schuhe?«

Es wird spät, sagten wir. Die Männer halfen den Frauen auf.

»Gleich wird getanzt«, sagte Rachelle. »Bleibt noch für einen Tanz.«

Wir blieben für einen Tanz. Wir tanzten im Boxstep. Wir drehten uns. Wir waren verschwitzt und betrunken und wir mussten ins Bett. Wir klatschten am Ende des Songs, gingen dann aber dreist und, wie wir annahmen, unhöflich einfach zur Tür hinaus. Denn wenn wir uns nicht verabschiedeten, würde niemand merken, dass wir fort waren. Niemand würde fragen: *Wo sind denn die Cohns und die Grodsteins und die Weinmans und die Frankens hin?* Und wenn doch, dann würde die Antwort ganz einfach lauten: *Ich glaube, die sind nach Hause gegangen.*

Wir standen vor dem Hilton und warteten, dass der Parkservice unsere Autos brachte. Wir hielten Händchen mit der jeweiligen besseren Hälfte. Wir starrten geradeaus und ignorierten Edie und Richard, die sich von der Party geschlichen hatten, ganz in der Nähe standen und einander anschrien. Wir hörten nicht darauf, was sie sagten. Wir hörten nicht, dass Edie zu ihm sagte: »Es wird dir niemals gelingen, dich bei mir zu entschuldigen. Diese Freude kriegst du im Leben nicht. Diese Belohnung kriegst du nicht. Kein Freispruch in irgendeinem verdammten Punkt.« Und wenn wir doch hörten, dass sie das sagte, sollten wir uns beim nächsten Zusammentreffen nicht mehr daran erinnern.

Im Auto schwiegen wir, abgesehen von kleinen Rülpsern und Seufzern und Tränen. Wir dachten an unser gemeinsames Leben, wie wir gemeinsam aufgestiegen und gesunken und wieder aufgestiegen waren, und als wir nach Hause kamen, nahmen wir unsere Partner in die Arme, und wir liebten uns. Und das war ein Trost, wir froren nicht, wir waren nicht allein, wir hatten jemanden, an dem wir uns in der Nacht festhalten konnten, unsere Körper waren noch warm, wir waren nicht *sie*, und wir waren noch nicht tot.

Am Boden

Kenneth dachte mit schwerem Herzen an diesen Tag. Er hatte seine Freundin Edie nicht gern auf dem Familienfest alleingelassen, schon gar nicht mit ihrem ihr entfremdeten Ehemann Richard, über den er nichts Gutes gehört hatte. Aber Kenneth führte ein Restaurant, und in der Küche konnte ihn niemand ersetzen. Am Samstagabend lief es immer am besten, dicht gefolgt vom Sonntag, denn viele Leute waren dann faul und antriebslos und wollten sich bekochen lassen. Er hatte Rechnungen zu bezahlen. Er war seit Monaten im Rückstand. Es blieb ihm nichts anderes übrig, als sich an die Arbeit zu machen.

Doch zunächst hatte er Edie in seinem zwanzig Jahre alten Lincoln Continental von der Synagoge zum Hilton gefahren und in einen mit Bildern ihrer Enkel geschmückten Ballsaal geführt, der Zwillinge Emily und Josh, die an diesem Tag ihre B'nei-Mizwa feierten, bis an ihren mit Ballettschuhen geschmückten Tisch, was auf eine beliebte Reality Show anspielte, in der es um einen Tanzwettbewerb ging und die er noch nie gesehen hatte, weil er seit 1989 keinen Fernseher mehr besaß. Ganz kurz war ihm, als würde er sie in eine psychiatrische Klinik bringen. Als er sie zum Abschied einmal auf die Wange und einmal auf den Mund küsste, bekam ihr Sohn Benny, der neben ihr saß, einen demonstrativ geräuschvollen Hustenanfall. Kenneth drückte Edies Hand ganz fest und küsste sie dann. Edie trug ein schönes pflaumenfarbenes Kleid mit Glitzereffekten. Sie duftete wunderbar. Sie hatte

Übergewicht und ihre Brüste waren umwerfend. In der Nacht zuvor hatte er Hände und Gesicht und Zunge in sie vergraben und eine Wiedergeburt in Lust erlebt. *Huste nur, Junge. Ich kann sie den ganzen Tag küssen.*

Doch auch daran dachte er mit schwerem Herzen. Er wollte, dass Edies Sohn ihn mochte. Ihm war klar, dass sich an Edies Zuneigung nichts ändern würde, falls das nicht gelang, aber Kenneth lag viel an seiner eigenen Familie, da konnte es bei der Frau, die ihm so lieb war, doch nicht anders sein?

Und noch etwas machte ihm das Herz schwer: Dass er nicht zu Richard Middlestein gegangen war, um ihm ins Auge zu sehen und Klartext mit ihm zu reden. Ein Stoß in den Hals mit dem Finger, an diese Geste erinnerte er sich aus früherer Zeit. Doch diese Schlacht musste Edie selbst schlagen, und er dachte gar nicht daran, ihr in die Quere zu kommen.

Doch er hatte ihre Hand losgelassen und sofort beschlossen, es wiedergutzumachen.

Als Kenneth sechs Stunden später Gäste an zwanzig Tischen versorgt hatte, stand er in der Küche und stellte in aller Ruhe Nudeln her, hielt den Teig hoch, drehte ihn, teilte ihn in der Mitte und dehnte ihn wieder. Eine geistlose Tätigkeit, die er mit Liebe ausführte. Er rollte den Teig in Mehl aus. Lange, dicke Nudeln entstanden, die er immer wieder drehte und halbierte und dehnte, sodass sie rasch kürzer und dünner wurden. Kreuzkümmelsamen, Lammfleisch, Knoblauch und Chilis standen bereit. Diese Nahrungsmittel würden Edie aufwärmen. Er kannte keinen Menschen, der so viel Feuer in Geist und Herz, aber einen so kalten Magen hatte wie sie.

In der Nacht zuvor hatte sie ihm erlaubt, ihre Zunge zu untersuchen, die blass und geschwollen war. Ihr Puls ging langsam. Er hatte die Hand unter ihr Hemd geschoben und auf ihren Bauch gelegt.

»Zu kalt«, hatte er gesagt.

»Dann komm her«, hatte sie mit ausgestreckten Armen geantwortet und die Lippen mit der Zunge befeuchtet. »Wärm mich auf.«

Nun platzte seine Tochter Anna mit dem letzten schmutzigen Geschirr durch die Schwingtür. Sie pustete sich den lilagesträhnten Pony aus der Stirn und warf im Vorübereilen einen Blick auf ihren Vater und die Lebensmittel vor ihm auf dem Tresen.

»Tête-à-tête?«, fragte sie.

Er wurde rot. Er dachte immer noch an all seine Möglichkeiten, Edie aufzuwärmen. So viel Verlangen hatte er nicht mehr empfunden, seit er als junger Mann Marie kennengelernt hatte, seine Frau, die nicht mehr da war und irgendwo im Himmel schwebte. Sie war schon acht Jahre tot, acht Jahre, in denen er mit niemandem geschlafen und sich wie verflucht gefühlt hatte, so allein. Doch nun war Edie da und nahm den Fluch von ihm.

»Ich kann für dich auch was machen«, schlug er Anna vor. Dann überlegte er kurz und besorgt, ob er sie vielleicht vernachlässigt hatte, während er sich um eine Beziehung mit Edie bemühte. Aber er sah seine Tochter täglich im Restaurant. Sie waren den ganzen Tag im Gespräch, auch wenn sie kein Wort wechselten.

Wahrscheinlich hatte sie ihren alten Herrn ohnehin längst satt. Sie wachte schon über ihn, seit ihre geliebte Marie dahingeschieden und er vor sechs Jahren wieder nach Chicago gezogen war, nach einer ganzen Reihe gescheiterter Anläufe mit Restaurants im Mittleren Westen. Früher waren Marie und er unschlagbar gewesen: Wo und in welcher Ladenzeile auch immer, zu zweit konnten sie aus jedem leer stehenden Restaurant ein erfolgreiches Unternehmen machen, das meist The Golden Dragon hieß oder Lotus Inn und manchmal auch New China Cuisine, ein Name, den Kenneth nicht mochte, weil er ihn so nichtssagend fand, den Marie aber wegen seiner Zugkraft schätzte.

Doch sie suchten die Namen nicht aus; das übernahm Maries Vater. Er finanzierte mit seinen Partnern die Eröffnung, und wenn eine solide Basis geschaffen war, ersetzte er die beiden durch weniger erfahrene Köche und schickte sie zum nächsten Standort. So zogen sie durch allerhand Städte: Cincinnati, Kansas City, Bloomington, Milwaukee und so weiter, bis Anna in die Pubertät kam und ihre Eltern anflehte, sich für eine Stadt zu entscheiden und dort zu bleiben. Die Entscheidung fiel für Madison, wo sich Kenneth für das angenehme akademische Publikum begeisterte, das zur Stammkundschaft wurde, und Anna das ausgeprägte Umweltbewusstsein der Leute schätzte. Die kalten Winter und die betrunkenen Idioten aus den Studentenclubs, die seine Auslieferer schikanierten, mochte Kenneth nicht, aber er musste zugeben, dass die Stadt hübsch war, grün und heiter im Sommer, ein guter Ort, um ein Kind aufzuziehen. Sie wohnten dort fünf Jahre, bis Anna auf die Kunstakademie in Chicago ging und Kenneth Lust auf einen Umzug bekam – er hatte das unstete Leben immer genossen. Aber Marie wollte bleiben.

Kenneth sagte: »War es das? Werden wir jetzt in Madison leben und sterben?«

Die feingliedrige Marie mit dem klaren Kopf war keine Kämpferin und sagte nur leise: »Man kann den Rest seines Lebens schlimmer verbringen.«

»Wie wär's noch mal mit Cincinnati?«, fragte er. »Ein halbes Jahr in Cincy. Da hat es dir doch gefallen.«

Gegen Cincinnati hatte sie nichts gehabt, das stimmte. Dort gab es eine gute Buchhandlung, es war sauber und sicher, und sie hatten sich gern am Sonntagabend bei Graeter's ein Eis geholt, zu dritt, Kenneth, Marie und die kleine Anna, deren Eiswaffel fast so groß zu sein schien wie ihr Kopf. Doch das war fünfzehn Jahre her.

»Warum sollten wir irgendwo hinziehen, wo wir schon mal waren?«, fragte sie.

Also zogen sie nach Louisville, als Maries Vater sich bereiterklärt hatte, dort ein Restaurant zu eröffnen, im Highlands-Viertel an der Baxter Avenue, wo es viel Laufkundschaft gab. Der lebhafte Betrieb gefiel ihnen. Sie erhöhten die Preise. Sie nannten das Restaurant Song Cuisine, rissen eine Wand ein und räumten ein Hinterzimmer leer, damit Musiker aus der Gegend dort am Wochenende singen und Gitarre spielen konnten. Beide waren inzwischen fünfundvierzig, fühlten sich aber wieder wie zweiundzwanzig, ein Alter, das sie im Grunde niemals erlebt hatten, wegen der vielen Arbeit und weil sie damals plötzlich Eltern und alt gewesen waren. So viel Spaß hatten sie nie gehabt. Anna wohnte während der Winterferien bei ihnen und sagte, sie erkenne sie gar nicht wieder. »Wer seid ihr, und was habt ihr mit meinen Eltern gemacht?«, fragte sie. Als Anna eines Abends lange mit einem Sänger aus Nashville um die Häuser zog, der unterwegs zu einem Auftritt in New York City war, stellte Kenneth fest, dass er seiner Tochter vertraute wie nie zuvor. Er lachte nur, als er sie spät hereinstolpern, fluchen und dann zu sich selbst Pst! sagen hörte. Am nächsten Morgen zog er sie damit auf. Alle drei wuchsen gemeinsam in etwas Neues hinein. Madison war nicht das Richtige gewesen, aber vielleicht war es Louisville.

Ein Jahr später war Marie an einer Krebsart gestorben, die so selten war, dass es dagegen nicht einmal Medikamente in der Erprobungsphase gab, doch Kenneth hätte eine Behandlung damit ohnehin nicht gewollt. Es reichte schon, wenn sie sich einer Chemotherapie unterzog. Marie war in Amerika geboren und aufgewachsen. Sie glaubte an westliche Medizin, denn die kannte sie seit jeher. Er dachte ganz anders darüber, und weil er sie nicht überzeugen konnte, versuchte er eben, sie mit Nahrung zu heilen. Er kochte sämtliche Mahlzeiten für sie, Tag und Nacht, und verwendete dabei Pflanzen, an deren Heilwirkung er von Kind auf glaubte. Kurkuma und Rotklee und Ingwer. Als sie keinen Appetit mehr hatte, kochte er ihr Tee aus Bärtigem Helmkraut. Anna nahm ein Freisemester an der Kunstakademie und kam nach Kentucky, um ihrer Mutter beim Sterben zuzusehen. Sie saßen rechts und links von Marie und hielten ihre Hände, als es zu Ende ging. Sie schwiegen, und dann schluchzten sie. Nichts blieb von Marie als die verblasste weiße fleischliche Hülle.

Anna ging zurück an die Kunstakademie und Kenneth zog weiter, doch wenn er ein Restaurant eröffnete, scheiterte er binnen Monaten damit. Alles hatte für ihn so einen seltsamen Geschmack. Sein Schwiegervater schickte ihm einen Scheck und empfahl ihm, sich zur Ruhe zu setzen. Kenneth zog nach Chicago, in eine Souterrainwohnung zehn Blocks von Anna entfernt in Wicker Park, mit kleinem Garten dahinter. Den nutzten streunende Katzen als Durchgangsstraße, und er saß fast immer draußen und sah ihnen zu, wie sie ungerührt durch Zäune und Efeu huschten. Selbst in den Wintermonaten saß er dort auf einem kleinen Schemel vom Sperrmüll, den er hinter einer Lutherischen Kirche am Ende des Blocks gefunden hatte. Obwohl er warm eingepackt war, hoffte er im Stillen, er möge erfrieren. *Dann werde ich eben hier leben und sterben,* dachte er. Die Katzen nahmen ihn kaum zur Kenntnis. Oft rauchte er lange, dünne ausländische Zigaretten. Seine Fingerspitzen wurden rissig und gelb. Er alterte in zwei Jahren um zehn. Graue Haare, ganz plötzlich. Verhärmte Wangen, ganz plötzlich. Schmerzende Knochen am Morgen, und niemand da, bei dem man sich über all das hätte beklagen können.

Nachts las er Gedichte. So hatte er sich viele Jahre zuvor auch seine Englischkenntnisse angeeignet – indem er amerikanische Dichtung auswendig lernte, sodass er die Sprache bereits beherrschte, als er schließlich mit sechzehn von Xi'an weg zu seinem Onkel nach Baltimore zog und der neuen Heimat so begeistert wie misstrauisch entgegentrat. Am liebsten mochte er die Beat Generation, die couragierten Revolutionäre, Leute, die ihr Land auf der Suche nach Abenteuer durchstreiften. Allen Ginsbergs »Amerika« fand er grandios.

Dieses Gedicht hatte er Marie vorgetragen, als sie sich noch nicht lange kannten. Sein Onkel arbeitete für ihren Vater, einen ehrgeizigen Menschen, der als Jugendlicher aus derselben Provinz eingewandert war und sich mit schamloser Effizienz sein Gastronomieunternehmen aufgebaut hatte. Auch Kenneth sollte für ihn arbeiten – er stammte aus einer sehr geachteten, traditionellen Familie von Köchen. Marie arbeitete nach der Schule schon im Büro. Sie war es, die ihm unter der Hand Geld zusteckte. Er hatte sie eingeladen, Silvester mit ihm auszugehen, und nun tranken sie das schreckliche lokale National Bohemian-Bier auf einer Party ihrer

Cousine, die auf die Krankenpflegeschule ging. Er flüsterte ihr das Gedicht ins Ohr und musste lachen bei der Zeile: *Wenn ich nach Chinatown gehe, besaufe ich mich und finde nie was fürs Bett.* Sie waren jung, doch Marie war im Gegensatz zu ihm nicht naiv. Sie legte ihm eine schmale Hand auf den Arm, schaute besorgt und verzog belustigt den Mund. Oder war es umgekehrt? *Amerika das ist ziemlich ernst.*

Dreißig Jahre später im Souterrain in Chicago lernte er Gedichte nur noch für sich selbst. »Amerika« kam ihm plötzlich gefährlich vor. *In deinem Räderwerk wird mirs zu viel.* Also beschäftigte er sich stattdessen mit dem bekömmlichen, ländlichen Robert Frost. Aber auch unter dessen schlichtem Charme lauerte etwas Dunkles. Er las ein Gedicht über eine sterbende Ameise. *Gafft niemand herum am Ort / niemand ist nötig dort.* Kenneth war am Boden, sah einsamen Jahren entgegen. In dieser Zeit hätte alles passieren können. Er hätte sterben können.

Doch das ließ Anna nicht zu. Anna wachte über ihn, und seine Kochkünste fehlten ihr. Anna, deren Großvater ihr nie etwas abgeschlagen hätte und mühelos einen Lastwagen voller Bargeld vorfahren lassen konnte, genug jedenfalls, um in einer Ladenzeile in der Vorstadt von Chicago ein neues Restaurant zu eröffnen. Das zog einen Haufen Papierkram nach sich, und in ihrem Eifer, den Vater aus dem Souterrain und zurück in die Welt zu holen, hatte Anna vielleicht nicht alles gelesen, was sie da unterschrieb. Der Anwalt, den sie damit betrauten, war der unerfahrene Freund eines Freundes und hatte gerade erst seinen Abschluss an einer juristischen Fakultät in Indiana gemacht, die Kenneth vollkommen unbekannt war. Sie eröffneten das Restaurant, aber wirtschaftlich war es das reinste Chaos. Irgendwann saßen die beiden, Vater und Tochter, nach einem zähen Dienstagabendgeschäft am Ecktisch vor einem Stapel Aktenordner und fragten sich, wo sie da hineingeraten waren.

Der letzte Gast dieses Abends, eine Frau, eine üppige, lebhafte, stattliche Frau, war noch da und verzehrte die Mahlzeit, die Kenneth ihr mit grimmigem Vergnügen zubereitet hatte. Sie lutschte Gabel und Löffel und Stäbchen ab, schlürfte Aromen, seine Aromen in sich hinein, bis alles aufgegessen war. Sie kam seit zwei Wochen allabendlich. Kenneth mochte ihre Augen – sie waren dunkel und quollen über vor Zorn. Dieser Zorn schreckte ihn nicht. Er konnte ihn nachvollziehen. Er war selbst stocksauer. Seine Frau war tot. Das war vor langer Zeit geschehen, aber es blieb dabei: Seine Frau war tot. Worüber sie wohl sauer war? Anna sagte etwas zu ihm, wollte, dass er sich ihr wieder zuwandte. Ihre Stimme war belegt, die Augen röteten sich, und obwohl sie noch nicht geweint hatte, fürchtete er, sie könnte gleich in Tränen ausbrechen. Ihr war nichts vorzuwerfen, sie hatte Kunst studiert, nicht Betriebswirtschaft. Um den Papierkram hatte sich immer Marie gekümmert – sie hatte ihrem Vater schon als Jugendliche die Bücher geführt. Was verstanden sie beide denn schon davon? Wie hatte Marie sie so alleinlassen können?

Und dann erhob sich diese Frau, ihr letzter Gast, diese wogende Göttin des späten Abends, leckte sich die letzten Krümel seines Essens von den Fingerspitzen und kam auf sie zu. Sie sagte: »Vielleicht kann ich helfen.« Sie sei Anwältin gewesen, früher einmal, aber so lange, dass sie alles vergessen hätte, sei es nicht her. »Ich war sehr gut in meinem Job«, sagte Edie Middlestein. Das sagte sie, als wäre es ein Versprechen.

Sie setzte sich neben Kenneth und Anna und strich die Papiere glatt. Sie kniff die Augen zusammen, machte kurz ein entsetztes Gesicht und lachte dann über die vielen Schlupflöcher, die auf dem Papier vor ihr tanzten. »Das hier«, sagte sie, »lässt sich regeln.« Es werde ein bisschen Arbeit machen, aber sie könne alles zum Besseren wenden. »Im Moment habe ich jede Menge Zeit«, sagte sie.

*

Er wischte sich die mehligen Hände an einem Handtuch ab. Die Nudeln waren fertig und lagen bereit. Kenneth warf die Kreuzkümmelsamen in eine Bratpfanne. Er dachte daran, das Gericht auch mit Zimt zu würzen. Kreuzkümmel war gut für Edies Gesundheit – er wusste von ihrer Krankheit, auch wenn sie ihm nicht die Wahrheit sagte; ihre Haut war zu blass, der Atem ging zu langsam –, aber Zimt würde ihre Leidenschaft entfachen.

Die Samen mussten nur zwei Minuten geröstet werden. Chilis waren bereits gehackt, Knoblauchzehen auch. Der krosse Kreuzkümmel würde einen schönen Kontrast zum zarten Lammfleisch bilden, und er wusste, dass Edie Freude daran haben würde, an der Konsistenz, der Intensität, dem unerwarteten Zerplatzen. Er grübelte nach wie vor über Zimt nach. Was würde Edie dazu sagen, dass er ein Aphrodisiakum in ihr Essen mischte? Er beschloss, dass er schließlich nichts anderes tat, als einem längst brennenden Feuer ein Flämmchen hinzuzufügen.

Als sein Handy klingelte, nahm er in dem Wissen ab, dass es Edie sein musste, denn außer seiner Tochter rief nur sie ihn spätabends an. Im Grunde war sie seine einzige Freundin.

»Liebling«, sagte er. »Hast du dich gut benommen?«

Er gab den gerösteten Kreuzkümmel in eine kleine Schüssel.

»Nein«, sagte sie. »Könnte sein, dass ich meinem Exmann was an den Kopf geworfen habe.«

Kenneth kicherte. »Was hast du denn geworfen?«

»Ich weiß nicht. Es war alles so verschwommen. Ein Brötchen, glaube ich.«

»Hast du getroffen?«

»Nein, es ist an der Stuhllehne abgeprallt und dann vor ihm auf dem Tisch gelandet.«

Kenneth lachte laut.

»Warum mache ich so was nur?« Sie seufzte ins Telefon. »Er bedeutet mir doch gar nichts. Du bedeutest mir was.«

»Eines Tages wirst du nicht mehr zornig auf ihn sein«, sagte Kenneth.

»Aber was er macht, kann mir doch völlig egal sein, wenn ich verrückt nach dir bin?«

»Wir dürfen mehrere Gefühle auf einmal haben«, sagte Kenneth. »Wir sind Menschen, keine Ameisen.« Manchmal sehnte er sich schmerzlich nach Marie, doch davon hätte er Edie niemals erzählt. Er war froh, dass sie Marie überhaupt nicht ähnelte, weder körperlich noch als Persönlichkeit, sonst hätte er die beiden Frauen irgendwann noch verglichen. Gemeinsam hatten sie lediglich ihren Geschäftssinn. Er selbst verstand nur etwas von Kreuzkümmel und Zimt.

»Ich habe tausend Gefühle auf einmal«, sagte sie.

»Das sind ziemlich viele«, sagte er. »Dann bist du wohl eine starke Frau.«

»Oder verrückt«, sagte sie.

»Feiner Unterschied.«

»Hauchdünn.«

»Ich mache gerade was ganz Besonderes für dich«, sagte er. »Aber zuerst muss ich dich was fragen.«

»Alles, was du willst«, sagte sie, und er wusste, dass es nicht gelogen war.

»Ich hatte vor, Zimt in dein Essen zu tun, und das bewirkt manchmal ...« Er senkte die Stimme, bis er flüsterte. »Es soll dich anmachen.«

»Oh«, sagte Edie.

»Ist das für dich Betrug?«, fragte er. »Vielleicht sollte ich ohne Zimt auskommen können. Vielleicht sollte ich das allein hinkriegen.«

»Je mehr Zimt, desto besser«, sagte sie. Und dann eindringlich: »Nimm ganz viel davon.«

»Ich bin in spätestens einer Stunde da«, sagte er.

»Beeil dich«, sagte sie.

Was blieb noch zu tun? Er stellte einen Topf Wasser für die Nudeln auf. Er mischte das Lamm mit Kreuzkümmel, Chili und Knoblauch. Ein Teelöffel Zimt. Sojasoße. Salz und schwarzer Pfeffer. Es zuckte zwischen seinen Beinen – mehr Zimt. Er goss Öl in eine Pfanne, erhitzte es, gab das Lamm dazu. Darauf eine Prise Salz. Die Nudeln ins kochende Wasser. Er hatte so lange keinen Spaß mehr gehabt. Nichts hatte ihm etwas bedeutet. Nach einer Minute war das zuvor kirschrote Lamm schon braun. Ein paar Kreuzkümmelsamen zerplatzten. Als er sich vorstellte, wie ein kleines Butterbrötchen in diesem Hotel durch den Ballsaal flog und auf dem Tisch vor ihrem Exmann landete, verschmolz alles, was er zuvor mit schwerem Herzen bedauert hatte, in eins: Er war nicht dabei gewesen, um das zu sehen.

Seine Tochter, seine schöne Tochter mit den bunten Kleidern und den spindeldürren Beinen und den Stiefeln, in denen sie aussah, als zöge sie in den Krieg, kam in die Küche gestapft und brachte das letzte schmutzige Geschirr des Abends. Wie konnte es sein, dass ein so origineller Mensch von einem wie ihm abstammte? Und sie stand treu zu ihm. Sein treues Kind.

»Hast du Hunger?«, fragte er.

»Ich weiß nicht«, sagte sie. »Ich glaube, ich bin vor allem müde.«

Er war erleichtert. Er fand es unangebracht, seiner Tochter Essen vorzusetzen, das er für seine Geliebte zubereitet hatte. Kein Zimt für seine Kleine. Plötzlich schwoll ihm das Herz für Anna, als hätte ihn jemand vor die Brust geschlagen. Eine Liebe, die wehtat. Er kam hinter dem Herd hervor, dann umarmte er seine Tochter. Ihre zarten Knochen da unter ihm. Sie war nicht Marie. Das war etwas anderes.

»Habe ich mich schon bedankt?«, fragte er. »Habe ich mich schon bedankt, dass du mir das Leben gerettet hast?«

Sie fing an zu weinen. »Nicht ausdrücklich«, sagte sie.

»Danke, danke, danke«, sagte er.

Als sie einander endlich losließen, hatte sie verschmierte lila Streifen im Gesicht. Sie fuhr sich mit den Zeigefingerspitzen unter den Augen entlang.

»Du bringst mich um, Dad«, sagte sie.

Er drückte ihre Schulter, küsste sie auf die Stirn.

»Dann ist jetzt Schluss«, sagte er.

Er schickte sie nach Hause. Er leerte den Nudeltopf in das Sieb. Er mischte Nudeln und Lamm und löffelte das fertige Gericht in einen Einwegbehälter. Er belud die Spülmaschine. Er zog seine Kochjacke aus. Er wusch sich Hände und Gesicht, hob dann sein Hemd an und wusch sich auch unter den

Armen. Er war müde. Er klopfte sich auf die Wangen. Edie Middlestein wartete.

Er fuhr durch einen Vorort zum nächsten, zum übernächsten. Von Weitem sahen die Einkaufszentren alle gleich aus, doch er hatte genügend Zeit in ihnen verbracht – sein ganzes Erwachsenenleben –, um zu wissen, dass jedes einzigartig war, wenn auch nur wegen der Leute, die dort arbeiteten. Fleißige kleine amerikanische Ameisen.

In Edies Straße waren alle Häuser bis auf ihres dunkel. War es schon so spät? Er sah auf die Uhr. Es war nach elf, und er traf sich mit seiner Geliebten. Er war wieder ein junger Mann. Früher, noch vor der Hochzeit, war er einmal mit Marie nur so zum Spaß nach Atlantic City gefahren, wo sie nach Mitternacht ankamen und zockten und knutschten, bis die Dämmerung anbrach. Sie rauchten, bis ihnen schwindelig wurde. In dieser Nacht hatte er seinen toten Punkt mehrmals überwunden. Heute Nacht würde er sich mit einmal zufriedengeben.

Die Haustür war nicht verschlossen, und als er beim Eintreten ihren Namen rief, kam keine Antwort. Im Wohnzimmer brannte Licht, dort, wo sie sich erstmals geküsst hatten, überschwänglich, genüsslich, stundenlang. Eng umschlungen hatten sie auf dem Sofa am Fenster zur Straße gesessen. Jeder Passant hätte sie sehen können. Gefährlich war ihm das eigentlich nicht vorgekommen, nur hochmütig, was eine ganz eigene Art von Gefahr in sich barg. *Hochmut kommt vor dem Fall*, daran erinnerte er sich noch. Auch dieses Buch hatte er in Teilen auswendig gelernt, nur um zu erfahren, warum sich so viele Menschen dafür interessierten.

Überall hingen gerahmte Fotos von ihrer Familie, aber kein einziges von ihrem Mann. Die hatte sie abgenommen.

An der Wand sah man leere Vierecke. Was war schlimmer? Sie hängen zu lassen oder von den verbleibenden Lücken an das erinnert zu werden, was einmal war?

Er ging in Richtung Küche, denn dort vermutete er sie. Wahrscheinlich aß sie schon, bevor er mit dem Abendessen kam. Dieses Junkfood, nach dem sie so lechzte, Kekse und Chips und Cracker, riesige Dosen und Schachteln und Tüten voller Mist. Das war es, was sie krank machte. Lebensmittel, die von Maschinen hergestellt wurden statt von Hand. Das würde er ändern, und wenn er ihr jede Mahlzeit persönlich zubereiten musste.

In der Küche stand die Kühlschranktür offen. Dahinter lag eine offene Halbliterpackung Eiscreme, in der noch ein Löffel steckte. Als Kenneth den Blick senkte, sah er Edie am Boden liegen in ihrem schimmernden lila Kleid, eine Hand ausgestreckt, die andere vor der Brust erstarrt, als hätte sie danach gegriffen und dann aufgegeben. Ihre Lippen waren blau. Das war nicht richtig. Das konnte nicht sein. Er kniete sich neben sie, und als er ihr die Hand aufs Gesicht legte, wellte sich ihre kühle Haut unter seinen Fingern.

Er griff verzweifelt nach einem weiteren Gedicht, das er einmal auswendig gelernt hatte, wusste aber den genauen Wortlaut nicht mehr. Es hatte mit einem Eisschrank und Pflaumen und einer Entschuldigung dafür zu tun, sie gegessen zu haben, obwohl das dem Ich dieses Gedichts offenkundig kein bisschen leidtat. Er hatte es immer als Scherz verstanden. An lustige Gedichte erinnerte er sich normalerweise am besten. Und er verstand es nach wie vor als Scherz. Es las sich wie ein Zettel, den man auf dem Küchentisch liegen ließ, wenn man ging, um nie mehr wiederzukommen.

Tränen traten ihm in die Augen, und Edie verschwamm. Wie dumm von ihm, zu glauben, er könnte Liebe zweimal im Leben haben. Wie arrogant. Mit beiden Händen drückte er Edies Hand an seine Brust. In diesem Leben stand niemandem etwas zu, schon gar nicht Liebe.

Middlestein und die Trauer

Richard Middlestein fühlte sich unwohl in seinem Anzug. Er hatte ihn seit fünf Jahren nicht mehr getragen, fünf Jahre war er auf keiner Beerdigung mehr gewesen. 2005 hatte es eine ganze Reihe gegeben: seine Mutter, sein Vater, seine Tante Ellie, ein Cousin zweiten Grades namens Boris, den er nicht besonders gut kannte, der aber ganz in der Nähe in Highland Park wohnte, sodass er hingegangen war, um seine Seite der Familie zu repräsentieren (inzwischen gab es sonst niemanden mehr), eine Kollegin seiner ihm entfremdeten Ehefrau Edie (Selbstmord, schrecklich), Rabbi Schumann (da mussten sie mehrere Zelte mieteten, so viele Leute kamen) und mindestens drei weitere, an die er sich im Moment nicht erinnern konnte, er bekam nämlich kaum noch Luft. Mehr als ein paar Pfund konnte er seitdem nicht zugenommen haben, aber inzwischen war alles anders am Körper verteilt. Die Schwerkraft hatte ihr Werk getan, Haut wellte sich um seine Taille, sodass zwischen der eingefallenen Brust und den noch jugendlichen Beinen ein kleiner Rettungsring entstanden war. Das hatte er erst gemerkt, als er den Reißverschluss seiner Hose schloss. Er hatte den Bauch einziehen müssen. Und zog ihn inzwischen seit Stunden ein.

Zu allem Unglück konnte er nicht aufhören zu essen. Im Haus seines Sohns stand auf jeder freien Fläche etwas, auf dem Wohnzimmertisch, dem Küchentisch, dem Esszimmertisch, auf ein paar Spieltischen, die man aus der Garage hereingeholt hatte, auf den gläsernen Beistelltischen rechts und links

vom Wohnzimmersofa. Und es wurde immer mehr Essen gebracht, Freunde von Edie – oder gemeinsame Freunde aus
der Zeit, als sie noch zusammen waren – kamen in Scharen
mit unterschiedlichen Gaben ins Haus, Lokschenkugel und
Aufläufe unter Alufolie, Obstsalat in riesigen Tupperdosen,
Gebäck in eleganten, mit dünnen Kräuselbändern verschnür-
ten Pappschachteln. Seine ältesten Freunde aus der Synagoge,
die Cohns und die Grodsteins und die Weinmans und die
Frankens hatten zusammengelegt und aufwändige Platten
mit Räucherfisch gekauft. Er hatte an diesem Tag schon
mehrmals gehört, wie sie das erwähnten, aber nur, wenn sich
jemand laut fragte, woher wohl der köstliche Fisch stammte,
und es einer von ihnen erklärte. »Wir sind heute Morgen
gleich hingegangen, als sie aufgemacht haben«, sagten sie
dann. »Wenigstens das konnten wir tun.«

Middlestein hätte auch ein paar Scheine beigesteuert, wenn
sie ihn angerufen hätten, hatten sie aber nicht. Kein Mensch
hatte ihn angerufen, nicht mal, um zu kondolieren, abgesehen
von seinem Sohn, der ihm die Einzelheiten der Beerdigung erklärte. Aber warum auch? Warum hatte er gedacht, dass sich
irgendjemand dafür interessierte, wie es ihm ging? Er hatte sie
schließlich verlassen, und in ein paar Wochen hätten sie die
Scheidungspapiere unterzeichnet. Er stellte seinen Teller auf
dem Boden ab, senkte den Kopf zwischen die Knie und ließ
ihn dort hängen. Er hatte zwei Schachteln Rugelach mitgebracht und noch in der Tür gemerkt, dass das nicht reichte.
Neun Monate zuvor hätte er gar nichts mitbringen dürfen.
Neun Monate zuvor hätte man in ihrem gemeinsamen Haus
Schiv'a gesessen. Wieso hatte er nicht mehr Rugelach mitgebracht? Wie viele Rugelach hätte er kaufen müssen, um sich
anders zu fühlen? Wie viele Rugelach würde er essen müssen?

Ruckartig hob er den Kopf. Er wusste nicht, wie rational das war. Er war so satt und wollte trotzdem mehr. Um ihn herum saßen Leute und hielten manierlich Plastikteller auf dem Schoß. Sein Sohn Benny hockte auf einem niedrigen Stuhl, seine Enkelin Emily lehnte sich an ihren Vater, zog einen Flunsch und starrte in die Ferne. Sie war dreizehn, es war ihre erste Beerdigung. Middlesteins Tochter Robin saß neben Benny auf einem Stuhl normaler Größe und gab sich große Mühe, Richard auf keinen Fall anzusehen. Daneben saß ihr Freund Danny. Er hielt ihre Hand. Er streichelte sie. Er trug eine von diesen schicken Brillen, aber seine Krawatte saß locker, als hätte er nie gelernt, selbst eine zu binden. Er sah aus wie ein richtiges Weichei, ja, so sah er für Richards Begriffe aus. *Genau Robins Kragenweite*, dachte er. Die braucht einfach jemanden, den sie ummetern kann.

Robin war wild entschlossen, möglichst viele Traditionen zu ignorieren, hatte sich aber immerhin ein schwarzes Band an den Blazer gesteckt. Sie trug eins, Benny trug eins, Rachelle trug eins, Emily trug eins, genau wie ihr Zwillingsbruder Josh, der irgendwie in Richtung Desserttisch verschwunden war. Richard trug keins. Richard saß nicht auf einem niedrigen Stuhl. Er saß auf dem Sofa, mit dem Rest der allgemeinen Bevölkerung. Während des Gottesdienstes in der Synagoge hatte er in der dritten Reihe gesessen. Er wusste nicht, ob das zu nah war oder zu weit weg. Er wusste nicht, ob er sich ganz hinten gegen die Wand hätte lehnen sollen wie andere Trauergäste. Es gab nur noch Stehplätze. Schön für Edie, dachte er. Sie bedeutete den Menschen etwas. Die Menschen wollten ihr Ehre erweisen. Wenn er einmal starb – o Gott, er würde *irgendwann sterben* –, war er keineswegs sicher, ob auch so viele Leute kommen würden. Nicht mehr.

Plötzlich packte ihn das brennende Verlangen nach etwas Pikantem, je salziger desto besser. Er wollte, dass seine Zunge anschwoll vom Salz. Nachdem er sich mühsam vom Sofa erhoben hatte – Was knirschte da so heftig in seinem Knie? Und da, im unteren Rücken? Hatte er das schon immer oder war das neu? –, schlängelte er sich zwischen den vielen Leuten hindurch, die er früher mit einem Klaps auf den Rücken hatte begrüßen können und die ihm nun auswichen, und zwar angeekelt, da war er sicher. Er steuerte auf den Esszimmertisch mit dem Hering zu. Er würde jetzt Hering in Sahne verputzen. Er löffelte davon auf seinen Teller. Er schnappte sich eine Handvoll kleiner Roggencracker, und dann stand er da und tunkte einen knusprigen Cracker nach dem anderen in den würzigen, geräucherten Weißfischsalat. So hätte er den ganzen Tag über stehen bleiben können. Zumindest hatte er etwas zu tun, einen Grund, in diesem Moment an dieser Stelle zu stehen. Auf einmal glaubte er auch, Edie zu begreifen und warum sie so viel gegessen hatte – unentwegt, unaufhörlich und ohne Rücksicht auf Geschmack oder Gehalt. Und während er so ganz allein in einem Zimmer voller Menschen stand, die sich auf die Seite einer Toten schlugen, statt ihn zur Kenntnis zu nehmen, glaubte er, zumindest den Schimmer einer Ahnung zu haben, warum sie sich ins Grab gegessen hatte. Essen war einfach ein wunderbares Versteck.

Im Wohnzimmer versuchte seine Tochter, ihn mit Blicken zu töten. Zorn triefte aus ihren Augen. Überall quoll er hervor. Eine richtige Schweinerei. Als Danny sich hinter sie stellte und ihre Schultern packte, griff Robin nach seinen Händen und riss sie weg. Danny zuckte. *Ich würde sie gern zum Altar führen, nur, um sie los zu sein*, dachte Richard. *Dem Typen da übergebe ich sie, ohne mit der Wimper zu zu-*

cken. Robin stand auf, wieder bildeten alle eine Gasse für sie, und wieder starrten alle. Robin marschierte auf Richard zu, an ihm vorbei – mit nichts als dem Anflug eines höhnischen Grinsens – und weiter, bis sie nach kurzem Innehalten dramatisch die Schwingtür zwischen Wohnzimmer und Küche aufstieß. Richard konnte erkennen, dass seine Schwiegertochter Rachelle in der Küche mit einer Tasse Kaffee in beiden Händen am Kühlschrank lehnte. Rachelle war der Kapitän dieses Schiffs und Robin ein aufsässiger Matrose. Hier war offenkundig Meuterei im Schwange. »Wir *müssen* reden«, das war das Letzte, was er hörte, bevor sich die Schwingtür endgültig schloss.

Richard wandte sich daraufhin dem kreisrunden Tisch mit den Desserts zu, wo Josh gerade allerhand Schachteln aufriss und Gebäck auf eine gigantische Uranglasschale schob, die, wie Richard erkannte, einer seiner Tanten gehört hatte. Sie hatte die Schale bei ihrer Einwanderung aus Deutschland mitgebracht und ihm nach ihrem Tod hinterlassen, zusammen mit einem Haus voller Möbel, die er inzwischen verkauft oder der Wohlfahrt gespendet hatte. Doch die Schale hatte er behalten. Sie enthielt Uran, war hellgrün und leuchtete schwach wie Kryptonit. Nicht schlecht, der Kunstgriff: Eine Schale aus flüchtigem Material, das so einem Zweck zugeführt worden war. Sie hatte ihn schon als Kind in Queens fasziniert. Er hatte sich ausgemalt, wie sie plötzlich explodierte. *Puff!* Und alle Middlesteins waren auf ewig dahin.

Eine Woche zuvor hatte die Schale noch in Richards ehemaligem Wohnzimmerschrank gestanden, und nun sah er sie plötzlich bei seinem Sohn auf dem Esszimmertisch. Jede Wette, dass sein Haus geplündert worden war. Vermutlich hatte Rachelle sämtliche Schränke und Schubladen durchwühlt und sich einfach genommen, was ihr gefiel, Antiquitäten, Schmuck, die beiden Pelzmäntel. Dann würde er sich darüber wahrscheinlich mit seinem Sohn unterhalten müssen. Die Schale gehörte ihm, alles in dem Haus gehörte ihm, und zwar ausnahmslos. Es war noch nichts unterschrieben, nichts war aktenkundig. Wenn Edie etwas länger gelebt hätte, hätte er über die Schale vielleicht nicht zu bestimmen gehabt. Aber es war nun mal anders. Edie war tot.

Josh hatte die letzte Gebäckschachtel geöffnet und arrangierte eine kleine Auswahl Kekse mit Schokoladenglasur um den Rand der Schale herum. Als er fertig war, schob er die Schale genau in die Mitte des Tischs, trat einen Schritt zurück, betrachtete alles prüfend und lächelte. Middlestein warf einen kurzen Blick hinüber und sah dann genauer hin: Josh hatte die Kekse auf der Schale zum Smiley arrangiert.

»Josh«, sagte er.

»Was?«, fragte Josh.

»Das kannst du nicht machen.« Er zeigte auf die Schale. »Das ist unpassend«, sagte er. Dreizehn Jahre und kein bisschen gesunder Menschenverstand. Hatte er in dem Alter gesunden Menschenverstand besessen? Konnte man das lernen?

»Ich dachte, das heitert die Leute auf«, sagte Josh. »Alle sind so traurig.«

»Bist du nicht traurig?«, fragte Middlestein.

»Ich weiß nicht, was ich bin«, sagte Josh.

»Na ja, du solltest schon traurig sein«, sagte er. »Es ist etwas Schreckliches passiert, deine Großmutter ist gestorben.«

»Meinst du, ich weiß das nicht?«, fragte Josh. Fünf, vier, drei, zwo, eins, und er brach in Tränen aus. Als er aus dem Wohnzimmer nach oben stürmte, starrten alle Anwesenden Middlestein an, und wenn er nicht ohnehin als entsetzlichster

Mensch im Zimmer gegolten hatte, war es damit endgültig besiegelt.

In der Küche gab Robin die Bestätigung mithilfe des Mundwerks ab, das sie von ihrer Mutter geerbt hatte: laut, groß, herrisch und selbstgerecht. Er ging zur Schwingtür, lehnte sich daneben an die Wand und hörte ihr beim Brüllen zu.

»Du hast von nichts eine Ahnung«, sagte sie gerade zu Rachelle.

»Sie waren fast vierzig Jahre verheiratet«, sagte Rachelle. »Du hast keine Ahnung, wie das ist.«

»Verstehe. Du bist mir also überlegen, weil du verheiratet bist und ich nicht.«

»Das sage ich doch gar nicht, Robin.«

»Sie hat ihn *gehasst*. Verstehst du das nicht?«

Sie stritten über die Rechte der Lebenden gegenüber den Toten. Es stimmte, seine Frau hatte ihn gehasst, nicht erst, nachdem er sie verlassen hatte, sondern schon vorher. Trotzdem hatte er ein kleines bisschen darauf gehofft, dass sie schließlich, wenn sie geschieden waren und alle sich eingerichtet hatten, er mit seiner neuen Freundin Beverly, sie mit diesem Chinesen, mit dem sie sich neuerdings traf (der gerade gekommen war und nun mit seiner lilahaarigen Tochter still und wie betäubt in der Wohnzimmerecke stand), wenn sich diese neuen Zusammenhänge einmal etabliert hatten, dass er und Edie dann wieder als Freunde zusammenkommen würden.

Er hatte noch niemandem von diesem Wunsch erzählt und war nicht einmal sicher, ob er ihre Freundschaft verdiente, aber sie hatten gemeinsam diese Menschen geschaffen, Benny und Robin, die sich nun ihrerseits ein Leben geschaffen hatten, und er und Edie besaßen zwei wunderbare gemeinsamen

Enkel (auch wenn Josh überempfindlich war und Emily ein bisschen gemein), und er hatte sich vorgestellt, dass sie eines Tages erleben würden, wie sie die Highschool und dann das College abschlossen, dass sie auf der Hochzeit von einem oder beiden miteinander tanzen und dann in der Lage sein würden, nebeneinanderzusitzen, die gleiche Luft zu atmen, über Dinge zu lachen, die vor langer Zeit geschehen waren und von denen nur sie etwas wussten, Geheimnisse, die nur ihnen beiden gehörten und niemandem sonst. Er hatte sie verlassen, weil sie im Begriff gewesen war, sich umzubringen und ihn gleich mit. Und nun war er gerettet: Er hatte sich in eine Frau namens Beverly verliebt und sie sich in ihn. Er war nun lebendiger denn je und hatte Edie dieselbe Erfahrung gewünscht, aber es war zu spät gewesen für sie. Zu spät für die Liebe. Nun war er der Einzige, der ihre gemeinsame Vergangenheit kannte. Er war der Einzige, der wusste, dass Edie ihm schließlich verziehen hätte, eines Tages. Er war bei ihr gewesen an dem Tag, als ihr Vater starb, hatte ihr die Hand gehalten und das Haar gestreichelt und sie mit in seine Familie und sein Leben genommen, als sie niemanden mehr hatte, als sie spürte, dass sie eine Waise war. Eines Tages hätte er sie daran erinnert. Eines Tages wäre sie wieder in sein Leben getreten.

»Er hat sie nicht umgebracht«, sagte Rachelle.

»Aber so gut wie«, sagte Robin.

Oben begann laute Musik zu spielen, ein Song, der ein paar Tage zuvor bei Joshs und Emilys B'nei-Mizwa gespielt worden war. Die Trauergäste sahen daraufhin noch niedergeschlagener aus, farblose Haut, grimmige Lippen. Musik war fehl am Platz. Benny ging ganz beiläufig aus dem Zimmer, doch als er an der Treppe war, stürmte er los.

»Jetzt bin ich eine Waise!«, kreischte Robin, doch ihre Worte gingen im Bass der Tanzmusik unter.

Sie wird bereuen, dass sie das gesagt hat, dachte Middlestein. *Eines Tages will sie ihren Vater wiederhaben.*

Doch Robin bereut es nicht, jedenfalls nicht zu seinen Lebzeiten. (Bei seiner Beerdigung allerdings ist sie am Boden zerstört. Sie schwimmt in Tränen, Daniel hält sie fest im Arm, fernab von anderen Familienmitgliedern, die mit ihrer eigenen Trauer kämpfen.) In den nächsten zehn Jahren spricht sie kaum mit ihm, und wenn, dann nur kurz, bei Familienfeiern. Manchmal treffen sich ihre Blicke im Raum, und dann schaut sie weg, verzieht schmerzlich den Mund, doch diese Momente bedeuten ihm trotzdem viel. Sie ignoriert ihn bei Edies Enthüllungszeremonie, bei Emilys und Joshs Geburtstagspartys und Abschlussfeiern und sogar bei Bennys und Rachelles Party zum zwanzigsten Hochzeitstag. Sie lädt ihn nicht zu ihrer Hochzeit ein. Er erfährt erst Monate später davon, und dass er es überhaupt mitbekommt, ist nur ein Versehen. Bei Benny zu Hause sieht er ein Foto von Robin, wie sie im Hochzeitskleid neben ihrer Brautjungfer Emily steht. Beverly ist mit ihm dort – inzwischen ist sie seine Frau – und macht um seinetwillen ein so verzweifeltes Gesicht, dass er unwillkürlich losschluchzt und sich entschuldigen und im Klo verschwinden muss, wo er zu lange bleibt, sich gebückt an den Waschtisch klammert, Edie vermisst, seine Tochter vermisst, sich fragt, ob das, was er falsch gemacht hat, wirklich so schrecklich war, wo doch das Leben aus so vielen Schichten und Nuancen bestand, sämtliche Grautöne enthielt und man die Dinge mit zwanzig oder dreißig oder vierzig ganz anders empfand als mit fünfzig oder sechzig oder siebzig – er war fast siebzig! –, und wenn er ihr doch nur hätte erklären können, dass einen die Reue jederzeit im Leben einholen konnte, wenn man am wenigsten damit rechnete, und dass man sie dann auf ewig am Hals hatte. Wenn er noch einmal von vorn hätte anfangen können, wenn er noch einen Versuch gehabt hätte, dann hätte er härter um sein Leben mit Edie gekämpft, dann hätte er härter um ihr Leben gekämpft. Nein, das stimmte auch nicht, denn es klopfte an der Badezimmertür: Beverly, die nach ihm sah, die ihm sanft die Hand hielt, seine zweite Chance, sein Engel der späten Jahre, ihre bis auf die Augenpartie noch ganz glatte Haut, ihre Figur, ihr Lächeln, wie sie ihn hielt, sein Herz, sein Fleisch. Da war sie. Deswegen hatte er ein Leben gegen ein anderes eingetauscht.

Doch dort war er noch längst nicht angekommen: Er fing gerade erst an zu bereuen, zu verstehen, zu trauern. Middlesteins Tochter stritt mit seiner Schwiegertochter, sein Sohn marschierte die Treppe herunter ins Wohnzimmer und schüttelte wütend den Kopf, der neue Freund seiner toten Frau saß inzwischen schluchzend auf dem Sofa im Wohnzimmer seines Sohns und umklammerte seine Kniescheiben, während die Tochter ihn umschlungen hielt. Die Musik aus dem Obergeschoss verstummte.

»Sie hätte nicht gewollt, dass er hier ist«, sagte Robin. »Ich kann für sie sprechen. Es ist absolut korrekt von mir, wenn ich für meine Mutter spreche.«

»Es ist sein gutes Recht, hier zu sein«, sagte Rachelle, und er merkte schon, dass die Diskussionen für sie damit beendet war. Schließlich war es ihr Haus. Das konnte niemand bestreiten. Es war das Haus der Frau. Es war ihre Show.

Robin stieß die Küchentür auf und platzte ins Zimmer. Die Trauergäste wandten sich ab. Nur nicht das arme Mädchen ansehen. Sie hat ihre Mutter verloren. Robin ging durch die Haustür hinaus, tauchte jedoch wenig später hinten im Garten auf. Jeder konnte durchs Fenster sehen, wie sie sich am Pool in einen Liegestuhl setzte. Benny gesellte sich zu ihr. Er zog einen Joint aus der Tasche und zündete ihn an. Dann standen beide auf, drehten die Liegestühle weg vom Haus und reichten den Joint hin und her.

Middlestein lehnte nach wie vor an der Wand neben der Küche und konnte sich nicht rühren. Rachelle drückte die Schwingtür auf, reckte den Kopf ins Esszimmer und starrte Middlestein unverwandt an.

»Tut mir leid«, sagte sie.

»Was soll dir denn leidtun?«, fragte er. »Du hast nichts getan.«

»Das Gebrüll«, sagte sie. Sie zuckte mit ihren winzigen Schultern. Es hatte gar nicht den Anschein, dass sie robust genug war, um sich gegen seine Tochter durchzusetzen, doch ihm war klar, dass sie niemals die Kontrolle über ihr Universum abgeben würde. An einem anderen Tag wäre sie gar nicht auf Robin und ihre Anfälle und ihr Ego eingegangen. Rachelle war vielleicht eine Prinzessin, aber Robin war die kleine Schwester. Und heute hatte Rachelle für Ordnung gesorgt, zumindest im Kleinen, was Middlestein betraf. Das würde er ihr nie vergessen.

Sie betrachtete mit trüben Augen die beladenen Tische. »Was machen wir nur mit dem ganzen Essen?«, fragte sie.

»Das wird schon alle«, sagte Middlestein. Er versuchte, sich einen Witz über Juden und Essen, Juden und Beerdigungen, Juden und Juden einfallen zu lassen, aber nichts war lustig.

Rachelle lief an sämtlichen Tischen vorbei und sah zweimal hin, als sie die von Josh mit einem Smiley geschmückte

Dessertschale entdeckte. Dann zog sie die Wangen ein, runzelte die Stirn und drehte sich mit diesem säuerlichen Gesicht zu Middlestein um.

»Ich war's nicht«, sagte Middlestein.

Sie fing an, alle Kekse in der Mitte der Schale auf einen großen Haufen zu schieben, sortierte dann einige aus, nahm schließlich die Schale und schlängelte sich durch die Gäste zur Haustür hinaus, bis sie auf einmal am Pool stand und ihrem Mann und ihrer Schwägerin Kekse anbot. Sie nahm selbst einen mit spitzen Fingern und knabberte winzige Stückchen ab. Sie hielt inne und leckte sich die Lippen. Kurz darauf stand Robins Freund Danny neben ihr. Er schleppte Sitzgelegenheiten für sich und Rachelle herbei. Alle zusammen versteckten sie sich.

Was blieb Middlestein noch in diesem Haus? Alle, die ihm etwas bedeuteten, waren vor ihm und den anderen Trauergästen geflohen. Er sollte gehen. Er hatte Edie die letzte Ehre erwiesen. Was ihm an Gefühlen noch blieb, musste er mit sich ausmachen. Und er wollte den Anzug ausziehen. Er wollte diesen Anzug verbrennen. Er schob sich durch die Gäste und nickte jedem zu, der bereit war, Augenkontakt mit ihm aufzunehmen. An der Haustür blieb er stehen und dachte daran, zu seinen Kindern in den Garten zu gehen und sich zu verabschieden. Er entschied sich dagegen. Draußen vor dem Haus schien die Sonne, und ihm war warm und eng zumute in seiner Haut. Er bekam keine Luft. Middlestein knöpfte seine Hose auf und machte einen Buckel. Als er einen kleinen, erstickten Laut hörte, hob er den Kopf. Bei der Eiche, neben dem Briefkasten, stand seine Enkelin Emily und weinte. Er richtete sich auf und ging zu ihr hin. Manchmal machte sie so ein gelassenes Gesicht, dann sah sie Benny ähnlich. Wenn sie sich herausputzte, ihrer Mutter. Wenn sie zornig war, war sie wie Robin, wie Edie. Und wenn sie clever und lustig war, auch wie die beiden. *Wann sieht sie mir ähnlich?* Aber nun stand sie da ganz allein bei einem Baum und weinte um ihre Großmutter. Er wollte auch weinen. Er ging zu seiner Enkelin, umarmte sie und hielt sie ganz fest, und sie waren einander nahe, einfach so. Bis zu dem Tag, als er starb, waren sie einander nahe. Seltsam, nicht? Niemand hätte die beiden so in Verbindung gebracht. Niemand hätte gedacht, dass sie viel gemeinsam hatten, außer dass sie zu einer Familie gehörten. Doch zum Ende hin waren sie einander nahe.

Danksagung

Irving Cutlers so umfassendes wie faszinierendes Buch *The Jews of Chicago: From Shtetl to Suburb* hat mir während meiner Recherchen enorm geholfen. Sehr dankbar bin ich Dr. Benjamin Lerner, der mir jederzeit umsichtig und entgegenkommend nicht nur die Gefäßchirurgie, sondern auch die gesundheitlichen Probleme übergewichtiger Amerikaner erklärte. Lisa Ng verschaffte mir einen lebendigen Begriff von der chinesischen Küche – ohne sie hätte ich nie erfahren, welche Zauberkräfte Kreuzkümmel und Zimt besitzen.

Kate Christensen ist die beste erste Leserin, die man überhaupt haben kann. Tiefsinnige Gespräche mit Wendy McClure waren für die Entwicklung dieses Buchs von unschätzbarem Wert. Rosie Schaap, Stefan Block und Maura Johnston haben Liebe, Unterstützung und Sofas zum Übernachten beigesteuert. Mein Agent Doug Stewart hat inzwischen vermutlich Heiligenstatus erreicht. Und meine Lektorin Helen Atsma ist nicht nur eine Kapazität, sondern auch eine sehr nette Frau. Und schließlich ein großes Danke auch an WORD Brooklyn, meine Lieblingsbuchhandlung auf der ganzen Welt.

Zitatnachweis

Das Zitat auf S. 28 stammt aus: T. S. Eliot: »J. Alfred Prufrocks Liebes-
gesang«, dt. von Klaus Günther Just, in: *Werke* Band 4: *Gesammelte Gedichte 1909–1962*, herausgegeben und mit einem Nachwort von Eva Hesse.
Frankfurt am Main: Suhrkamp Verlag 1988, S. 7.

Alle Zitate auf S. 241 stammen aus: Allen Ginsberg: »Amerika«, in: *Das
Geheul und andere Gedichte*. © by Limes, Wiesbaden; neu übersetzt von
C. Weissner. Genehmigt durch die F. A. Herbig Verlagsbuchhandlung GmbH,
München, S. 59, 61, 65.

Das Zitat von Robert Frost auf derselben Seite stammt aus: »Pflichtenkreis«,
dt. von Kurt Erich Meurer, in: *Gesammelte Gedichte*. Mannheim: Kessler
Verlag o. J., S. 356.

KAMPA △ POCKET

Ursula Fricker
Gesund genug

Roman

»Sag, flüsterte ich, hast du wirklich geglaubt, nur
vollwertige Kost ergebe vollwertige Menschen?«

Als bei Hanne in Berlin das Telefon klingelt, ahnt sie, was kommt.
Ihr Vater liegt im Sterben. »Da kann man einmal sehen«, hat der
Gesundheitsfanatiker immer mit Genugtuung gesagt, wenn es an-
dere erwischte. Nun leidet er selbst an Darmkrebs im Endstadium.
»Da kann man einmal sehen«, würde Hanne jetzt gern zu ihrem
Vater sagen. Alle hat er mit seinem Bio-Wahn und Reinlichkeits-
fimmel terrorisiert, die Familie zu einer Sekte gemacht – in einer
Zeit, als Gemüseraffel und Demeter noch längst kein Mainstream
waren. Aber soll Hanne es ihm jetzt wirklich heimzahlen? Am
Sterbebett erinnert sie sich an ihr Erwachsenwerden jenseits des
väterlichen Diktats, an ihren Sommer als Mother's Help in Lon-
don, an das Erwachen und Auskosten einer wilden Freiheit. Als
sie zufällig eine Mappe mit alten Zeichnungen entdeckt, leuchtet
plötzlich eine völlig unbekannte Seite dieses pedantischen Vaters
auf. Hatte auch er einmal einen Freiheitstraum? Wo ist der hin?
Gesund genug ist ein Roman über eine »bio-dynamische« Radika-
lisierung und das Scheitern am eigenen Anspruch. Ursula Fricker
erzählt berührend von den letzten Geheimnissen zwischen einer
Tochter und ihrem Vater.

»Politische Themen werden meisterlich
in den Familienroman integriert.«
Thea Dorn

KAMPA ⟨🜨⟩ POCKET

Mirko Bonné
Der eiskalte Himmel

Roman

Ein moderner Abenteuerroman,
fesselnd bis zur letzten Seite.

August 1914. Während über Europa der »große Krieg« aufzieht,
beginnt Sir Ernest Shackleton eine gewagte Expedition. Als Erster
will er den antarktischen Kontinent zu Fuß durchqueren. Mit an
Bord seines Schiffes Endurance: 69 Schlittenhunde, ein Grammo-
phon, ein Fahrrad – und ein blinder Passagier. Zwischen Ölzeug
und Gummistiefeln versteckt, nimmt der siebzehnjährige Merce
Blackboro Kurs auf den Südpol. Über das subantarktische Süd-
georgien geht die Fahrt ins Eis. Doch der antarktische Sommer ist
kurz, die Durchfahrt bleibt verschlossen. Im Weddellmeer wird
die Endurance über Monate vom Packeis eingeschlossen; von da
an driftet sie einem ungewissen Schicksal entgegen. Für die 28
Expeditionsmitglieder beginnt eine entbehrungsreiche Odyssee
durch die Weiten des Südpolarmeers, zusammengehalten von
Shackletons unbeugsamem Optimismus, vorwärtsgetrieben von
Kälte, Hunger und der Hoffnung auf Rettung.

»Ein Buch, in das man sich verlieben kann.«
Lutz Bunk / Deutschlandradio

KAMPA POCKET

Tessa Hadley
Für einen Sommer

Roman

Aus dem Englischen von Sabine Schwenk

Ein langer Sommer, ein Ferienhaus auf dem Land,
vier Geschwister und ihre bewegte Vergangenheit.

Für einen Sommer kehren sie zurück in das alte englische Land-
haus ihrer Großeltern: Die vier Geschwister Harriet, Roland,
Alice und Fran. Jetzt, in ihren Vierzigern und Fünfzigern, müssen
sie entscheiden, ob sie das etwas in die Jahre gekommene Haus
halten oder verkaufen sollen. Alice, gescheiterte Schauspielerin
und unbelehrbare Romantikerin, bringt Kasim mit, den gerade
erwachsenen Sohn ihres Ex-Partners, und Roland seine sech-
zehnjährige Tochter Molly, hübsch und unbedarft. Sie alle zieht
das alte Anwesen in seinen Bann, längst überwunden geglaubte
Spannungen lodern wieder auf, und neue erotische Verwicklun-
gen bahnen sich an, das Schweigen wird gebrochen. Nach drei
langen heißen Wochen geht auch dieser Sommer zu Ende – und es
muss eine Entscheidung getroffen werden.

»Männer und Frauen, Liebe und Ehe,
das Politische und das Persönliche: Tessa Hadleys
Romane helfen mir bei den großen Fragen.«
Zadie Smith

KAMPA ◈ POCKET

Deborah Levy
Heiße Milch

Roman
Aus dem Englischen von Barbara Schaden

Manch eine Mutter-Tochter-Beziehung ist wie ein Quallenbiss:
Es brennt und wirkt noch lange nach.

Sofia begleitet ihre Mutter nach Andalusien, wo diese in einer
Spezialklinik behandelt werden soll, da die Beine ihr den Dienst
versagen. Doch ist das Leiden der Mutter wirklich physischer Na-
tur, oder versucht sie, ihre Tochter an sich zu binden? Dr. Gomez
gilt als Koryphäe auf seinem Gebiet. Sofia, deren griechischer Vater die Familie vor Jahren verließ, versucht zu ergründen, woran
ihre Mutter erkrankt ist und wo sie selbst steht. Beim Schwimmen
im Meer, von Medusen umringt, in Gesprächen mit Dr. Gomez
oder dessen Tochter wird ihr allmählich klar, dass sie sich von
ihrer Mutter befreien muss. Als sie die Deutsche Ingrid kennen-
lernt, die selbstbewusst und unkonventionell ihr Leben lebt, trifft
Sofia Entscheidungen. Ein Roman über eine allzu enge Mutter-
Tochter-Beziehung, über Abhängigkeit und Emanzipation und
über die Suche nach Identität.

»Ein Roman voller starker, sinnlicher Bilder und durchsetzt
von poetischen Fragezeichen. Vieles von dem, was beschrieben
wird, hat eine tagtraumhafte, fast surreale Anmutung und wird
nie zur Gänze aufgeschlüsselt. Das ist mitnichten ein Mangel,
sondern trägt unmittelbar zum Zauber des Romans bei.«
Carolin Courts / WDR

»Deborah Levys scharfer Blick auf die Welt wird
ihre Leser noch sehr lange nicht loslassen.«
Britta Heidemann / WAZ

KAMPA POCKET

William Boyd
Eines Menschen Herz

Roman
Aus dem Englischen von Chris Hirte

Logan Gonzago Mountstuart, 1906 in Uruguay geboren, ist Schriftsteller, Kunsthändler, Spion. Und vieles mehr. Eine Lebemann. Ein Mann mit vielen Talenten und ebenso vielen Schwächen: Mit Anfang zwanzig erlangt er frühen Ruhm als Shelley-Biograph und heiratet in den englischen Landadel ein, später geht er als Berichterstatter in den Spanischen Bürgerkrieg und wird Leutnant beim Secret Service. Er trifft Berühmtheiten wie Evelyn Waugh und Virginia Woolf, lernt in Paris Ernest Hemingway und Pablo Picasso kennen und kauft für wenig Geld Gemälde unbekannter Künstler: Paul Klee und Juan Gris. Noch später arbeitet er für Bond-Erfinder Ian Fleming und landet in einem Schweizer Gefängnis. Im Laufe seines Lebens hat Mountstuart nahezu überall gelebt. Schließlich, als alter Mann, wird er glücklich – beinahe. In Form eines fast siebzig Jahre umfassenden fiktiven Tagebuchs erzählt William Boyd das bewegte und bewegende Leben eines außergewöhnlichen Mannes, der sich durch die Londoner, New Yorker und Pariser Kunstszene trinkt und schreibt. Das schillernde Porträt eines Lebenskünstlers und eine atemberaubende Reise durch das 20. Jahrhundert.

»Wer sich noch daran erinnert, wie es ist, wenn man mit den ersten Sätzen in ein Buch hineinfällt und sich umgehend wünscht, die Zeit möge nun stillstehen bis zur letzten Zeile, der sollte sich den Roman Eines Menschen Herz besorgen.«
Elke Schmitter / Der Spiegel

KAMPA POCKET

Monika Helfer
Schau mich an, wenn ich mit dir rede!

Roman

Familie? Vev, ein Scheidungskind, lernt schnell, wie das Spiel läuft, und spielt es bald besser als die Erwachsenen.

Vev ist ein Scheidungskind, ihre Familie ist jetzt größer als früher. Da ist die Mutter, Sonja, die auch mithilfe von Drogen nicht recht über die Scheidung hinwegkommt, und da ist ihr Neuer, den alle nur The Dude nennen, einer, der die Dinge in die Hand nimmt und aufräumt in Sonjas Leben. Und da ist Milan, Vevs Vater, der zu Natalie und ihren beiden Töchtern zieht, aber auch in seiner neuen Familie nicht den richtigen Platz findet. Sie alle gehören irgendwie zusammen, weil sie nicht voneinander loskommen. Und Vev? Und die anderen Kinder? Die Kinder lernen schnell, wie das Spiel läuft, und spielen es bald besser als die Erwachsenen.

Es sind skandalös alltägliche Verhältnisse, die Monika Helfer in den Blick nimmt. Sie geht nahe heran an die Menschen, die darin leben, die mit sich und den anderen zurechtzukommen versuchen. Ihr Blick ist entlarvend, aber auch voller Empathie, schonungslos, aber immer im Dienst der Aufrichtigkeit. Und was aus größerer Entfernung wie eine Familie aussieht, ist bei näherer Betrachtung eben oft nicht mehr als ein fein austariertes System von Eigeninteressen.

»Monika Helfer verunsichert großartig!«
Peter Pisa / Kurier

Christian Schnalke
Louma

Roman

»Im Planetensystem der Familie war Louma die Sonne
gewesen. Jetzt war die Sonne verschwunden.
Ohne Louma waren sie den Fliehkräften schutzlos
ausgeliefert, die Planeten schossen haltlos
in die Dunkelheit hinaus.«

Als Louma viel zu jung stirbt, hinterlässt sie vier Kinder von zwei
Vätern. Die beiden Männer sind wie Feuer und Wasser: Tristan
und Mo verbindet nur, dass sie mit derselben Frau verheiratet
waren. Noch vor der Trauerfeier eskaliert die Situation, und die
vier Kinder müssen mitansehen, wie sich ihre Väter prügeln. Beide meinen zu wissen, was das Beste für Toni, Fabi, Fritte und
Nano ist, keiner von beiden würde dem anderen seine Kinder anvertrauen. Da hat Fritte eine Idee: Damit die Geschwister nicht
auseinandergerissen werden, ziehen die ungleichen Väter einfach
zusammen. Und während sie alle auf ihre Weise um Louma trauern, müssen sie zueinanderfinden. Kann aus der Zweck-WG eine
richtige Familie werden?

Das berührende, mit feinem Humor erzählte Porträt einer
Frau, die über ihren Tod hinaus die Menschen, die sie lieben, ver-
bindet. Ein Roman über Familienbande und den Mut, sich seinen
Ängsten zu stellen.